# 起手有回小女子 1

風文創 646

笙歌 著

# 目錄

自序 005
第一章 重生 007
第二章 京城來人 017
第三章 斷了心思 029
第四章 搬家 041
第五章 營生 051
第六章 擺攤 063
第七章 好日子的開始 075
第八章 筍 083
第九章 大郎退親 093
第十章 偷雞不成蝕把米 105
第十一章 幫忙做風箱 115
第十二章 落水的事還記得嗎 125
第十三章 娘，借我點錢 137
第十四章 奇遇 147
第十五章 保存的辦法 159

第十六章 提純 169
第十七章 生意 181
第十八章 慶祝 193
第十九章 送三郎讀書 201
第二十章 成不成得看結果 213
第二十一章 賣方子 221
第二十二章 合作 233
第二十三章 只有八歲 243
第二十四章 我也要上學 251
第二十五章 落水真相 263
第二十六章 老帳新帳一起算 273
第二十七章 請人 283
第二十八章 去蘇家 293
第二十九章 酒廠 305
第三十章 信得過嗎 315
第三十一章 救人 327

# 自序

笙歌

作為一個新人，在創作這本書的時候，我的內心其實是忐忑不安的，擔心讀者不喜歡、擔心自己文筆不夠、擔心劇情太過老套等等，從最初的生澀，到後面漸漸掌握劇情的節奏，這中間經歷了太多。

我是一個全職媽媽，有一個兩歲的可愛女兒，在寫這本書的中途，女兒真的是半個月一小病，一個月一大病，光是住院就住了兩次。我當時是想放棄的，因為實在是太累——女兒住院期間，我幾乎每天二十四小時都不能合眼，只能在她睡著之後開始寫文和休息，那段時間真的是身心疲憊，不止一次的想要放棄，是讀者給了我動力。他們給我留言，祝福女兒早日康復；讓我注意身體，陪著我繼續下去，我很感激，也很感謝大家。

其實在寫書之前，我就比較喜歡看這種類型的小說，或許是因為長久以來的城市生活讓人覺得枯燥和乏味、鄰里之間相處的淡漠等等，缺的就是那一股人情味，而這樣的小說就能讓人眼前一亮，從中感受人情冷暖和人們相處間的家長里短。

看得多了，我就想著，自己是否也能試著描繪一個這樣的世界？讓我的主人公按照我的思路和想法，用文字創建一個自己腦海中所幻想的世界。

都說故事源於生活，所以在小說裡，許多的情節和場景，都是生活中我們時常會遇見的

——親人間的相互扶持、戀人間的愛與信任等等；創業的不易、商場及官場的爾虞我詐，最後都將歸於平靜，變成我腦海裡希望見到的那種生活。

我不善言辭，但還是希望大家在看了我的小說以後，會喜歡上我的小說、我的人物和我；當然，後續我也會繼續創作更多更好的作品帶給大家，希望大家能繼續支持我、喜歡我。

謝謝。

# 第一章　重生

在這座鎏金銅瓦、富麗堂皇的皇宮裡，寒風從耳旁吹過，負責巡夜的幾個太監、宮女，不由得緊了緊身上的衣服，雙手握在一起相互搓著，試圖取暖。

偌大的皇宮，沈寂得可怕。一行人疾步走過一座座宮殿，每間宮室的門都緊鎖著，彷彿在躲避什麼不得了的事情。

「啊——」

突然，一道淒厲的慘叫聲從帝后所住的正陽宮傳了出來，隊伍當中一名宮女，嚇得直接將手裡的燈籠丟了出去。

幸好領隊的管事太監眼疾手快，一把抓住，看著幾乎軟癱的宮女，皺了皺眉，直接揮手叫人上前架著她走，一行人快速離開，彷彿剛才那叫聲從未出現過。

正陽宮裡，林莫瑤痛苦地握著被切掉兩根手指的左手，冷汗直流。

「為什麼？」林莫瑤滿臉震驚地看著面前無動於衷的丈夫——當今天子李響——眼中滿是不可置信。

李響眼中閃過一抹陰狠，冷冷地看著林莫瑤，一副要將她生吞活剝的模樣。

「妳還敢問我為什麼？林莫瑤，妳這個賤人！妳自己生不出孩子，竟然還不放過欣兒肚子裡的孩子！那可是朕的骨肉，妳竟敢對朕的骨肉下手，誰給妳的膽子？」罵完，李響還不解氣，直接上前一步，狠狠地踹了林莫瑤的肚子一腳。

「不要……」林莫瑤本能地護住肚子，可一切都來不及了。

林莫瑤感覺下身一陣濕漉，身體裡的某些東西正在慢慢流失。她趴在地上，劇烈的疼痛卻抵不過此時的心痛。

她的孩子，她好不容易才有的孩子。

林莫瑤的樣子讓李響一愣。

一旁的杜欣若將這一切看在眼裡，當看到李響眼中出現愧疚和無措時，她臉色一變，立刻捂著肚子發出一聲低吟，聲音不大，卻正好能讓屋內的人聽見。

李響聽見杜欣若的低吟後，剛剛湧起的愧疚立刻消失，快步來到她身旁，緊張地問道：「欣兒，妳怎麼了？可是還有哪裡不舒服？」

杜欣若虛弱地搖搖頭，臉色有些蒼白，額頭上還有一層細汗，一副強忍著痛苦的模樣。她緊緊地抓著李響的手，看著林莫瑤，露出了失望和不忍的神色，十分委屈地說道：「皇上，妾身相信姊姊一定不是故意的，皇上就不要再怪姊姊了好不好？妾身知道，妾身背著姊姊懷了皇上的孩子，是妾身不對，可是……可是妾身是真心愛著皇上的啊！姊姊，妳為什麼就容不下欣兒呢？」

林莫瑤無力地趴在地上，看著一副恩愛模樣的相公和妹妹，嘴角浮起一絲冷笑。原來如此，她竟到現在才明白！

真是沒想到，被同父異母的親妹妹搶老公這種事，也會發生在自己身上。以為仗著自己是穿越者就無敵了，不料最後卻還是敗給了這個幾千年前的古人。

林莫瑤自嘲的一笑。她還是太自負了。

林莫瑤的笑讓李響更為憤怒。「林莫瑤，妳不要再裝了，別以為朕不知道妳在耍什麼把戲！想跟朕演一齣流產博同情的戲碼？那也要看妳是不是真的能懷孕！三年前太醫就說了，妳這輩子都不可能有孩子，妳現在裝給誰看？」李響看著林莫瑤一動不動的趴著，而身下的血也越來越多，眉頭不禁皺了起來。難道她不是裝的？

杜欣若將他的反應看在眼裡，連忙開口勸道：「皇上，怎麼能拿這件事說姊姊呢？姊姊當年不也是為了皇上才、才……」

杜欣若欲言又止，可李響卻很清楚她要說什麼。當年林莫瑤為了幫他拖延時間，被人抓走，雖然最後救了回來，卻受了重傷，太醫說傷到下盤，恐怕很難會有孩子。

提起此事，李響的腦子裡立即響起前天杜丞相在他耳旁說的話——

「陛下，皇后當年和別的男子在外共處了三天三夜，雖說是為了陛下，可女子名節為重，這樣一位女子做皇后，恐怕難以服眾啊，還望陛下下旨重新立后。」

當時他還誇了杜相一句「大義滅親」，畢竟，林莫瑤可是他的親生女兒。

杜相的話也同時提醒了他那個男人的存在，那個到現在還不肯成親、為了救林莫瑤而獨自衝進叛軍陣裡，殺了對方兩個主將，救出林莫瑤，和她在一起待了三天三夜的男人！

李響垂在袖子下的手，不由自主地握成了拳頭。那個男人，就是他心頭的一根刺。

此時的林莫瑤一聲不吭地趴在那裡，身上的錦袍被鮮血染紅，猶如一朵火紅的蓮花坐落在她的腳下。

「妳在想什麼？讓朕猜猜，是不是在想妳的赫連軒逸？」李響咬牙切齒地說出這個人名。

林莫瑤那原本一動也不動的身子，在聽到這個名字時，微微顫動了一下，而這細微的變化並沒有逃過李響的眼睛。

李響腦中僅剩的那點理智徹底斷了。整個朝堂都在傳，他的皇后和這個赫連將軍有私情，而林莫瑤現在的反應，更讓他覺得那些朝臣看自己的眼神充滿了嘲笑！

憤怒中的李響一把掐住了林莫瑤的脖子。「林莫瑤，妳真是個不折不扣的賤人！」

林莫瑤面無表情地看著李響，被他掐著脖子無法開口，她只能憤恨地瞪著他。

李響認為林莫瑤這是被自己說中心事了。「怎麼，被朕說中心事，惱羞成怒了？」

林莫瑤被掐得臉色青紫，杜欣若擔心李響真的把她給掐死了，連忙衝上前拉開李響的手，哭求他放過自己的姊姊。

呼吸順暢後，林莫瑤嘲諷地看著在自己面前演戲的兩人，冷聲道：「李響，我當初真是瞎了眼了，竟看上你這麼個狼心狗肺的東西！」

啪！杜欣若直接給了林莫瑤一耳光，之後「虛弱」地踉蹌一步，痛心疾首地說：「姊姊，妳怎麼能直呼皇上的名諱！」

林莫瑤冷冷地看著她演戲，眼中滿是嗤笑和冷冽。

杜欣若被她盯得莫名有些心慌。

「你們也不用在我面前裝模作樣了，既然妳想當這個皇后，我就讓給妳當好了，我只求能夠離開。」林莫瑤虛弱地說道。她雖然斷了兩隻手指，但生存下去是肯定沒問題的，現在她只想離開這個讓她感到噁心的地方。

林莫瑤的冷漠和要求，讓原本已經漸漸冷靜下來的李饗，再一次被激怒。他再度掐上林莫瑤的脖子，冷聲道：「放妳離開和妳的情郎雙宿雙棲嗎？朕告訴妳，妳這輩子都不要想了！至於妳那個情郎，朕一定要讓妳親眼看著他死無葬身之地！」最後六個字，李饗咬得極重。

聞言，林莫瑤瞳孔一縮。那個男人，她已經欠了他太多，不能再害他因為她而丟了性命。第一次，林莫瑤有了慌亂的神情，語氣也帶上祈求，說道：「李饗，你折磨我就夠了，可你不能牽連無辜的人。」

林莫瑤不知，她現在的樣子，讓李饗更想殺了赫連軒逸。

李饗冷聲說道：「無辜嗎？呵呵，林莫瑤，妳還是先顧好妳自己吧！」話落，李饗一甩手，將林莫瑤直接丟到了地上，她的腦袋和地面接觸，發出了一聲悶響。

李響站在一旁，冷冷地看著她，一聲不吭。

見時機差不多，杜欣若悄悄來到李響旁邊，低聲提醒道：「皇上，霹靂彈的配方。」這才是他們今天來的主要目的，至於其他的，她只能說是林莫瑤倒楣。

她原本只是想找個藉口好讓李響對林莫瑤發難，然後伺機逼林莫瑤交出霹靂彈的配方，沒想到就連老天爺也幫她的忙，林莫瑤這一推，竟然讓她發現自己懷孕了！想到這裡，杜欣若不禁冷笑。這可是李響的第一個孩子，林莫瑤這次就算不死，也會脫層皮了！

兩人的聲音不大，林莫瑤卻聽得真切。原來，這才是他們真正的目的。

只是，她這會兒頭真的好痛，肚子也痛，渾身都痛……

失去意識之前，林莫瑤看到了現代的自己——樣貌醜陋，被人嘲笑，最後落水慘死。本以為穿越後會是新的開始，沒承想，卻是另外一個噩夢。

她很想問一句，命運為什麼要這麼對她？可惜，迎接她的，只有無邊的黑暗……

林莫瑤不知道自己在哪裡，眼前彷彿有部幻燈片，正不停地播放著各種各樣的畫面——

她的生母，被她氣到吐血而亡；她的胞妹，被繼母秦氏以五兩銀子賣給了人牙子；那嫻靜文雅的姊姊，自己只能眼睜睜地看著她被人凌辱虐待致死；還有她的弟弟，年僅五歲就敢揮刀砍死一個下人！究竟是什麼時候開始，他被養成了這樣狠戾的性子？

這些都是她從前不知道的，此時卻像影片一樣，不停地在她的腦海中重播。
林莫瑤痛苦地跪在地上，無邊的愧疚讓她呼吸困難，除了哭，她不知道自己該怎麼辦？是她，是她親手將她這些至親推進了萬丈深淵！
「阿瑤……」
是誰？是誰在喊她？
呼喚聲漸大，林莫瑤緩緩睜開眼睛，就看到母親林氏一臉擔心地坐在床邊。
林莫瑤揉了揉眼睛，突然猛地起身，一下子撲到林氏的懷裡，臉上還帶著眼淚，聲音哽咽地叫了一聲。「娘！」
林氏只當她是作噩夢嚇到了，連忙輕聲安撫。
三天前，林莫瑤就開始發燒，嘴裡一直不停地說著胡話，叫著她和大女兒的名字，還有什麼弟弟、妹妹的，這可把林氏給嚇壞，連忙請了大夫來看。
要不是大夫說林莫瑤只是高燒燒得有些意識不清，她真怕女兒是被什麼邪物給纏上。
現在燒是退了，可人卻變得一驚一乍的，只要一會兒看不到，她就到處找，就像這會兒，她只是出去煮個稀飯，這孩子就又作噩夢了。
「好了好了，別怕啊，娘在這兒呢！」懷裡的人還在哭，林氏心疼得不行，心裡早把那幾個害林莫瑤落水的孩子給罵了千百遍。
林氏擔心女兒被嚇壞了，林莫瑤卻趴在林氏的懷裡，心中五味雜陳——她竟然又重生了！若不是前世的疼痛太過清晰，她都要懷疑之前經歷的一切是不是夢了。

等到林莫瑤平復，林氏才將她放到炕上，說道：「阿瑤乖，娘在廚房給妳熬了稀飯，我去給妳拿來？」

「嗯。」林莫瑤點頭，想到自己這幾天天天纏著林氏，就有些臉紅，說：「娘，我沒事了。」

林氏鬆了一口氣。她曾經聽村子裡的老人說，一些孩子落到水裡後就會被水鬼給纏上，林莫瑤前幾天太反常，她都快嚇死。

「沒事就好，娘這就去給妳端粥。」林氏笑道。女兒總算沒事，她也放心了。

林莫瑤乖巧地點頭，在炕上坐好。

林氏出去又進來，在她身後還跟著一個年過半百的老婦人。

「外婆。」林莫瑤甜甜地叫了一聲。

林劉氏這幾天一直被外孫女的病弄得寢食難安，這會兒見她總算好了，終於放下心來。

「菩薩保佑，總算是好了！」

林莫瑤看著真心為自己擔心的家人，眼中一股熱氣湧上，差點又哭了。前世她忽略了這些至親，既然老天爺給她重來一次的機會，她今生絕不會再辜負他們。

「外婆，別拜了，別把菩薩給嚇跑了。」林莫瑤調皮地說道。

林劉氏佯裝生氣地瞪了林莫瑤一眼，嗔道：「呸呸呸！瞎說什麼？待會兒菩薩怪罪下來，有妳好果子吃的！」

林莫瑤吐了吐舌頭，悶頭笑了，心中卻對老天爺多了些感激。她不明白自己為什麼會再次重生，或許是老天爺看她從小沒了爸媽，就給了她一個家，結果卻把親人還有自己給作死，看不過她太蠢，所以又給了她一次機會。總之，不管是什麼原因，她對老天爺都是心懷感激的，感激祂肯給自己一次改過自新的機會。

林劉氏在一邊絮絮叨叨地唸了半天「孩子還小，菩薩別怪罪」的話，才來到炕邊，抬手在林莫瑤的額頭上摸了摸，而後鬆了口氣說：「總算是退下去了。妳這孩子，上哪兒玩不好，非要去河邊，瞧妳把這一家子給嚇的！妳娘已經夠可憐了，妳要是再出點什麼意外，妳讓她怎麼活？」

林莫瑤低著頭，任憑她訓話，末了才敢抬頭看向林氏，說：「娘，對不起。」

林氏眼睛紅紅的，看林莫瑤這副可憐兮兮的模樣，再多責怪的話都說不出口，只嘆息一聲，餵了林莫瑤一勺粥之後，說道：「娘不怪妳，只是妳下次一定要小心，千萬不能再去那些危險的地方玩了。」

林莫瑤連連點頭。她當然不會再去那些危險的地方了，好不容易重來一次的生命，她會無比珍惜的！

# 第二章 京城來人

又被林氏壓著躺了三天，林莫瑤才下了床。前世這個時候，她的親爹杜忠國和繼母秦氏派來的人就快到了。

回想前世，林莫瑤只覺得自己真的是蠢到極致了。仗著自己是穿越人士，整天想著學那些穿越前輩一樣混個風生水起，再來些美男環繞什麼的，因此，在得知自己有個中了狀元的爹和丞相千金的繼母以後，就迫不及待地跟著他們去了京城，連帶著把這一家子都給帶進了火坑，現在想想，她真是夠蠢的。

既然這一世她不想再受他們控制，那就得提前做準備了。首要的，就是得打消林氏對杜忠國的那點期望，改變她的想法。

林莫琪回來時，就看見自家妹妹撐著個腦袋，坐在家門口，滿臉愁容。

「妳這是怎麼了？從妳病好了到現在，就沒見妳笑過，整天皺著眉頭，小心變成小老太婆！」林莫琪拿手輕輕地戳了一下林莫瑤的腦袋，說了一句，就繼續去忙。

林莫瑤正想著該怎麼勸說林莫琪和林氏不去京城，林莫琪就回來了。看著在院子忙碌的身影，林莫瑤有些恍惚。

外婆林劉氏給人當過丫鬟，雖說是二等，可也是精挑細選，樣貌必然出挑，而林家的孩子也都隨了她，一個比一個長得清秀漂亮。

林莫琪今年十三，天生一張瓜子臉，雙眉修長，因為幹活的原因，皮膚曬得有些微黑；一雙眼睛清明伶俐，眉宇間更是隱隱有著淡淡的書卷氣息，若不是她身上穿著的粗布麻衣，林莫瑤真的覺得眼前的少女是誰家走出來的小家碧玉呢！

林莫瑤的外公是秀才，又一直在書院教書，家裡雖然務農，但兩個舅舅和林氏卻是從小讀書識字的，即使後來林老爺子去世，他們這幫小的也沒被落下，每天都要跟著舅舅讀書。

林莫琪去後院拔菜回來，就看到自家妹妹正盯著自己發呆，臉不由得紅了一下，嗔道：「妳看什麼呢？」

林莫瑤只是笑笑，然後說：「姊，妳長得真好看。」

林莫琪的臉更加紅了，嗔怪地瞪了林莫瑤一眼，就蹲下身洗菜了。

林莫瑤蹲在旁邊看著她洗菜，突然開口問道：「姊，妳記得爹走了多久嗎？」

林莫琪的身子一僵，緩緩道：「有五、六年了。妳問這個做什麼？」她眉頭微蹙，顯然不願意多說這些事情。

杜忠國是林老爺子的學生，當年林老爺子見他學識不錯，就把自己的女兒嫁給了他。娶了林氏以後，杜忠國一路扶搖直上，從秀才到舉人，再到進士。

林氏帶著兩個女兒在家裡等著，聽見他高中的消息後激動萬分，想著她們娘兒仨的好日子要來了。誰承想，杜忠國回來之後，卻提出要跟林氏和離！

和離的原因很可笑──他想要在京城站穩腳跟，就要依附京城的家族，而丞相大人的千金看上他了，為了他的前程，也為了他們一家以後過得更好，所以讓林氏和他先和離，等到他以後地位穩固，再接她們娘兒仨去京城。

為了取信林氏，他再三跟林氏保證，這丞相千金是知道她們的存在的，和離只是為了讓丞相千金的臉面好看一些罷了。

這麼愚蠢的理由，林氏居然相信了。兩人辦了和離，兩個女兒歸林氏。

沒想到，杜忠國拿著和離書離開以後，杜忠國那勢利的老娘，就直接把她們娘兒三個給趕了出來，理由很簡單──林氏和她兒子和離了，以後就不是她兒媳婦，還住在她家幹什麼？

於是，林氏只能帶著她們姊妹來投奔大舅一家，這一待，就是五、六年。

林莫琪見林莫瑤欲言又止的模樣，就嗔了她一眼，說：「妳有話就說，支支吾吾的幹什麼？」

林莫瑤吐了吐舌頭，往她的身邊靠了靠，低聲問道：「姊，妳覺得爹真的會來接我們嗎？」林莫瑤的心裡已經把杜忠國給罵了無數遍。要不是怕林莫琪起疑，她連這聲「爹」都不想叫。

林莫琪一愣。沒想到林莫瑤會突然問這個，沈默半晌後才低聲回道：「不知道。都這麼多年過去了，應該不會了吧。」語氣中盡是濃濃的失望。

林莫瑤和杜忠國沒什麼感情，有的只是前世的恨。在看清杜忠國的嘴臉之後，她絕不允許自己讓這些至親再掉進那個大火坑裡。

林莫瑤又問：「姊，如果他來接我們，我們要跟他去嗎？」

林莫瑤緊緊地盯著林莫琪的臉，不錯過她臉上一絲絲的變化。只見林莫琪在聽見這番話時，眼中有著期盼，隨即暗淡下來，然後輕輕地搖了搖頭。

林莫瑤心中一喜。這是不願意了？

「為什麼？跟他去京城不好嗎？」儘管她心裡不停地在說「不能去、不能去」，但為了不讓林莫琪起疑，她還是這麼問了。

林莫琪只是搖搖頭，一副不打算多說的樣子。

比起林莫瑤，林莫琪懂得更多。她偷聽過爹娘的談話，知道他們為什麼和離，也知道就算以後爹接她們去了京城，那她娘也只能是妾了。

最初她不知道「妾」是什麼？後來越長越大，村子裡的小姊妹有人嫁去地主家做妾。剛開始她還挺羨慕的，可再次聽說這件事時，卻是那個小姊妹被地主的大房給折磨死了，從那以後，林莫琪就再也不想讓杜忠國來接她們了。因為她不敢想像，以後沒了娘的日子該怎麼過？

這些事情，林莫琪不可能跟才八歲的林莫瑤說，只能轉移話題道：「不想去就是不想去，哪有那麼多理由？行了，妳去一邊玩，別耽誤我做事。」說完，直接端著洗好的白菜鑽進了廚房，留下面色古怪的林莫瑤。

原來姊姊當年是不願意去的，可卻為了她，跟著一起去了京城，最後落了那麼個淒慘的下場。林莫瑤自責得想狠狠搧自己一巴掌。

轉念一想，這樣一來，她們勸說林氏就比較容易了。林氏最捨不得她們兩個女兒，只要她們不去，那林氏肯定不會去的。

想到這裡，林莫瑤直接衝進廚房，斬釘截鐵地說道：「姊，既然妳不想去，我也不想去。如果爹真的讓人來接我們，我們就跟娘說我們不去，然後讓娘也不要去！」只要不再見杜忠國，林氏就不會生下龍鳳胎，最後也不會死了。

至於那兩個還未出世的弟妹，她只能跟他們說聲對不起了。

林莫琪沒想到林莫瑤興沖沖地跑進來，就是要跟自己說這個，先是一愣，隨後斥責道：「沒影的事妳老揪著說幹啥？去去去，別耽誤我做飯，待會兒外婆他們可就要回來了，若吃不上飯，看娘怎麼收拾妳！」攆走了林莫瑤，林莫琪才重新回到灶台旁生火做飯，腦子裡卻想著林莫瑤提出的事情。她其實才是最不願意林氏去的人，與其去當妾受盡欺辱，還不如留在林家村，一家人快快樂樂的生活。反正她和妹妹已經改了姓，杜家富不富貴，跟她們有什麼關係呢？

而林莫瑤心中吃了定心丸，臉上的笑容也變多了。

又過兩天，當林莫瑤一大家子正在地裡幹活時，村子裡突然有人來喊，說他們家門口來了輛漂亮的大馬車，可氣派了！

林氏先是愣了一下，然後急匆匆地丟下農具就往家裡跑，林莫琪、林莫瑤連忙跟上。

「姊，妳可是答應過我，咱不去找爹的！」林莫瑤著急地說道。

林莫琪一聽，反手就抓住林莫瑤的手，一邊跑，一邊說道：「我是擔心娘自己要去！快跑，咱們得攔著她！」

姊妹倆的身後跟著林劉氏和林泰華一家，一行人急匆匆地往家趕。

林家的院牆外面已經圍了不少看熱鬧的人，姊妹倆剛要進門，就被門口站著的一個年輕婦人拽住，是林氏的堂嫂林周氏。

林家老爺子有兄弟兩個，弟弟當年為了供他讀書，一輩子都在種地，雖然林老爺子一輩子也只考到了秀才，沒有改變林家的門楣，但也沒影響到兩家的關係。

林二老爺有兩個兒子、一個女兒，這個拉著她們的，就是林二老爺的大兒媳林周氏，和林氏的關係非常好。

「阿瑤，裡面那兩個人是誰？」林周氏皺眉看著裡面坐著的兩個老婦人，看那氣焰囂張的模樣，絕不是什麼好人。

林莫瑤讓林莫琪先進去，自己留了下來，拉過林周氏，低聲說道：「表舅母，要是沒猜錯的話，應該是我爹派來接我們的人。」

林周氏往裡面看了看，然後蹲下身子和林莫瑤湊到一起，低聲說：「妳爹？他不是都走了五、六年了？」林周氏等人只知道杜忠國當時和林氏是假和離，說是以後會回來接她們母女，可林周氏等人卻是不信的，今日一看，怕是真的來接了。

林莫瑤打定主意不跟那兩個人去京城，這樣一來待會兒肯定會有衝突，幸好有林周氏等人在，且村裡人多，那兩個婆子也不敢硬來，所以，林莫瑤眼珠一轉，就將自己和林莫琪的打算跟林周氏說了。

林周氏一聽，杜忠國在京城已經娶了一個大官的女兒，臉色一變。若林氏今天跟這兩個婆子走了，以後恐怕就只能落得當妾的下場。林氏只是一個鄉下婦人，就算讀過幾年書，那也不是大官女兒的對手啊，早晚要出事的！

兩人聲音不低，身旁的幾人都聽見了，幾人不由得替林氏擔心起來。

林周氏讓幾人先別吵，然後看向林莫瑤，問：「阿瑤，妳是不是有什麼辦法？」

林莫瑤咧嘴笑了，她就是喜歡林周氏的靈活。「表舅母，我給妳們說啊，待會兒要是……」

幾句話的工夫，林莫瑤就將她的打算和可能會發生的情況說了，幾人聽了她的話，一個個的連連點頭。只要待會兒林莫瑤一個暗示，她們就衝上去，絕不讓林氏吃虧！

得了大家的話，林莫瑤便鑽過人群，跑回院子裡。

林家的院子裡，杜忠國和秦氏夫妻派來的兩個婆子，各自帶了一個丫鬟，坐在院子中央，林氏有些呆愣地站在她們面前，垂著頭，林莫琪一臉的防備，兩個婆子的臉色也很不好看。

林莫瑤認得這兩個婆子，是秦氏的陪嫁婆子，在她面前很是得用，微胖那個姓錢，另外一個姓張。

林莫瑤眯了眯眼，目光掠過兩人，記憶如泉水般湧上。

張氏面相慈善，前世林莫瑤一家進京之後就是讓她照顧的，張氏對她們一家很是盡心，林莫瑤很快就對張氏產生了信任。

然而，就是這個面相慈善的張嬤嬤，「一不小心」把她弄丟，又讓外出遊玩的李嚮給恰巧「救了」；也是這個面相慈善的張嬤嬤，親手把她才五歲的妹妹交到牙婆的手裡，換了五兩銀子。

深呼吸了一下，將這些往事都壓回心裡，林莫瑤面色如常地走了過去。

林莫瑤的出現，吸引了幾人的目光。

兩個婆子對視一眼，張嬤嬤就站了起來，迎著林莫瑤，一邊走，一邊笑著說道：「這就是二姑娘吧？瞧瞧，長得可真俊！」

好熟悉的話啊，當年張氏就是這麼誇她的。林莫瑤心中冷笑，面上卻做出一副惶恐的模樣，跑到林莫琪和林氏的身後，躲了起來。

張氏伸出去的手就這樣尷尬地立在半空中，錢氏見了，從凳子上站了起來，趾高氣昂地看著林氏母女三人，冷聲道：「林氏，妳想好了嗎？到底跟不跟我們走？要知道，就算是進了府裡做姨太太，也比在這鳥不拉屎的地方受罪的好！更何況還有兩位姑娘呢，妳不為自己想想，也該替兩位姑娘想想。到了京城，我們家夫人是不會虧待兩位姑娘的，定會幫她們挑一門滿意的親事。多虧了我們家夫人還記著兩位姑娘是老爺的血脈，不忍心她們流落在外，這才派老婆子來接妳們，妳可不要不識抬舉！」

錢氏話落，就有人開始議論。雖說做妾不好，可是在大家的眼裡，能到京城那樣繁華的地方去生活，就是做妾，又有什麼關係呢？

議論聲對林氏很不利，林莫瑤不能讓這些人被錢婆子蠱惑。

想到這裡，林莫瑤從林氏的身後站了出來，懵懵懂懂地問道：「娘，妾是什麼？」

林氏一愣。

人群外面的林周氏收到林莫瑤的暗示，便大聲答道：「阿瑤，這妾啊，就是妳爹娶的小老婆！」

林氏臉色一變，雙手都在發抖。

林莫瑤雖然心疼，但是為了永絕後患，她只能暫時委屈林氏。有人接話，那就好辦多了。林莫瑤立即一臉委屈，一下子就哭開了。「不對不對！娘不是爹娶的小老婆，爹和娘成親十幾年了，怎麼我爹去一趟京城，我娘就變成小老婆了？」林莫瑤的聲音很大，整個院子和外面的人都聽到了。

趁人不注意，林莫瑤悄悄拉了林莫琪一下，林莫琪會意，眼淚跟著就掉了下來。

林氏見兩個女兒哭，想到自己這些年來受的委屈，也跟著哭了。

林劉氏帶著大兒子一家站在家門口，為的就是給她們母女空間，讓她們自己決定去留，結果沒多久竟聽見自己外孫女哭了，林劉氏站不住了，推開前面的人就衝了進去。

「哎喲，我的乖孫女欸，快別哭了，妳把外婆的心都要哭碎了！」林劉氏心疼地摟著林莫瑤哄道。

林莫瑤見林劉氏來了，哭得更慘。

林周氏乘機帶著其他人跟了進來，站在了林氏等人的身後，無聲助威。

張氏和錢氏沒想到事情會發展成這樣，一時有些拿不定主意。但是兩人也不怕，想到自己的身分，諒這些鄉下人也不敢對她們怎麼樣，於是兩人的腰桿又硬了一分。

林劉氏見林莫瑤哭得沒完，心疼壞了。這生病剛好沒幾天，可別又哭出毛病來！火氣一上來，她對著張氏和錢氏就吼了過去。

「我呸！姨太太？我閨女是他杜忠國三媒六聘娶進門的夫人，這可是十里八鄉多少人見證的事情，怎麼，他去了一趟京城，我閨女就從夫人變成妾了？還有，我可告訴妳們，他杜忠國五年前就回來和我閨女辦了和離手續，兩個孩子也是歸我林家的，妳們那個什麼夫人到底是怎麼來的，妳們自己心裡清楚！敢跑到這裡來拿捏我閨女？有本事妳們讓她自己來，老婆子就是拚了這條命，也要給我女兒討個公道！」林劉氏吼完，低下頭和林莫瑤對視了一眼。

剛剛來哄林莫瑤時，她就發現林莫瑤根本沒有眼淚，而是一邊乾嚎，一邊給她使眼色。林劉氏在後宅做丫鬟那麼多年，什麼手段沒見過？林莫瑤的反應和她之前說的話，一下就讓林劉氏知道怎麼配合了。想拿捏她的閨女和外孫女？那也要看他們有沒有這個本事！

見錢氏和張氏被唬住，林劉氏心中冷哼。真被她給說中了，這杜忠國就是在京城勾搭上那個女人，才回來和自己女兒和離的！

這下子林劉氏底氣更足了，鬆開林莫瑤，插著腰，指著張氏和錢氏繼續說道：「五年前，杜忠國可是回來白紙黑字寫得清清楚楚，和離書也是衙門蓋了章的，現在我女兒和兩個外孫女與他杜忠國沒有半點關係，妳們跑到我們林家來耍什麼威風？識相的就趕緊給我滾蛋，否則，別怪我不客氣！」

被人戳中痛腳，就連張氏這樣善於偽裝的人，臉色也有些蓋不住。

「老夫人，我們是來接兩位姑娘的，怎麼說她們也是我們家老爺的血脈，不好讓她們流落在外。至於林姨娘，我家太太說了，她養著兩位姑娘這麼多年，沒有功勞也有苦勞，所以要接她去享福，老夫人這又是何必呢？」張氏壓下怒氣，試圖說服林家人。

林劉氏沒有理她，冷哼一聲後，轉過頭看向林氏，問道：「妳都聽到了？既然今天大夥兒都在，我就當著大家的面問妳一句，妳如果還惦記那個負心漢，想跟著他去京城，不惜當人家的妾室，那妳就去，我兩個孫女我自己養，我就是寧願給她們在這鄉下定一戶普通人家，也不會讓她們到那人手底下去討生活！」

林氏震驚地看向林劉氏，喊了一聲。「娘？」

林劉氏不為所動。

# 第三章　斷了心思

林氏看著林劉氏冰冷的眼神，再看看兩個女兒充滿希冀的目光，突然就哭了。「是娘對不起妳們……」

林氏突然痛哭，讓林莫瑤和林莫琪觸動，母女三人便哭成了一團。

三人一哭，張氏和錢氏就沒了耐心。再耽誤下去，天就要黑了，她們還想在晚上之前趕到興州府呢。

「林氏，妳想好了沒有？」錢氏氣勢洶洶地問了一句。

林氏擦了擦眼淚，抬起頭來。

林莫瑤發現，林氏的氣勢好像變了。

林氏冷冷地看著張氏和錢氏，說道：「還煩勞兩位回去轉告妳們家老爺和夫人，我林家和他們一點關係都沒有；至於我的兩個女兒，也都是姓林的。要是他們實在要糾纏不休，那咱們大可以上衙門去評評理，和離書上白紙黑字寫得清清楚楚，我也是不怕你們的。」

林氏能夠強硬起來，林劉氏很欣慰，便對錢氏、張氏二人道：「兩位聽見了？既然事情解決了，兩位還是趕緊走吧，我家不歡迎妳們！」

錢氏沒想到事情會變成這樣。夫人可是交代了，要她們無論如何也要把兩個姑娘給帶回去的。想到這裡，錢氏臉上閃過一抹陰狠，看著三人說道：「哼，妳去不去不要緊，兩位姑娘今天必須跟我們走！」

話落，兩個丫鬟直接就要上去拉扯林莫瑤和林莫琪，朝著門口走。她們的馬車在門口，車夫也在外面。

不過，兩個丫鬟還沒碰到林莫瑤和林莫琪，就被站在她們身後的林方氏等人上來圍住。兩個丫鬟是會些拳腳，可面對林方氏和林周氏等人，人數上拚不過，直接就被制住。

趁著大家不注意，林氏直接衝進廚房，拿著菜刀跑了回來，指著張氏和錢氏冷聲道：「今天誰敢動我女兒一根手指頭，我就要了她的命，不信試試！」

林莫瑤還從未見過林氏這麼強勢的一面，前世的林氏太過溫順，一直到死，都沒有為自己考慮過，沒想到，居然會為了她和林莫琪站出來跟這些人對抗。

「娘……」林莫瑤失神地喊了一聲。

林氏還以為她是怕了，連忙牽過她的手，握在手裡，然後道：「阿瑤別怕，娘一定會護著妳和妳姊姊的！」

雖然林氏的手在顫抖，林莫瑤還是覺得今天林氏的形象很偉大。「嗯，娘，我不怕！」感受到女兒的信任，林氏的手也漸漸不抖得那麼厲害了。

外面的車夫聽見動靜，拿了東西就想衝進來，可還沒進門口呢，就被林泰華帶著幾個堂兄弟給制伏了。

張氏和錢氏互相看了看。再爭下去恐怕就要吃虧，還不如先回去，把這件事情稟告給夫人再想辦法。

「刁民！一群刁民！你們想幹什麼？」就剩她們倆了，有些怕。

林劉氏看著她們，指了指門外的馬車，惡狠狠地說道：「現在帶著妳們的人滾出林家村，否則別怪我們不客氣！」

有機會走，兩人哪裡還敢留下來？在林方氏等人放開兩個丫鬟之後，兩人就逃一般地帶著人走了。

一直到馬車看不見了，林氏才手上一鬆，菜刀掉到地上，整個人也跟著往下滑。

林莫瑤驚叫一聲。「娘！」

林劉氏眼疾手快地扶住了林氏，在看見她還有些發軟的腳時，就笑了，嗔道：「我還以為妳膽子有多大呢，還敢拿刀出來砍人，搞半天還是個軟柿子！」

林氏擦了擦頭上的冷汗，不好意思地笑了，看向兩個女兒，開口道：「阿瑤、阿琪，以後就只有我們娘兒三個相依為命，娘絕不會讓任何人欺負妳們的。」

姊妹倆看著堅毅的母親，笑著點了點頭。

圍觀的人散去沒多久，村長和族長就來了。

看著站在一起的母女三人，村長和族長齊齊嘆了一口氣。這姓杜的雖然不是什麼好東西，可是這樣一來，這娘兒仨可算是徹底把那邊給得罪了，這以後的日子，該怎麼過啊？

林家村的族長叫林茂生，村長叫林茂青，是兄弟倆，和林老爺子算是堂兄弟。

林茂生從懷裡拿出三塊麥芽糖，遞給了林莫瑤，說道：「阿瑤，這是妳舅婆讓我給妳帶的糖，妳跟妳姊他們到旁邊去吃吧，舅爺們有話跟妳娘和外婆、舅舅說。」

林莫瑤乖巧地點頭，接過他手上的糖，拉著林莫琪就走到了旁邊，和幾個表哥、表弟坐在一起，儘管這樣，林莫瑤的耳朵還是豎著聽這邊的動靜。

林茂生嘆息一聲，開口道：「舒娘，你們這邊的事我都聽說了，既然妳現在斷了那邊的心思，作為林家的子孫，村子裡也不可能不管妳們。以後妳只管帶著兩個孩子留在村裡生活，旁的就不要再想，好好養大兩個女兒，妳大哥家三個兒子，到時候隨便讓一個給妳養老送終就是了。」

這是不會攆她們一家離開的意思了！林氏很感激。

自古以來，被休回娘家也好，和離回娘家也好，多數都會被娘家給趕出去，即使不趕出去，也是打發得遠遠的生活。林氏沒想到，村裡非但不趕她們走，族長還幫她把百年之後都打算好了，已經憋回去的眼淚一下子又跑了出來。

就連不遠處的林莫瑤心中都有些觸動。這個年代對出嫁女有多苛刻她是知道的，感動之餘，心中更是決定自己一定要好好報答他們。

林泰華和林方氏就坐在旁邊聽著他們說話，夫妻倆點了點頭，對著林莫瑤他們幾個的方向喊了一聲——

「三郎，你過來！」

林莫瑤扭頭看向被他們點名的林家三郎，林紹安。

一家人中，林紹安最像林老爺子，生得一副清秀的容貌，而且在他們一眾兄弟和表姊妹中，就數他讀書讀得最好。

林紹安把嘴裡的糖一吞，就跑了過去，禮貌地對幾個長輩行了禮，站著等待吩咐。

林泰華拍拍手站起來，按住次子林紹安的肩膀，讓他跪在林氏的面前，口裡說道：「三郎，以後你姑老了，就由你給她養老送終，我和你娘有你大哥，不用你操心，你記住了沒？」

林紹安點頭，對林氏磕了一個頭，說道：「兒子謹記爹爹的教誨，一定會照顧好表姊和表妹，將來給小姑養老送終的。」

兄長的愛護、姪兒的懂事，讓林氏掉下了眼淚。

回到幾人身邊後，林紹安就在林莫瑤和林莫琪的面前，拍著胸脯對兩人保證道：「表姊、表妹，妳們放心，以後就由我來照顧妳們！」

八歲的孩子拍著胸脯保證的模樣，讓人看著有些滑稽，可是此刻在林莫瑤的心裡卻覺得，他小小的身軀無比的偉大。

儘管對方比自己小好幾十歲，林莫瑤還是甜甜地說了一聲。「謝謝表哥！」

林家的日子恢復了正常，從那天之後，村子裡雖然偶爾還有人議論這件事，但大多數都是在罵杜忠國不仁義，只有幾個愛嚼舌根的婦人偶爾會湊在一起說，林氏有福不知道享。

林莫瑤坐在炕上，看著林氏和林莫琪手上的繡繃子，不一會兒一朵栩栩如生的花就繡完了，再看看自己手裡的，真是一個頭兩個大。

讓她繡十字繡還行，刺繡？還不如將她的手給剁了來得直接。

林氏見她皺著眉頭，苦著臉，一伸手就在她腦袋敲了一下，訓斥道：「又想偷懶！阿瑤，不是娘說妳，妳看看妳姊，她像妳這麼大時都已經能夠獨自繡東西了，可妳呢？別說刺繡，就是讓妳自己縫補一件衣服都不行，以後要是嫁到婆家，可怎麼辦啊？」

林莫瑤索性把繡繃一丟，不高興地說道：「娘，我就不愛學這些東西，您為啥老逼著我學啊？」

林氏臉一沈，訓斥道：「娘也是為了妳好！」

林莫瑤一個翻身跳下炕，拔腿就往外跑。

「妳給我站住！」林氏喊道，可林莫瑤就像沒聽見一般，哧溜一下就跑了，留下林氏又氣又惱又無奈。「哎，妳這個妹妹，整天跟個野孩子一樣，以後可怎麼辦？」看了一眼懂事乖巧的大女兒，林氏就更加擔心小女兒了。

林莫琪頭也不抬地說道：「娘，她從小就那性子，您就算拘著她也沒用。而且，我覺得小妹這樣挺好的，她做事一向有分寸，娘，您就別操心了。」

林氏嘆了口氣，嗔道：「妳就護著她吧。」

林莫瑤站在廊下，將林氏和林莫琪的對話聽得清清楚楚，嘴角上揚，露出笑容。她這個姊姊真的是最瞭解她的人了。

林家很大，是一間面朝南的一進院子，都是林老爺子在世時攢下來的家業。林泰華夫妻帶著五歲的小兒子林紹傑和林劉氏，各住一間，中間是客廳，一家人吃飯的地方。左右兩邊是廂房，長子林紹遠和林紹安住在西廂，林莫瑤一家就住在東廂，廚房緊挨著東廂，旁邊還有口井，從這裡還能去後院。

後院種了些菜，還有棵果樹，後門出去不遠就是官道，林家老宅也在這條路上。

林莫瑤打量了一圈林家的院子。林泰華和林紹遠去縣城裡打散工，林劉氏帶著林紹傑睡午覺，林莫瑤轉了一圈就準備喊上林紹安上山。

剛邁出步子，就看到站在家門口和人說話的林方氏，林莫瑤好奇，就跑到院門邊悄悄探頭往外看，這才看清和林方氏說話的人。

是李媒婆。

只見林方氏兩隻手拉著李媒婆，放低了姿態說了些話，李媒婆臉上滿是為難。林莫瑤不敢靠近，聽不清兩人在說什麼？

過了一會兒，李媒婆走了，臨走時對林方氏點了點頭，林方氏又是好一陣彎腰賠笑。林莫瑤想縮回腦袋，林方氏卻已經轉過頭來。

林方氏一愣，隨即走了過來，臉上扯出一抹笑容，問道：「這大中午的，阿瑤不待在屋裡跟妳娘繡花，跑到外面來做什麼？」

在林莫瑤的印象裡，她這個大舅母一直都是對生活樂觀的人，很少從她的臉上看到愁容，可現在林方氏的臉上分明寫滿了牽強。看了一眼李媒婆離開的方向，林莫瑤問道：「大舅母，李媒婆怎麼來了？」

林方氏嘆了口氣，勉強笑了笑，道：「沒什麼事，舅母就是在路上遇見李媒婆，順便說說話。」

「喔。」林莫瑤見她不願多說，也就不問了。

林方氏似乎心情不大好，叮囑了林莫瑤幾句就回了屋。

林莫瑤回想了一下。前世的記憶裡，並沒有看過這個李媒婆來他們家，這人到底是來幹什麼的呢？

想不通便乾脆不想，林莫瑤也懶得出門了，將院門給掛了鎖，跑回屋子倒頭就睡，任憑林氏怎麼戳都不起來。

這一覺直接睡到晚上太陽落山，林莫琪才把她從被窩裡拉了出來。

「快起來，大舅和大哥馬上就回來了，起來洗洗臉吃飯。這麼能睡，看妳晚上還睡不睡得著！」林莫琪數落著林莫瑤。

林莫瑤不情不願地爬起來，跑去水井邊洗了把臉，剛洗好回來，出去做工的林泰華和林紹遠就進門了。

吃飯的時候，林莫瑤發現，一向話多的林方氏全程都沒有開口。

林泰華看出自家妻子的異樣，原本吃過飯要考校幾個孩子的讀書情況，都大手一揮，讓他們自己去玩，夫妻倆則回了自己的房間。

林莫瑤打定主意要弄清楚林方氏怎麼了，便去了後院。

到了後院，林莫瑤放輕了腳步聲，來到兩人屋子的窗戶下，剛剛站定，就聽見裡面傳出了哭聲，林莫瑤一驚。怎麼還哭上了？

「你說說，這可怎麼辦啊？大郎今年都十七了，原本是打算等他們張家的閨女十五歲就成親的，眼看這明年就能辦喜事，臨了卻跟我說要退婚！這個時候大郎要是退了婚，你讓他以後可怎麼找啊？」林方氏哭訴。

林莫瑤一驚。退婚？張家好好的為什麼要退婚？

林泰華開口問道：「好好的張家為什麼突然要退親了？總得給個理由吧？」

林莫瑤調整了下耳朵的位置，繼續聽。

林方氏哽咽道：「李媒婆說，張家是擔心舒娘她們一家跟咱們生活在一起，怕他家女兒嫁過來會吃苦，得伺候這一大家子，捨不得閨女吃苦受累。你聽聽，這是說的什麼話啊？咱們家是那種磋磨兒媳婦的人家嗎？而且阿瑤和阿琪哪個不是懂事明理的乖孩子？就是舒娘也不可能要他家姑娘伺候啊！」

林泰華沈默了。

站在窗外偷聽的林莫瑤也滿臉震驚。居然是因為她們！

林方氏見林泰華不說話，就試著說道：「當家的，要不……」語氣滿是糾結。

林泰華皺眉道：「有話妳就說。」

林方氏似乎下了很大的決心，才說道：「要不，就讓舒娘帶著阿瑤她們先搬出去住吧？」

林莫瑤聽見林方氏的話，覺得可行。如果她們搬出去住就能讓張家不退了表哥的婚事，那她們就搬。

可是，隨著林方氏這話說完，裡面就傳來了砰的一聲，像是手掌狠狠地拍在桌子上的聲音，接著就聽林泰華怒吼道——

「妳說什麼？讓她們搬出去？她們三個孤兒寡母的，妳讓她們去哪兒？」

林方氏被丈夫嚇了一跳，反應過來就開始大哭，一邊哭，一邊說道：「我……你以為我想這樣嗎？大郎十七了，退了這門親事，以後誰家姑娘肯嫁給他？你難道就不能替兒子想想嗎？我也心疼舒娘和兩個孩子，我這也是沒辦法才想出這麼個法子的啊！」

林莫瑤總算是知道，林方氏為什麼一天都愁眉不展的了。如果她說的是真的，因為她們娘仨給大表哥的婚事帶來麻煩，那她們就搬走好了。眼看房裡的兩人就快要吵了起來，林莫瑤想著，還是趕緊去通知自家娘親吧，不能讓大舅和大舅母吵起來。

只是，她剛剛掉轉頭想跑，就撞上了一堵人牆。

「哎喲！」這一下差點把鼻子都給撞歪了。

這一聲驚呼驚動了房裡說話的兩人，林泰華推開窗戶，借著窗戶裡透出的光，就看到林莫瑤捂著鼻子、林紹遠黑著臉站在窗戶外面。

# 第四章 搬家

林紹遠是看林莫瑤偷偷摸摸的，就跟了過來，卻將林方氏和林泰華的對話聽了個真切，臉色頓時就黑了；而林莫瑤轉身的時候，不知道林紹遠在身後，直接就撞了上去。

林泰華看著兩人，不知道怎麼解釋？剛才他和林方氏說的話，兩個孩子肯定聽到了。

「阿瑤，妳聽舅母解釋！」林方氏在看到林莫瑤的一瞬間，心就慌了。

林泰華看著兩人，嘆了口氣，說道：「大郎，還愣著幹什麼？還不快帶你妹妹進來，看看她撞到哪兒沒？」

林紹遠上前拉林莫瑤的手，看到她糊了一臉的血，頓時嚇壞了。

林泰華直接翻窗跳了出去，抱起林莫瑤就往前院跑。

林劉氏和林氏正守在院子裡看著幾個孩子讀書，就見林泰華慌張地抱著林莫瑤，從後院跑了出來。

「快拿帕子來！」林泰華一邊吩咐，一邊把林莫瑤放到水井旁邊，拿冷水給她拍後腦勺。

林氏被林莫瑤一臉的血嚇了一跳，連忙拿了帕子遞過去。

折騰了半天，鼻血總算是止住。

林氏上下檢查林莫瑤，問道：「這是咋了？好端端的咋流鼻血了？」這一看才發現，情況好像不大對。「大哥、大嫂，你們這是咋了？」

只見林泰華臉上閃過一抹羞愧，直接蹲下，用拳頭砸了一下地，將頭扭到了一邊；林氏轉去看林方氏，結果林方氏愧疚地看著她，只是哭。這下好了，林氏徹底懵了。

林劉氏見狀就問：「出什麼事了？」

林泰華語氣有些疲憊，對林劉氏說道：「您問阿珍吧。」方珍，是林方氏的名字。

林劉氏看向林方氏，見她還在哭，就怒吼道：「哭哭哭，到底怎麼回事，還不快說！」

林方氏心裡本就委屈，再被婆婆這麼一喝斥，一時悲痛，就吼了出來。「張家、張家要退了大郎的親事！」

「什麼？」林家眾人驚呆了。

林方氏抽抽嗒嗒地將張家要退親的原因給說了，最後才道：「我、我這也是沒辦法啊，大郎今年都已經十七，錯過了張家的姑娘，誰還肯嫁給他？」

林劉氏看看兒子、媳婦，再看看孫子，最後目光落在女兒和兩個外孫女的身上，張了張嘴卻一句話都沒說出來，最後哇的一聲，哭著坐到了地上。「我這是作了什麼孽喔……」一邊哭，一邊捶地。

林莫瑤顧不上鼻子還在疼，連忙跑過去扶著林劉氏，真怕她哭得傷心，出了什麼事情。

「外婆您別哭了，我們沒事的。我和娘還有姊姊明天就搬出去，不會連累大表哥的。」

林莫瑤一邊扶著林劉氏，一邊說道。

林氏也連忙跟在林莫瑤後開口說道：「娘、大哥、大嫂，你們不用擔心，我們明天就搬到老宅去，千萬不能讓大郎丟了張家這門親事！」

「是大哥對不起妳啊！」林泰華重重地說道。

林氏看著對自己一心一意的娘親和大哥、大嫂，眼中淚光閃過，說道：「娘、大哥、大嫂，我知道你們對我們好，可既然我們和那邊徹底斷了，也不可能一輩子都住在家裡，三個孩子早晚都要娶親的，不能因為我們給耽誤了。反正……反正我和阿瑤、阿琪早就已經打算搬到老宅去住的，你們就別為難了，明天趕緊請人去張家說說，這門親事千萬不能退啊！」

林氏話落，林方氏就開了口，語氣急切。「這、這哪行啊？老宅都這麼多年沒人住，妳們咋能去住啊？舒娘，那些話都是大嫂一時著急才說的，妳、妳別有想法，這裡是妳的家，妳們想住多久就住多久！」林方氏這會兒回過神來，確實也急了。自己那句話有多傷小姑子的心，她是知道的。她們孤兒寡母，要是真搬出去住，這以後的日子可怎麼過？

至於兒子……林方氏愧疚地看了看已經長大成人的林紹遠。如果張家真的鐵了心要退親，就只能委屈他了，大不了以後他們兩口子多辛苦辛苦，攢多一點聘禮，重新給兒子找一個姑娘就是。

林氏聽了林方氏的話，就想繼續勸。

就連林莫瑤都趕緊乘機開口安慰林劉氏。她們搬到老宅去，離得不遠，來往又方便，不會有什麼大事的。

娘兒三個堅持要搬走，林劉氏和林泰華夫妻倆卻死活不同意，雙方僵持不下。

「夠了！」一直沈默不語的林紹遠突然大吼一聲，隨後說道：「你們都別吵了。姑姑，妳們就儘管在家住著，張家既然要退這門親，那就退吧，我們林家不求著他們把閨女嫁給我，只是，讓他家以後別後悔！」說完這話，林紹遠跑回了屋裡，砰的一聲關上了房門。

「大哥……」林氏看向林泰華。

林泰華有些疲憊。他們林家曾經也是這十里八鄉裡條件不錯的人家，又個個讀書識字，沒想到，也會落魄到現在這個樣子。林泰華突然覺得，有些對不起他那死去的爹了。「好了，你們都回去休息吧。舒娘，妳跟我來。」說完，徑直朝著後院的大樹底下走去。

隔得太遠，林莫瑤聽不見他們說什麼，只是看林氏的嘴一直不停的張合，而林泰華則除了剛開始的時候開口，後面都黑著臉，沈默不語。

兩人在後院說了半個時辰的話，再次回到院子裡時，林氏臉上有著輕鬆，而林泰華臉色雖然還沈著，卻不難看了。

看著眾人，林泰華揮了揮手，說道：「今天都早點睡，大郎、三郎明天早點起來，跟我去老宅，幫你們姑姑把老宅收拾出來。」

林紹遠猛地站起來，有些生氣地問道：「爹，您這是要幹什麼？」

林泰華被他喊得有些煩躁，背著手，徑直就鑽進了堂屋，不論林紹遠在後面說什麼，都不予理會。

林莫瑤見這樣的情況，就知道大舅這是被自家娘親給說動了。看著一臉悲憤的林紹遠，林莫瑤突然想到，在這樣的情況下，張家的閨女嫁到林家來，大表哥會不會對她有什麼看法，從而影響到夫妻二人的感情？

「大表哥，我們就只是住到老宅去，你們要是想找我們玩的時候，還是能去老宅找我們的嘛，就一條小路，走過去就到了。」林莫瑤笑著說道。

林紹遠雖然生氣，可在面對林莫瑤時，還是努力擠出一抹笑容，道：「阿瑤，妳還小，妳不懂。」林紹遠知道，林氏如果帶著林莫瑤和林莫琪搬到老宅去，那以後他們就徹底成了兩家人了。兩個妹妹還這麼小，家裡沒個男丁撐腰，以後該怎麼辦？

趁著幾人不注意，林莫瑤用腳踢了一下蹲在旁邊的林紹安。

林紹安踉蹌了一下，差點摔到地上去，在接收到林莫瑤的眼神後，也跟著湊過來說道：「就是啊，大哥，就幾步路的事情，到時候阿瑤她們要是有什麼事，站在門口喊一聲，咱們就能聽到，你就別擔心了。」

林莫瑤附和著狂點頭。

林紹遠看著懂事的表妹，再看看旁邊的親弟弟，決定還是把火撒到自家弟弟身上好一些。

所以，在林紹安還沒反應過來的時候，就被林紹遠一腳給踢到了屁股上。

「哎喲！大哥，你幹麼踢我啊？」林紹安捂著屁股跳開。

林紹遠狠狠地瞪了回去，吼道：「就你話多！還不快給我滾去睡覺，明天早上要是起不來，看我怎麼收拾你！」

林紹遠的話讓林莫瑤鬆了一口氣。只要不鑽牛角尖就好。

第二天，林家眾人都起了一個大早。經過一夜的休息，大家也都想通了，除了林劉氏和林方氏眼睛還有些紅紅的。

來到老宅門口，因許久沒人居住，用泥打的院牆好些地方都塌了，院門也破敗不堪，林泰華勉強推門進去，還沒走幾步，那原本就搖搖欲墜的院門，直接倒了，揚起了一地的灰塵。

眾人也來不及管，繼續往裡走。三間土砌的房子坐落在院子裡，正對大門的堂屋，左邊是廂房，右邊應該是廚房，再往後就是長滿了雜草的院子。

林莫瑤溜到後院，站在院子的中間就聽到了水聲。

「娘，那邊有河嗎？」林莫瑤往後指了指。

林氏嗔了她一眼，半開玩笑，半訓斥地說道：「妳忘了妳是怎麼生病的了？」

林莫瑤一愣。「啊？」

「離這裡不遠有條河，就是之前妳和二郎他們去撈魚的那條。」林紹遠的聲音冷冷地響起。

林莫瑤愣了半天才想起林紹遠說的二郎是誰。林氏還有個二哥，也住在林家村，林紹遠說的這個二郎，就是林莫瑤二舅家的大兒子林紹武，只是這一家子林莫瑤穿越來了以後，卻是從來沒有見過的，前世是沒機會見，今生嘛，到目前也還是沒機會見。

不過落水這件事情，或許是因為原主臨死前的怨念太大，林莫瑤在附身活過來之後依然記得很清楚——她不是自己掉下水的，而是被人推下去的，只是那個人是有意還是無意，就不得而知。

眾人又裡裡外外地將老宅走了個遍，發現情況比他們之前想像的還要糟糕。三間土屋，因為長時間沒人居住，風吹雨淋的，房頂好多地方都破了洞，門窗看著也搖搖欲墜。

廚房裡的土灶塌了半邊，除了一張斷了腿的板凳孤零零地躺在角落裡之外，再沒有其他東西。

林劉氏取出鑰匙，打開了堂屋的門，屋裡只有一方土炕，其他什麼都沒有，看來當時搬家的時候，東西都是搬走了的。

好在炕還是好的，且房間不小，住她們三個足夠了。

看著這幾間破破爛爛的屋子，林方氏有些內疚，說道：「這哪還能住啊？舒娘，妳還是——」

林氏知道她的意思，沒等林方氏說完，就開口打斷了她的話。「大嫂，我覺得挺好的，稍微收拾收拾也就能住了。至於家裡用的東西，暫時就把我們現在那間屋裡的搬過來用吧，等以後我們買了新的再還給大嫂。」

林方氏一聽，嗔怪地看了林氏一眼，佯裝惱怒道：「妳這死妮子，和我們還說這客氣話？那屋裡的東西妳儘管搬，想要什麼就拿什麼，妳嫂子還能虧待了妳不成？」

林劉氏看著林氏和林方氏，嘆了口氣，說道：「既然你們已經決定了，我也就不再說什麼。只是這房子現在肯定是不能住人的，怎麼說也得讓妳大哥把它重新給修補好，妳們再搬過來。」

「嗯。」林氏點頭。她知道，如果不讓林泰華把房子弄好，他們肯定是不會心安的。

兩家人一起動手收拾，一整天下來，倒是收拾得七七八八。本就沒有多少東西，只是房子比較舊，林泰華始終不大放心林氏等人住過來。

「大哥，這麼多年了，咱們不都住過來了？你忘了，我們可是在這裡長大的，等以後攢了錢，咱們再蓋間新的就是。」林氏寬慰道。

林泰華聞言，眉頭皺得更深了。林氏一家孤兒寡母的，哪裡能有什麼收入？她這麼說，不過就是為了寬他的心罷了。

林泰華想，反正現在地裡糧食都種好了，他抽空就去鎮上找活幹，儘量早些多賺點錢回來，幫著妹妹把房子重新翻蓋了。

與此同時，林莫瑤心裡的小算盤也開始打了起來。

看來賺錢勢在必行啊！經過她一天的勘察，已經想好她們將來搬過來之後靠什麼維生了。

# 第五章 營生

當天晚上，林莫瑤就把自己的想法告訴了林氏和林莫琪。

林莫瑤今天發現，站在老宅的院子竟然能夠看到官道。從老宅門口出去一直到官道，是一片小樹林，樹木不多，卻能適時的遮擋陽光，而且地勢平坦，非常適合歇息落腳。這些外在條件，讓林莫瑤動了擺攤的心思。

「娘，咱們不如在官道旁邊擺個攤子吧。」林莫瑤開口道。

「擺攤？」林氏皺著眉問了一句，似乎在考慮這個營生的可行性。

可看了看快要及笄的大女兒，還有今年八歲的二女兒，林氏又開始發愁了。

她已是婦人，不怕，可林莫琪和林莫瑤還是兩個未出閣的小姑娘，如何能跟著她出去拋頭露面？「這……」林氏有些為難。

林莫瑤不知道林氏猶豫的原因是她和林莫琪，見她猶豫，便想趁勢追擊，說服林氏擺攤掙錢。

「娘，您看咱們家門口的那片小林子，樹木不密，又能遮陽，咱們就在林子裡就地擺上幾張桌子，然後搭個棚子做廚房，給過往的行商和人們賣些吃的、喝的，又方便了人家坐下來歇息，咱們也能有些收入。」

興州府的地理位置處在邊境和京城之間，是那些商人一路走來的必經之路，而且林家村距離下一個縣城至少還要走上兩、三個時辰，就今天一天，林莫瑤都已經看到好幾撥商人停下來休整了，要是真的在這裡擺個攤子賣點吃的、喝的，肯定有生意。

見林氏還在猶豫，林莫瑤繼續勸道：「娘，咱們總不能一輩子都吃舅舅的吧？現在這麼好的條件擺在這裡，為什麼不試試？」

林氏見林莫瑤極力地勸說自己，看著她的眼神有些無奈。「娘沒說妳這個主意不好，只是……只是妳大姊馬上就要及笄，妳也八歲了，娘出去擺攤不要緊，可妳們是萬萬不能跟著娘拋頭露面的。」

林莫瑤一喜。原來是擔心這個，這個問題好解決啊！

「娘，我才八歲，還小呢；至於姊姊……這樣吧，咱們讓姊姊留在家裡準備東西，我和您去負責擺攤賣，以後賺了錢，實在不行就請個人幫忙就是了。」林莫瑤連忙說道。

林氏考慮了一會兒，也想掙錢，就同意了，便說道：「那就照妳說的辦吧。那咱們賣點什麼好？」

林莫瑤想了想，說道：「娘，要不咱們擺個餛飩攤子？賣賣包子、餛飩和茶水什麼的。那些趕路的人一路走來，肯定餓了、渴了，這包子、餛飩最為方便，他們就是在這裡吃或者帶走都行，也可以坐下來歇歇腳、喝喝茶水。這樣一來，咱們一家也有了營生，就不用再給舅舅添麻煩了。」

林氏一聽，說道：「法子倒是不錯，只是，咱們現在什麼都沒有，怎麼擺攤啊？」

林莫瑤眼珠子一轉，道：「要不，咱們先跟外婆和舅舅借點錢吧？等咱們掙了錢再還給他們。」

林氏無奈地點了點頭，也只能這樣了。自己有了生計，也省得以後娘親和哥哥、嫂子掛念。

「娘知道了，明天我就跟妳外婆還有舅舅說。」林氏緩緩道。

因為老宅好多地方都是剛剛修整過的，暫時還不能去住，至少也要讓太陽曬個幾天，趁著這個空檔，林泰華就想幫著林氏一家編些常用的物件。

山上的竹子很多，砍起來倒不費事，好在一些簸箕、筐子什麼的編起來也容易，大半天的時間，林泰華就已經編了一堆的小筐子、簸箕及竹凳子。

這會兒，他手裡正在編一張竹桌。

「大哥……」林氏輕輕喊了一聲。

林泰華抬頭，就看見林氏站在自己跟前，看她的樣子，應該是有事要說。「怎麼了？」

林泰華停下了手裡的活，看著林氏問道。

林氏猶豫地說道：「大哥，我想跟你和嫂子先借點錢。」

林泰華想都沒想就問道：「要多少？我讓妳嫂子給妳拿。」

林氏見林泰華這麼爽快，便也不再扭捏，直言道：「一吊錢就夠了。」

林氏回了林家以後，雖然不怎麼出門，可還在杜家時倒是經常上縣城採辦家裡的東西，物價大概心裡也清楚，她們想擺個攤子，一吊錢也就差不多夠了。

林泰華沒有問林氏要錢做什麼，直接起身回了屋子，不一會兒，就拿了一吊錢出來遞給了林氏。「大哥沒用，家裡沒攢下多少錢，給了張家一吊錢的聘禮錢後，這會兒家裡也沒多少。等到妳們搬了家，我就到鎮上去找點活兒幹。」林泰華沈聲說道。

林氏頓時覺得手上的錢有些燙手，但想到女兒說的，便咬了咬牙，對林泰華說道：「大哥，錢我過段時間就還你。」

林泰華聞言，抬起頭來看了一眼自己這個妹妹。他壓根兒就沒想過要她還錢，只是林氏這麼一說，倒是讓他有些好奇林氏拿這個錢去幹什麼了？「妳還沒告訴大哥，妳拿錢做什麼呢？」

林泰華一問，林氏便將自己和孩子們的打算說了出來。

林泰華聽了，稍稍想了一會兒就點了點頭，說道：「嗯，這個法子不錯。咱們家老房子門口的地勢挺好的，擺個攤也行，到時候我讓大郎和三郎經常過去幫幫妳。」

一旁的林莫瑤見事成了，就跑過來跟林泰華道謝，看到林泰華身邊的竹子，就問道：「大舅，你這些竹子哪裡來的啊？」她在林家村轉悠大半個月，沒看見什麼地方有大片的竹林。

「咱們村子後面那個山頭，翻過去就有一片竹林，大半個山頭都是竹子。妳問這個做啥？」林泰華回道。

林莫瑤搖搖頭，表示沒事。她前世挺喜歡吃竹筍的，既然有竹林，那就肯定有竹筍。林莫瑤暗暗琢磨著，哪天挑個時間帶著林紹安上山一趟。

有了錢，就得盤算買東西了。廂房裡，林氏帶著林莫瑤姊妹倆算帳。

「碗筷都要買新的，還得再買口鍋，各種調料也要買一些。」林氏一邊數錢，一邊說道，話說完，就分出了六百文。

林莫瑤又道：「既然是賣包子、餛飩，娘，咱們少說也得買上五十斤白麵，另外再買上二十斤粗麵來蒸饅頭。」

林氏一算，又去了兩百多文。

「還有肉，能買到大骨頭熬湯是最好不過了。」新鮮的蔬菜家裡有種，薑、蒜、白菜都不用操心，剩下的錢，林莫瑤準備全部用來買肉和大骨頭，另外再買點豆腐，這樣一來，這一吊錢基本上就不剩了。

一筆帳算完，林莫瑤直接趴在了桌子上。這日子，真是難過啊！不過沒關係，只要努力，日子總能過起來的。

晚上母女三人就商量出了一個章程。以後就由林氏帶著林莫瑤在前頭做生意，林莫琪則留在家裡包包子、洗洗菜什麼的，偶爾再繡繡花，貼補貼補。

一家人熱火朝天的忙活了三天，終於把老宅那邊徹底弄好了，林泰華又給她們做了兩張桌子並八張長椅來擺攤；另外，又砍了竹子來把做飯用的棚子給搭好。

這一次，林莫瑤也跟著上山了，下山的時候，背上直接揹了一背簍的竹筍。林家人都不愛吃這個，因為這竹筍入口有一股澀澀的味道，很難下嚥，但大家都寵著林莫瑤，見她喜歡折騰，就沒攔著，左右也不費事。

在現代，林莫瑤很喜歡吃酸筍，香脆可口又開胃。

「好了，大功告成！就這樣放著，半個月就能吃了。」林莫瑤心滿意足地看著面前的五個罈子，高興地笑道。

林家眾人或站或坐，都待在院子裡，看著林莫瑤對著五罈子竹筍傻笑，臉上也不自覺的帶出了笑意。

林紹安湊到林莫瑤的身邊，好奇地問道：「阿瑤，這樣泡著就行了？這能吃嗎？」

林莫瑤指了指五個罈子，轉過頭，笑咪咪地看向林紹安，說道：「好不好吃，等半個月不就知道了？現在還煩勞表哥幫我把這五個罈子給搬到地窖去唄！」地窖的溫度低，最適合存放東西。

林紹安聽了林莫瑤的話，開始誇張的大吼大叫，一邊控訴林莫瑤專門欺壓他、壓榨勞動力，一邊吭哧吭哧地幫林莫瑤搬罈子。

可惜，根本就搬不動。

最後還是林泰華和林紹遠看不過去，幫著把五個罈子給抱到了地窖。

第二天，林氏要進城去買東西，林莫瑤吵著要去，她只能帶著。

林莫瑤的想法很簡單，今生既然不去京城，那她就得從現在這個小小的縣城開始發展，先來探探路，看看能不能運氣好，發現什麼商機。

到了縣城才發現，他們所在的這個緬縣，麻雀雖小，卻五臟俱全，大街上琳琅滿目的商品各式各樣，還有一些人是從四面八方的村子前來販售山貨、新鮮蔬菜，以及各種雞鴨魚肉。

街道兩邊的店鋪也是應有盡有，林莫瑤步步緊跟著林氏，兩隻眼睛卻一直往兩邊瞄，希望能看到什麼自己能做，而且能夠迅速賺錢的。結果一圈巡視下來，發現做什麼都不行。

她不是沒想像前世一樣，直接設計幾套精緻漂亮的珠寶或者衣裙出來，讓那些小姐、夫人們追捧；或者就算不自己做出來，直接賣圖紙也是好的。

又或者像那些穿越前輩一樣，折騰出一些美味佳餚拿到酒樓飯館去，轉手就能用配方賣上大把的銀子。

可是現在，別說是銀子，就是銅子都沒有一個。大齊的礦業並不發達，前世還是她掌握了一些經濟命脈，加上李響的推崇，這才開始大量開採銀礦。

那些電視劇裡大手一揮就是各種銀錠子到處丟的事，在這裡是根本見不到的。

林莫瑤無奈嘆氣。如今的她，一沒身分，二沒錢，就算手上有圖紙，賣了的錢，她敢說，她人還沒出這個縣城，就能讓人給搶了。

還有那些美味吃食，她覺得自己還是不要低估這些古代勞動人民的智慧。這些酒樓飯館裡的大廚，哪一個不是人精啊？再精貴的吃食只要到了他們的嘴裡，保准過不了幾天，就能給她倒騰出一個一模一樣的來，說不定還比她做的好吃。

說到底，前世她還是占了個身分的優勢，今生還是慢慢的一步步來吧。

林氏正在買鍋，和家裡的鍋不同，這個鍋直徑約六十公分，比家用鍋要深。鐵在這個時代還是很珍稀的東西，所以四百文的價格也已經是店家好說話了，但林莫瑤還是覺得很貴。

農具店老闆看林莫瑤好奇地盯著鐵鍋看，就笑著解釋道：「小妹妹，妳們既然要開攤子賣餛飩，就得用這樣深口的鍋，平日家用的那種淺口鍋可不行。那種鍋如果來的人多了，可煮不下多少東西。」

老闆話落，林莫瑤就跟著笑了起來，心中不由得對這個老闆的印象好了三分。人家的話裡話外，都在說她們以後的生意好呢！攤子還沒開張，當然喜歡聽好聽的，所以，林莫瑤毫不吝嗇地扯開嘴角，甜甜地叫了聲。「伯伯，謝謝您的吉言，您的生意也會蒸蒸日上的！」

林莫瑤一張小臉圓圓的，笑起來還有兩個小酒窩，這一笑又刻意帶了些討好，老闆看了都不由得喜歡。

「哈哈，這丫頭嘴可真甜！既然妳這麼會說話，那伯伯就送妳些東西吧！」說完，農具店老闆轉身從櫃檯下拿出一個和林氏手中鐵鍋大小差不多的鍋蓋，遞給了林莫瑤；另外，又從櫃檯上拿了兩個葫蘆做的水瓢，一起塞到了林莫瑤的手裡。

林莫瑤抱著鍋蓋和水瓢，臉上的笑容更大了。「謝謝伯伯！」她嘴甜地道謝。

林氏看著林莫瑤手裡抱著的東西，有些不好意思。「這……老闆，我們怎麼能白要您的東西呢？」林老爺子在世的時候就對他們教導過，無功不受祿，不能占別人的便宜。

老闆笑了笑，說道：「不過是些不值錢的物件，往常來人買鍋我都會順手送兩個，不過幾文錢罷了，收著吧，也省得妳們另外準備。」

林氏感激地對老闆道了謝，又選了一些半大的碗，連同鐵鍋一起用草繩捆了，放到店裡寄存。她們還有好多東西要買，所以決定最後再過來拿這些鍋碗。

當母女倆走出店鋪之後，林氏低聲在林莫瑤的耳邊說道：「等以後咱們的攤子擺起來，下次進城時，就將家裡的一些新鮮蔬菜帶上吧，給老闆家送些來。」

林莫瑤知道，林氏這是不想占人便宜，就點頭應下了。

母女倆往前走了一段，就看到坐在糧店門口等她們的林紹遠。

「姑姑、阿瑤，妳們來了。」林紹遠隔老遠就看到了林氏和林莫瑤，連忙快步走了過去。

林氏點點頭，抬腳走進了糧店，林莫瑤和林紹遠被她留在了門口。人家糧店裡堆滿了東西，她擔心兩人進去給人弄壞了就不好。

按照之前的預算，林氏買了白麵和粗麵，帶來的布袋剛好能夠裝完，總共七十斤，都進了林紹遠的背簍。

糧店隔壁就是雜貨鋪，林氏帶著林莫瑤進去，又買了一些調料，這下帶出來的一吊錢就只剩下兩百文不到。

帶著這些最後的錢，三人又繞到菜市，買了五斤肥瘦相間的豬肉，還有一些用來熬湯的大骨頭，頓時錢就花光了。

林莫瑤看著空了的荷包，再看看林氏苦惱的神色，心中很不是滋味。

林氏只是嘆息了一會兒，便重新燃起了鬥志。看著林莫瑤皺在一起的眉頭，不由自主地就伸出手指在她的腦袋上，輕輕撫了撫。「妳這孩子，怎麼病了一場之後就總愛皺眉頭？」林氏笑道。

林莫瑤收回思緒，看著林氏道：「娘，我以後一定會讓您和姊姊過上好日子的，等以後我賺了錢，就天天給您數。」

林氏心中高興，點頭道：「好，娘等著我家阿瑤賺大錢，然後娘就天天坐在炕上數錢。」

林紹遠看著母女倆，心中很不是滋味。要不是因為他，姑姑和表妹也不會因為生計而發愁成這個樣子。想到這裡，林紹遠心裡五味雜陳，對造成這一切的罪魁禍首張家，心中更加埋怨。

三人準備回家，在路過一家當鋪時，林氏停了下來，想了想，還是抬腳走了進去。

林莫瑤直接跟上，就看到林氏將手上戴著的一只銀鐲子褪了下來，遞給櫃檯上的夥計。

林莫瑤認得，這是林氏和杜忠國成親那時，杜家給的聘禮，她一直戴在身上，而現在，林氏竟然要把它給當了！

讓林莫瑤更意外的是，夥計只給這只鐲子開價三百文，而林氏竟然沒有講價，直接答應了。按理說，這個手鐲至少也能當個四、五百文的。

娘倆出了當鋪，林莫瑤這才疑惑地問林氏。「娘，您怎麼把手鐲給當了？」

林紹遠一聽，腳步微微一頓，林氏和林莫瑤都沒有發現。

林氏看向林莫瑤，眼中閃過一抹傷痛，笑道：「人都沒了，還留著手鐲幹什麼？咱們現在正是缺錢的時候，賣了就賣了吧。」

林莫瑤雙眼一直緊盯著林氏，見她眼中雖然難過，卻沒有絲毫不捨，就知道林氏這是徹底放下了。

家裡，林莫琪已經準備好了吃的，只等林氏幾人回來就可以吃飯了，可林紹遠卻放下東西就走，林氏想留他下來吃飯都不肯。

看著跑遠的姪子，林氏嘆了口氣，說道：「妳們大哥心裡恐怕是埋下怨恨了，日後這張家的姑娘嫁過來，也不知道會是個什麼結果？只希望他不要遷怒張家姑娘才好……」

吃過晚飯，林氏就拿了籃子，從缸裡揀了十個雞蛋，又將買來的肉割了一塊出來放到籃子裡，準備出門。

「娘，您去哪兒？」林莫瑤問。這天都快黑了。

林氏知道自己這輩子是不可能再嫁了，也只會有這兩個閨女，所以有些事情並不打算瞞著兩人，見林莫瑤問，就答道：「我去趟村長家。咱們既然要在這兒擺攤做生意，就得跟村長說一聲，然後請村長出面去里長那裡備案，另外還得到衙門去落個文書。不然妳以為咱們想擺攤就擺攤啊？這攤位擺上了，還得交稅呢，哪有那麼容易。」

林莫瑤張大了嘴。前世她的生意做得風風火火，卻從來不知道還有這些條條框框，不過轉念一想，當初林莫瑤是直接接手秦氏手下的鋪子開始做生意，這些基本的東西肯定不需要她來操心，她不知道也不奇怪。

一直以來，她都以為她們只是擺個攤，不是什麼大事，只要將東西準備好就能擺了，沒想到這中間還有這麼多事情。

林氏有心教林莫瑤，所以就帶著她一起去了村長家。

# 第六章 擺攤

這個點，各家各戶都吃了飯，坐在院子裡納涼說話。林莫瑤跟著林氏來到村長家院子門前，還能聽見裡面傳來小孩的笑鬧聲。

林氏理了理衣服，確定沒有失禮的地方，這才抬手敲響了村長家的院門。

敲門聲落下，門裡就響起了一道女聲問——

「誰啊？」

林氏站在門口回了一句。「是我。」

院門開了，林茂青的大兒媳婦小吳氏笑咪咪地站在門口。

「嫂子，村長在家嗎？」林氏看著小吳氏問道。

小吳氏點點頭，將林氏和林莫瑤請進院子，衝裡面喊道：「爹、娘，是舒娘來了！」

村長夫人娘家姓吳，這個大兒媳婦就是吳氏一個村子的，大家為了區分，就在小吳氏的前面加了個小字。

按照族裡的輩分，林莫瑤要叫對方一聲舅母。

林莫瑤跟著林氏走進院子，就見村長坐在堂屋的廊下抽著旱煙。院子裡，村長的兩個兒子林強、林盛坐在一起，正在修理家裡的農具；村長夫人吳氏正在廚房裡收拾東西。小吳氏將林氏和林莫瑤帶進院子後，也回了廚房。

「是舒娘啊，還有阿瑤也來了，來來來，到舅公這裡來。」村長抬頭看了兩人一眼，就對林莫瑤招了招手。

林莫瑤抬頭看林氏，見林氏點頭，這才走到村長的面前，規規矩矩地行禮叫了一聲。「舅公。」緊跟著又對著林強、林盛叫了一聲。「表舅。」

廚房裡，小吳氏進去之後，吳氏就空出手走了出來。

林氏笑著叫了一聲。「嬸子。」

林莫瑤緊跟其後叫了一聲。「舅婆。」

她乖巧的模樣讓吳氏好一陣心疼，直接就坐到村長的旁邊，將林莫瑤給抱在懷裡。

林莫瑤的身體微微僵了一下，然後就這樣乖乖地站在吳氏的跟前。雖說她現在才八歲，可也是活了兩世的人，被人這樣抱著，還挺尷尬的，但是為了不讓人起疑，只能任由吳氏抱著。

林氏往前一步，將手中的籃子放到了吳氏的面前，笑道：「嬸子，這是我的一點心意，給孩子們打打牙祭。」

吳氏低頭看了一眼，看到上面放著一塊肉，還有底下一層露出來的幾個雞蛋，臉色變了變。「舒娘啊，妳這是？」

林氏將吳氏眼中的憐憫看在眼裡，為了不讓他們誤會，連忙說道：「是這樣的，茂青叔、嬸子，我現在從我大哥家裡搬出來了，這不是帶著兩個孩子，總不能坐吃山空吧？我家老宅離官道不遠，我就想著在林子裡擺個茶水攤子，給過往的行人行個方便，我們也能有點進項，所以想來請茂青叔去里長那裡說一聲，再去衙門裡備個案。」

村長和吳氏這才鬆了口氣。想到林氏現在的情況，這在官道旁擺攤確實是個不錯的出路，只是這樣一來，她家的兩個女兒……唉，拋頭露面多了，也不知道以後好不好找婆家？如今這種情況，首要還是先填飽肚子，其他的以後再說吧。

村長想了想，問了林氏幾個問題，主要就是攤子準備賣什麼、要擺多大等等，林氏都一一答了。

林莫瑤就見村長點了點頭，說道——

「嗯，行，這事我明天就去幫妳辦。」

林氏大喜，連忙道謝，然後從懷裡摸出一個荷包，遞給村長。

「茂青叔，這是去衙門登記的錢，多的就當姪女請您和里長大人喝茶。」

林莫瑤這個時候才知道，林氏為什麼要在回來路上就著急地把鐲子給當了，原來到衙門備案還要交錢的。

村長也不推辭，從林氏手上接過荷包，輕輕用手掂了掂，大概知道了裡面有多少錢。除了辦文書需要用到的一百五十文，裡頭至少還有一百文的餘錢，不多，卻是林氏的心意。

「嗯，這事就交給我吧，最遲明天下午就給妳辦好。」村長把錢收了起來，對林氏說道。接著又閒話了一會兒，問了林氏準備什麼時候開業，還有啥需要幫忙的沒有？有就直說，大家都在一個村子裡住著，她們一家三個女人難免有些不方便。

林氏忙說不用，有林泰華一家在，基本上已經都弄好了，接著又是一番道謝，這才帶著林莫瑤從村長家出來。

母女倆到家的時候，天色已經徹底暗了下來，天空中一輪巨大的月亮高高掛著。文書要明天才能辦好，攤位的棚子也要明天才能搭，可現在天氣太熱，這肉要是放在家裡，明天肯定就壞了，所以，林氏得把肉拿到林泰華家的水井裡去保鮮。

天黑了，林氏擔心林莫琪一個人在家會害怕，就把林莫瑤給留了下來。

「我去妳們舅舅家把肉放到井裡，妳們倆在家把門關好，我一會兒就回來。」林氏臨走時交代道。

見姊妹倆點點頭，林氏這才放心地提著肉，朝著林泰華家走去。

姊妹倆遠遠地看著林氏進了門，這才回屋裡，到炕上坐著等她回來。

林氏除了林泰華和林泰立兩個親哥哥之外，還有一個親堂哥、一個堂姊、一個堂弟，都是林二老爺家的，之前在林泰華家門口攔住林莫瑤的林周氏，就是林氏的堂哥林泰業的媳婦，而堂弟林泰祿，則娶了林周氏娘家的一個妹子小周氏；至於林氏的那個堂姊，林莫瑤從來沒有見過，聽說是嫁到了興州府，很少回來。

第二天一早，林泰華、林劉氏和林方氏都來了，林泰業和林泰祿也帶著各自的媳婦過來。今天他們要幫林莫瑤家搭擺攤用的棚子；另外，林周氏妯娌兩個是來幫忙林氏收拾東西的。

農村的女人都能當半個男人用，一個上午的時間，林泰業兄弟兩個就負責上山砍竹子，再加上前段時間林泰華帶著林紹遠、林紹安砍的，倒是夠用。

林泰華沒有上山，而是帶著其他人留下來開始搭建。茶棚建在樹林裡，這倒是省了不少事情，完全不需要另外砍樹來做支撐，只需要將兩棵樹之間用竹子做成的牆，連結起來就行了。

林莫瑤沒有讓他們將竹牆做得太高，只有半人的高度，這樣一來，那些客人坐下來吃東西、喝茶時，不但能擋了風，還不遮擋視線，他們可以一邊休息，一邊欣賞這周圍的美景。要知道，這可是古代純天然無污染的清幽景點啊，看一眼都能讓人心曠神怡。

再將林泰華之前做的竹桌、竹凳放到中間，一個涼棚就搭好了，每一步都是林莫瑤指揮著進行的。一開始的時候，林泰華幾個大人還笑話她小小年紀主意倒是不少，可是後來，當他們按照林莫瑤的要求做好之後卻發現，在這樣的環境下休息一番，確實挺舒服的。

不說別的，就是今天一個上午，已經有好幾撥人來問他們這是幹什麼了？這還沒有開業呢，就已經有不少的人停下來休息。

林氏和林劉氏見狀，連忙燒了幾鍋熱水涼下來，免費給這些過往的行商們飲用，大家頓時對林莫瑤家的這個茶棚印象好了幾分。

三家人忙活了一整天，終於在太陽下山之前，將整個茶棚給建好。

而幫著林氏辦文書的村長也回來了。

村長將辦好的文書交給林氏，林莫瑤站在旁邊踮著腳看了一眼，文書上寫明了擺攤的位置、出售的種類，然後在所有人的位置，寫的是林氏的名字，林舒娘，最下面是衙門的蓋章，另外還有兩個小一些的印章，林莫瑤猜測，這應該是里長和村長的。

這不就是現代的營業執照嘛！有了這個，她們家的這個茶攤就是合法經營了，可是受法律保護的！林莫瑤不由得拿著文書傻樂。這可是她有史以來真正的第一份事業，雖然上面不是寫的她名字，但也是她提起的，不是嗎？和前世秦氏那些表面屬於她，實際上卻被秦氏抓在手裡的產業不同，這可是實打實屬自己的。

現在，文書有了，茶棚也蓋好了，就等著第二天正式開業。

為了感謝大家來幫忙，林氏直接蒸了滿滿一屜的包子、饅頭。

「舒娘，這哪行啊？這可是妳們賺錢的東西，哪能給我們帶回去？不行不行！」

林周氏看著林氏手上拎著的一籃子包子、饅頭，愣是怎麼都不肯接。她可是看得清清楚楚，那籃子裡雪白雪白的足有二十個包子、饅頭，一樣放了十個呢！他們今天來幫林氏幹活本就應該，哪能臨走了還帶些東西回去？要讓她公婆看到，他們不得被罵死啊！

林氏著急，看向旁邊的林劉氏。她們一個下午緊趕慢趕的終於把包子、饅頭給蒸上，就是想著林泰業和林泰祿兩夫妻走的時候，能帶些回去給家裡的孩子吃，誰知道這東西還送不出去。

林劉氏沈了臉色，看向林周氏和小周氏，訓斥道：「妳們今天要是不收，我老婆子就親自送到你們家裡去，到時候你們吃也得吃，不吃也得吃！」

林周氏和小周氏對視了一眼，只能乖乖將東西收下。沒辦法，別看林劉氏平時好說話，脾氣也好，她要是倔起來，九頭牛都拉不回來，她們倆今天如果不收下這一籃子，林周氏敢說，他們四個前腳進門，後腳林劉氏就能拎著東西到他們家去。

「那我們就收下了。舒娘啊，這以後家裡要是有什麼事情，妳就讓阿瑤去說一聲，我們立刻就過來啊！」林周氏收下東西後說道。

林周氏見林氏應下，這才跟幾人打了招呼，叫上小周氏和林泰業兄弟倆，拎著東西回家。

林泰華一直將人送到村子裡這才回來，一進門就看見自家老娘還有媳婦、妹妹坐在一起有說有笑的，另外一邊幾個孩子也是打鬧成一團。

「孩子他爹，你嚐嚐這包子，娘和舒娘的手藝就是好！我啊，就是再學上十年、八年的，也不一定能趕得上她們一半。」林方氏見自家男人站在門口一動也不動，連忙招呼他過來，順手還拿了兩個包子，直接塞到他的手裡。

林泰華笑呵呵地拿著包子咬了一口，說道：「那是，娘的廚藝那可是出了名的好。我記得小時候，就連二叔、二嬸都天天跑到咱們家吃飯，我聽二嬸說，二叔當初就是為了吃娘做的飯菜，怎麼都不肯分家呢！」

林方氏從來不知道家裡的這些事情，這會兒聽他說起，對林劉氏更是一臉崇拜。

林劉氏被林方氏看得有些不好意思，嗔怪地看了一眼林泰華，這才嘆了口氣說道：「我這手藝當初也是在主家的時候跟著學的，那時候太太仁慈，凡是二等以上的丫鬟都能學些刺繡、廚藝啥的，娘小時候家裡窮，所以啊，有了機會學，當然要能學的都學了。後來太太見我年紀也大，幫著找了門親事，才嫁給了你們的爹，還把賣身契也還給我。一轉眼啊，都這麼多年過去，你們也都長大成人，看著你們一個個的成家立業，我這個老婆子將來就是死了，也對得起你們的爹了。」

林劉氏一番話說得三人難受，似乎想起了林老爺子，三人的眼裡都有些淚花。

林氏更是抹了抹眼睛，靠近林劉氏，依偎在她的肩膀上，哽咽著喊了一聲。「娘……」

林劉氏眼角含淚地拍了拍她的手，繼續說道：「娘最對不起的就是妳了。當初歡天喜地的，還以為給妳找了門好親事，沒想到卻是個忘恩負義的王八蛋！現在倒好，連累了妳不說，還害了兩個孩子。我最近老是作夢夢到妳爹，他託夢給我都在罵我啊，說我沒有照顧好妳……」

林劉氏哭了，林氏也跟著哭，林泰華則低頭沈默不語，但臉色也不大好看。林方氏一邊勸著林劉氏，一邊勸著林氏，勸到最後，自己也跟著抹起了眼淚。

大人這邊的動靜驚動了他們一幫小的，林莫瑤見兩人哭得傷心，連忙跑了過來，只是還沒開口安慰，就被林劉氏抱著哭得更狠了。

林劉氏一邊哭，還一邊說：「外婆對不起妳們啊，是外婆害了妳們娘兒三個啊！」

林莫瑤被她們弄得莫名其妙，連忙看向林泰華求救。

林泰華收到外甥女的求救眼神，輕咳了一聲，開口勸道：「好了，娘、妹妹，妳們都別哭了，過去的都過去了，咱們現在得往前看。照我看，妹妹和阿瑤、阿琪沒跟著那個負心漢就是好事，跟著他，說不定還要受罪呢！現在，她們擺攤，我再照看著些，怎麼也比去受人氣強啊！」

林泰華話落，林莫瑤也跟著安慰林劉氏，一邊哄著，一邊給她擦眼淚，道：「對啊，外婆，您別哭了，再哭眼睛要給哭壞了。您要是擔心我娘，那以後我就不嫁人了，我找個上門女婿來給我娘養老，我一輩子照顧她、養著她。」

林莫瑤的話逗笑了林劉氏，她笑了笑，說道：「妳這丫頭，這些話是誰教妳的？還上門女婿呢！妳才八歲，知道個啥？」

林莫瑤見林劉氏笑了，便鬆了口氣。剛才見她哭得那麼傷心，她真怕林劉氏一下子給哭暈過去。都一把年紀了，可禁不起折騰。

至於林劉氏說她小？好吧，小就小吧，她們高興就成，反正她現在確實也才八歲。

林氏和林方氏也止住了哭聲，林方氏見林劉氏不哭了，大大地鬆了一口氣。

至於林氏，雖然不哭了，卻低著頭不知道在想些什麼，連林劉氏喊她都沒聽見。

「舒娘？舒娘？」林劉氏喊了兩聲，林氏都沒反應，便直接上手推了她一把，大聲喊道：「妳想什麼呢？」

林氏被林劉氏一推就回神了，茫然地看向林劉氏問道：「娘，怎麼了？」

林劉氏看著她翻了個白眼，問道：「妳剛才想什麼呢？我叫妳好幾聲都沒聽見。」

林氏抱歉地笑了笑，看了林莫瑤一眼，說道：「阿瑤，妳跟妳姊他們去旁邊玩吧。」

林莫瑤愣了一下。這是趕自己走嗎？

林氏等林莫瑤走了，這才看向自家娘親和大哥、大嫂，低聲道：「我剛才在想阿瑤說的那件事情。」

幾人一愣，問道：「什麼事？」

林氏看向林劉氏，說道：「招上門女婿的事。」

「啥？」林劉氏三人震驚地看向林氏。

林氏聽到幾人的驚呼，對著林莫瑤他們那邊使了個眼色。

幾人這才放低了音量，問道：「怎麼好好的說這個了？」

林氏看了一眼那邊坐著的兩個女兒，想了想後開口道：「阿琪大了，而且也定了親事，彭家那邊之前還送了消息過來，說等到阿琪及笄了就成親的。所以我就在想，阿瑤還小，既然以後就我們娘兒三個過了，乾脆給阿瑤招個上門女婿吧，這樣一來，阿琪也算是有娘家撐腰了。」

林莫琪在之前杜忠國還在的時候就定了一門親事，對方是縣裡的人，開了個雜貨鋪子，日子過得還算不錯，彭家也是道義人家，聽說了她們家的事情之後，非但沒有找麻煩，反而還專程託人送來了信，說等到孩子及笄就能成親，這讓林氏很是感動了一番，對彭家的人品也更加滿意了。這樣一來，即使以後她的女兒嫁過去，日子也不會太難過。

所以，在剛才林莫瑤無意間說出招上門女婿的時候，林氏就動了心思。娘家有人做依靠始終還是要好一些的。

林氏說完，就見林泰華的臉色頓時黑了下來，沈聲說道：「舒娘，妳這話什麼意思？難道阿遠他們幾個就不是阿琪的娘家兄弟了嗎？我林家的姑娘，什麼時候需要上門女婿來撐腰了！」

林氏臉色有些尷尬，知道自家大哥這是想左了，剛準備開口解釋，就聽見林劉氏也開口了。

「妳大哥說得對，啥時候我們林家的閨女需要上門女婿來撐腰了？妳當阿遠這幾個小子是死人啊？有他們在，我看以後誰敢欺負我的兩個外孫女！」

林氏見兩人的話越講越過，頓時有些急了，連忙說道：「娘，您胡說什麼？我沒說阿遠這幾個孩子不好。唉，你們就當我有些私心吧，想讓阿瑤留在我身邊。再說了，這招個上門女婿對阿瑤不也有好處？至少以後她不會被欺負啊！這孩子性格從小就倔，您瞧瞧從前她犯了錯，我說兩句都敢跟我頂嘴，倔起來時，就是挨了打也不肯服軟，這樣的性子要是嫁到別人家去，那不得受罪嗎？娘，您捨得阿瑤將來吃虧嗎？」

林氏最後這句話說到了林劉氏的心坎裡，她微微嘆了口氣，說道：「可是，現在哪有人家肯把小子送給人家當上門女婿啊？到時候別找到個品行不好的，受罪的還是阿瑤。」

林氏也深知這其中的麻煩，嘆了口氣，道：「反正現在阿瑤還小呢，等幾年看吧，這段時間咱們也多留意留意，如果有適合的孩子，提前定下來也行。」

林劉氏看了看旁邊的孫女一眼，還是點了點頭。這個家終究還是要有個男人來撐門戶的。

林氏跟林劉氏說的話，林泰華也聽進去了，雖然想通了，也知道林氏並不是嫌棄自家的幾個兒子，但是他還是很不高興被當成外人，所以全程下來，林泰華的臉色都是臭的。

至於林莫瑤，完全不知道自家娘親和林劉氏剛才已經商量過一遍她的終身大事。其實要說起這事情，林莫瑤真的挺冤枉的，林氏想給她招上門女婿，就是因為林莫瑤的脾氣倔、不服軟，可，那卻是從前的林莫瑤。

林家的人始終不知道，這個八歲的軀殼裡，已經換了一個人，而且這一換，就換了兩世。

# 第七章　好日子的開始

為了方便今天開業，林劉氏昨天晚上留在了林莫瑤家。天還沒亮，林氏和林劉氏就爬起來，悄悄進廚房開始包包子。林劉氏負責包，林氏就到攤子的地方生火燒水。

沒等她們忙活一會兒，林方氏就來了。有了林方氏的加入，包包子的速度快了許多，不一會兒就包完了。一個蒸籠蒸五十個，足足有六屜；還有三屜的大饅頭，一起端到外面的灶台上開始蒸。昨天夜裡就小火熬上的大骨頭湯，林氏找了個大桶，直接裝了一桶拎到攤位上。

準備好這一切，天也大亮了，官道上漸漸有行人路過，灶臺上蒸著的包子、饅頭飄出了香氣，引得官道上的行人側目。

不少人都來詢問價格，林氏他們之前就商量好，縣城裡的包子都是兩文錢一個，饅頭是三文錢兩個，林氏等人考慮到他們這個攤位稅收不高，又沒有租金，所以最後定價在包子三文錢兩個、饅頭一文錢一個。

林莫瑤圖的是薄利多銷，這官道上來來往往的客商雖多，可更多的是平頭老百姓，照著這幾天她觀察的人流量，這個價格他們絕對不會虧。

所以，當大家得知價格之後，不少人都多買了幾個，留作中午的午飯。有生意上門，林氏自然高興，歡天喜地的忙著。林方氏和林劉氏也在，兩人正收拾桌上留下來的空碗；另外幾張桌子，還有幾個人坐在那裡一邊啃著饅頭、包子，一邊喝水。

這個也是林莫瑤提出來的。為免灶台不夠用，當時林莫瑤特意讓林泰華在起灶台時，做了三個孔，現在正好派上用場。

一個孔蒸包子和饅頭，一個孔熬湯，剩下的孔燒熱水，專門供給路過的行人。人們口耳相傳，漸漸的，越來越多人知道這裡有個茶攤，免費提供開水給過路人喝，討水喝的人多了，只要進來聞到包子香味，都會要上一、兩個，生意也就跟著好了。

一個上午，三百個包子全部賣完，饅頭也只剩下二十來個，好在林劉氏一大早就打發林紹遠到縣城買肉和麵粉，剛好在中午之前趕了回來，趁著這會兒路上的人少，林劉氏幾人趕緊回去又包了些包子。

下午的人沒有早上多，只有一些商隊會停下來歇歇腳，但是他們一般身上都會帶著乾糧，借用了茶棚倒上一碗熱水，就能勉強湊合吃了再上路。

林莫瑤非但沒有趕人，反而水管夠，還讓他們將水囊灌滿帶走，不少行商因此感激。感受到大家的謝意，林莫瑤很開心，其實她也沒作他想，只是單純覺得能給人方便就行。

到了下午，喝水的人多，買包子的人反而少了，不過這並不影響林家眾人的積極性。

等到晚上收攤之後，林氏將今天收來的銅板放到客廳桌上，大家臉上都有著欣慰和驚喜。

林莫瑤數了數，今日總共賣出去四百個包子、兩百多個饅頭，一共賣了八百多文，扣掉買麵粉和買肉的錢，一天就賺了將近三百文，這可把林莫瑤和一家人給樂壞了。

林方氏看著桌上這麼多錢，感嘆道：「咱們早些時候怎麼沒想到在這裡擺個攤啊？瞧瞧，這一天就賺了孩子他爹半個月的工錢呢！」

林劉氏聞言，狠狠地瞪了兒媳婦一眼，冷聲道：「家裡一年到頭總共也就閒下來這一、兩個月，妳還指望能賺多少錢？家裡地不種了？糧食不收了？」

林方氏被林劉氏一瞪，臉上有些訕訕的，也知道自己剛才那句話說得不大適合，連忙看了小姑子一眼，對著林劉氏賠笑道：「娘，我不是那個意思。」

林劉氏哼了一聲，沒有理會她，林方氏連忙對小姑子投去求救的眼神。

林氏看著林方氏求救的模樣，再看看自家娘親佯裝生氣的樣子，摀著嘴就笑了起來，道：「呵呵，娘，您看您把嫂子給嚇的，她不過是感慨了一句，而且她也沒說錯啊，咱們要是早發現這麼條路子，咱家的日子也能好過許多！」

林劉氏聞言，倒是收起了臉上生氣的表情，嘆了口氣，說道：「其實啊，娘當初也不是沒有想過做點生意，改善一下家裡的生活，主要是你們爹，他讀了一輩子的聖賢書，一直想改變林家的門楣，所以，士農工商，他是萬萬不許林家走上商路的。」說完，林劉氏看了林泰華一眼，有些失望地道：「只可惜你們兄弟四個，沒有一個是讀書的料，倒是這一輩小的出了個三郎腦子靈活，可咱家沒錢啊，沒條件送三郎去書院。如今你們二叔身體一天不如一天，他們一家的日子也不好過，我有時候就在想，你們爹當初的堅持到底是對是錯？」

林莫瑤看了看被林劉氏點名提到的林紹安，剛才還興奮的跟著她大叫，這會兒已經獨自一人坐到門檻上。林莫瑤看著他那有些落寞的背影，賺錢的心更加迫切了。

林劉氏的話讓林氏和林泰華的心情都變得有些沈重。

林泰華問道：「二叔又病了？」

林劉氏輕輕點頭，嘆氣道：「這是你爹欠你二叔的。為了供你爹讀書，你二叔主動擔下家裡的擔子，跟著你們爺爺下地幹活、去城裡打工，可是你爹自己不爭氣，考上秀才之後，就再也沒能繼續往前邁步，連續考了三年，最後也只能在縣城的書院當教書先生，家裡的條件也是那時候才好一些。那時候你年紀還小，這些事情都是不知道的。」

林泰華點了點頭，道：「我明天去看看二叔。前段時間我到縣城做工也賺了點錢，咱們自己留一半，剩下的我明天給二叔送去。」

林劉氏欣慰地點了點頭，扭頭看林方氏。

林方氏見婆婆看向自己，連忙表態，道：「娘，這事我絕不會有意見的，二叔對咱家有恩，這個事情在媳婦嫁過來時您和公公就說過了，兒媳絕不會忘了二叔家的這份恩，您放心吧。」

林劉氏聽了，臉上露出滿意的神色，點頭道：「好孩子，娘沒看錯妳。」一句話誇得林方氏的臉一下子就紅了。

林泰華高興地悄悄在桌子底下握了握林方氏的手，對她的善解人意感到欣慰。

夫妻倆的小動作被林劉氏看在眼裡，心中有著一絲安慰，接著不禁冷哼一聲，說道：「哼，我精明了一輩子，可是，偏偏就瞎了那麼一次眼。」

林劉氏還有一個兒子林泰立，性格有些軟弱內向，當初林方氏進門後，林劉氏緊跟著便幫林泰立定了一門親事，也就是現在林莫瑤的二舅母林張氏。當初林劉氏看上她，正是因為張氏的性子有些潑辣，而林泰立的性格軟弱膽小，想著夫妻倆能夠互補一些。

沒想到，張氏進門不到一年，就慫恿林泰立鬧起了分家，那個時候林老爺子的身體已經開始敗落，這個節骨眼上分家，無疑是將這個家逼上絕路。

張氏鬧得厲害，林劉氏也倔，在林老爺子被氣病之後，大手一揮，分家了，就連當時的林二老爺一家都給分了出去單過，更將家裡大部分的錢都給林二老爺一家安頓。那段時間，林老爺子生病要吃藥，林方氏又懷著孩子，一家子的生計全部落在林泰華和林劉氏的身上。

在這樣的情況下，倔強的林劉氏愣是憑藉當初在主家學來的繡藝和廚藝，將這個家的難關給度過來了，白天給人家做幫廚，晚上就點燈繡花去賣，一直到林紹遠出生、林老爺子去世。

所以，即使現在還在一個村子裡住著，林劉氏都不輕易到林泰立家去，就是路上遇到了，都不會多說一句話。
林張氏和林泰立就像林劉氏的一個心病，一根扎在心上的刺。
「娘……」林氏依偎在林劉氏身邊，輕輕喊了一聲。
「娘老了，以後這個家就靠你們了。你們爹走了這麼多年，等將來娘也走了，你們想做什麼就去做吧。」這話的意思，就是林泰華一家如果以後真的想改善家裡的生活，想要嘗試走商路，就儘管去走吧，耕讀世家哪有那麼容易過的？
林泰華聽得出林劉氏語氣中的落寞，突然說道：「娘，您放心，我就是砸鍋賣鐵也會送三郎去書院讀書的。改變林家的門楣是爺爺一輩子的心願，也是爹一生的期望，就算三郎不行，將來我們林家的子孫，世世代代都要去上學唸書，總有一個能夠出人頭地的。」
林紹遠也跟著附和道：「奶奶，我現在大了，也識字，我可以到縣城裡跟著人家做學徒、做夥計，我一定會供弟弟上學的。」
林紹安一張臉憋得通紅，眼眶紅紅的，說道：「奶奶，我一定好好讀書，絕不會讓爺爺和您失望。」
語氣有著林莫瑤從未見過的堅定。
林劉氏看著林泰華和林紹安，點點頭欣慰地笑了。
林莫瑤見林劉氏笑了，鬆了口氣，調皮地說道：「外婆，您別擔心，您看今天我們家生意多好啊，等我賺了錢，我就送三哥去上學，到時候咱們上縣城裡最好的書院，不對，咱們上興州府去上學，我聽說興州府有個大書院，裡面的先生可厲害了！」

林劉氏高興，說道：「看看，咱們阿瑤都知道心疼哥哥了。」

林氏高興女兒懂事，但該說的還是得說，輕輕地用手指點了點林莫瑤的腦袋，笑道：「妳真以為錢這麼好掙呢！」

林莫瑤仰頭看著林氏。今天生意這麼好，他們不是都看到了嗎？

林氏看林莫瑤這個樣子，就知道她什麼都不懂，便說道：「阿瑤，妳難道忘了今天是什麼日子了？」

林莫瑤搖搖頭。她是真的不知道啊！

林氏就道：「今天是十六，縣城趕集的日子，妳難道沒注意到，今天過路的人特別多嗎？」

這下林莫瑤回神了。趕集一個月才有一次，也就是說，像今天這樣火爆的情況，一個月也只有這麼一天。

這個事實讓林莫瑤的心好累，她真想仰天長嘯一聲。賺錢真的好難啊！

眾人見林莫瑤垂頭喪氣，心中不忍，林泰華就勸道：「阿瑤，這錢都是慢慢賺的，雖然平時過路的人沒有今天多，但也不少就是了，做生意得慢慢來，妳也別太難過。」

林莫瑤點點頭。這些道理她當然知道，只是現在看著大家發愁的樣子，林莫瑤就覺得這賺錢的速度還是太慢，儘管這樣，她心裡也明白，這事，急不來。

「謝謝舅舅，我知道的。」林莫瑤乖巧地點頭，但臉上失落的神色還是掩飾不了。

林紹安見狀，以為林莫瑤是難過賺不到錢供他讀書，就笑著安慰道：「阿瑤，妳也別太著急了，俗話說一口吃不成胖子，咱們要賺錢就慢慢來唄，反正爺爺留下來的書都在家裡，我就先把爺爺留下的書讀完好了。」

林莫瑤知道，自己這個表哥，是真心喜歡讀書的。

「三哥，你放心，最遲明年，我一定讓你上學！」林莫瑤斬釘截鐵地對林紹安保證道，目光堅毅，語氣堅定。

林紹安本想逗弄她一下，但是對上那雙充滿鬥志和堅毅的目光時，鬼使神差地就將調侃林莫瑤的話給嚥了回去，換成了——

「嗯，三哥相信妳。」

兩個孩子就這樣達成了共識。

# 第八章 筍

一夜過後，林莫瑤早早就起來幫林氏一起準備出攤。天色剛亮，母女三人就將包好的兩屜包子和饅頭搬到外面的灶台上，升上了火，一邊燒開水，一邊蒸包子、饅頭；再把捆在樹上的桌子、椅子拿下來擺好，林方氏就帶著林紹遠、林紹安過來了。

「娘年紀大了，我讓她在家多歇歇，今天就由我來幫忙吧！」林方氏接過林莫瑤手裡的活，開始幫忙。

林氏有些不好意思，說道：「大嫂，只要不是趕集的時候，有阿瑤幫我就夠了，我們能忙得過來。家裡還有那麼多事情，我怎麼好意思麻煩妳呢？」

林方氏拿著抹布擦灰，就回道：「妳就別跟我爭了，這半個月我還能幫幫妳，等過段時間地裡忙了，到時候就是妳叫我來我也不來了。行了，啥也別說，趕緊幹活吧！」說完，又點了林紹遠的名。「大郎，你帶著弟弟、妹妹，趁著今天不忙，去幫你姑多買點麵粉回來。」

林氏聽了她的話，直接打開蒸籠拿了六個包子出來，塞到三個孩子的手裡，說道：「給你們拿著路上吃。」說完，又叮囑林紹遠，道：「大郎，你是大哥，你得看好弟弟、妹妹，進了縣城買完麵粉就回來，知道嗎？」

林紹遠接過包子，點點頭，對林氏保證道：「姑姑放心吧，我一定看好弟妹，不會讓他們亂跑的。」

這次進城的目的很簡單，就是買麵粉，而且三人身上帶著的錢也不多，所以直接買了就走。林莫瑤本還想看看的，但想到林氏那雙擔心的眼睛，還是決定回家，反正以後進城的機會多得是。

麵粉買回來，林氏下午就做了些麵條出來。家裡白菜、蔥和蒜都是現成的，又有大骨頭湯，到了傍晚時分，一些肚子餓了又懶得走到縣城吃飯的人，就直接坐到林莫瑤家的茶棚裡，叫上一碗骨頭湯麵，歇息一番，臨走的時候，還能再帶上幾個包子在夜裡當宵夜。

林氏在擀麵時捨得放雞蛋，所以她擀出來的麵條，口感上就比別家的有勁道，雖然這樣的成本高了一點點，但也不多，一碗麵還是能掙上一、兩文錢。

經過幾天的磨合，林家母女三人也過上日出而作，日落而息的生活，等到林氏漸漸熟悉，林莫瑤也能幫上不少忙，林方氏就很少再過來了。

半個月下來，除了第一天開業時淨賺了近三百文以外，後面這半個月生意雖然不如第一天，卻每天也都有百、八十文的進帳，最少的時候也有五、六十文。林莫瑤抽空數了數小罈子裡裝著的銅板，除去買材料和放在家裡零花的錢，現在她的小罈子裡也有一吊錢的存款了，林莫瑤高興得連數了三遍。

林莫琪和林氏在旁邊看著林莫瑤那傻傻的樣子，就笑道：「阿瑤，這一千個銅板妳翻來覆去的數多少遍了，還沒數夠啊？」

林莫瑤小心翼翼地把錢放好，說道：「妳們知道什麼？這錢啊，越數才能越多！」

林氏被她逗笑了，嗔道：「就妳歪理多！快睡覺吧，明天早上還得早起呢，娘琢磨著明天早上再煮上一鍋稀飯看看。還有，妳上次藏在妳大舅家地窖裡的那個什麼酸筍，妳不是說半個月就行了嗎？這都半個月過去了。」

林氏的話提醒了林莫瑤。她這段時間太忙，都把這個事情給忘了，這一被林氏提起，林莫瑤就有些迫不及待地想看看酸筍泡得如何了？以至於一晚上都惦記著那酸酸的味道，口水直流。

第二天天不亮，母女三人就起來忙活，包包子、上蒸籠，忙完時已經天色大亮。

當第一縷陽光透過樹葉照到林莫瑤的面前時，林莫瑤玩心大起，跳到陽光照射的點上，任憑陽光在自己身上落下，暖洋洋的，很舒服。

就這樣玩了一會兒，看時辰差不多，林莫瑤和林氏說了一聲，就直奔林泰華家。她還惦記著筍呢！

林莫瑤到的時候，他們一家也剛好吃完早飯。

林劉氏將她拉到桌子邊上坐好，問道：「妳怎麼這麼早就過來了，吃飯了嗎？我給妳盛碗小米粥。」

「外婆，我吃過了。」林莫瑤連忙攔住林劉氏，說道：「早上起來幹活的時候就吃過了，我是來搬酸筍的。大表哥和三表哥起來了嗎？我要他們幫忙搬到我家去。」

林劉氏一聽就指了指西廂，說道：「大郎跟妳舅舅天剛亮就去地裡了，三郎在屋子裡看書，妳去找他吧。」

林莫瑤點點頭就跑了過去，也不敲門，直接就進去了。

林老爺子還在時，用攢了兩年的束脩修了這個院子，當年西廂還是給林二老爺一家住的，所以裡面的格局和堂屋一樣，進門一個客廳，左右兩邊各有一道門，是單獨的兩間房間，而林紹遠和林紹安現在各住一間。

林莫瑤進到林紹安房間裡時，他正捧著一本《論語》，搖頭晃腦的在讀。

「子曰：人而無信，不知其可也。大車無輗，小車無軏，其何以行之哉……」

林莫瑤也不作聲，悄悄地走到林紹安的背後，突然出聲問道：「三郎，這段我都聽你讀了好幾次，怎麼還在讀？」

手捧著書正在用功的林紹安直接被嚇了一跳。「跟妳說了多少次，就算大人們不在，妳也得喊我三哥。」

林莫瑤不理他，只是撇了撇嘴，在林紹安發火之前說道：「我是來找你幫忙的。」

「幹啥？」林紹安問。

林莫瑤趴在桌上看他，說：「酸筍好了，想找你跟我一起搬。」

「好，妳等我一會兒。」林紹安說完，就背過身去，將手裡的書小心地用布包好，放到書櫃裡，還用鎖給鎖了起來。

林莫瑤好奇，就問道：「你這是幹麼啊？家裡又沒人跟你搶，外面的人也進不來偷不到，你咋還鎖得這麼嚴實啊？」

林紹安很是愛護林老爺子留下的這些書，甚至有些愛護過頭，即使是家裡的幾個孩子想看，都只能看他手抄下來的那些。

這些書裡，有的是林老爺子還在的時候買的，有些是林老太爺在世時，為了兩個兒子讀書咬牙買的，保存到現在都幾十年，除了紙張泛黃之外，竟沒有一點破損，這都歸功於林家孩子的愛護。

林紹安將書放好，回過頭就見林莫瑤在發呆，伸手在她面前晃了晃。「想什麼呢？」

林莫瑤回神，搖搖頭，笑道：「沒什麼。走吧，我們去地窖看看。」

兩人到了地窖，打開門，等空氣流通了才爬下去，兩人合力，好不容易才抱出一罈子酸筍，但當兩人到了地窖門口時就發了愁。怎麼爬上去是個問題。

這時，林劉氏出現在地窖門口，好笑地看著兩人，說道：「你們倆一起把罈子舉起來，我給你們接著。」

林莫瑤和林紹安面上一喜，合力將半大的罈子給舉過了頭頂，林劉氏眼疾手快地抓住，直接拎了上來。

兩人手上一鬆，迫不及待的就爬上去，林劉氏已經將罈子起開了。

「阿瑤，這筍這麼泡真的能吃？」林劉氏問。

林莫瑤兩眼放光，連連點頭，說：「能吃，絕對能吃！」

隨著罈子打開，一股酸酸的味道撲面而來，林莫瑤吸了吸鼻子。就是這個味道！

林莫瑤迫不及待的想要嚐嚐，就見林劉氏已經拿了筷子準備去挾，連忙出聲阻止，道：「外婆，等一下！」

林劉氏被林莫瑤嚇了一跳，差點沒把碗給丟到地上，奇怪地問道：「咋了？」

林莫瑤連忙攔住林劉氏，說：「外婆，這罈子裡可不能碰到油葷，一點點都不行。」

林劉氏一聽，就回了廚房，再次出來時，手上拿了雙嶄新的竹筷。

「這是妳舅舅之前幫妳們做筷子時我留下來的，還沒用過，新的，就用它吧。」林劉氏說道。

林劉氏在罈子裡挾了幾塊泡好的筍子出來，見顏色瞧著比之前放進去時更白了，而且一條條的已經被泡軟。

林莫瑤和林紹安的眼睛沒有離開過林劉氏手上的碗，聞著空氣中的酸味，引得兩人口水直流。好想吃啊！

碗一放下，兩人就迫不及待地直接伸手拿著開吃。

酸筍一入口，林莫瑤就知道成了，味道甚至有過之而無不及。

林紹安和林莫瑤不同，他是第一次吃到這個東西，一入口時的酸味讓他眉頭皺了一下，可是，雖然酸，卻很好吃。

「好吃！好吃！」林紹安胃口大開。

看著林紹安和林莫瑤一塊接一塊地往嘴裡送，林劉氏不由得也好奇起來，跟著挾了一塊放到嘴裡。

林莫瑤忙問：「外婆，怎麼樣？好吃嗎？」

林劉氏仔細品了品，說道：「嗯，不錯，入口酸脆，用來下飯、就著粥吃都可以。阿瑤，妳是怎麼想到的這個法子？」

林莫瑤一愣，她總不能說她前輩子吃過吧？想到這裡，林莫瑤就笑了起來，調皮地說道：「作夢夢到的，哈哈！」

林劉氏嗔怪地瞪了她一眼，笑道：「妳這丫頭，盡胡說八道，妳不說就算了。我去挾幾塊出來給妳舅舅、舅母他們回來時嚐嚐，剩下的妳搬到攤子上去。這東西不值錢，滿山都是，而且做法也簡單，給妳娘當個配菜啥的給客人吃。回頭妳再帶著妳兩個哥哥上山挖一些下來，咱們多泡點。」

林莫瑤正和林紹安你爭我搶，聽到林劉氏的話，兩人高聲的應了。好東西當然越多越好了。

林莫瑤最終還是沒能搬動那鐔酸筍，只能用大碗裝了一碗出來，先端到攤子上給林氏，剩下的等林泰華回來再給她送過去。

林紹安也沒心思讀書了，跟在林莫瑤的身後就想去攤子上幫忙。兄妹二人出了後門，走到小道上，隱隱約約就聽見家裡那邊傳來說話聲，林紹安在旁邊找了塊石頭站上去，往家裡的方向看了一眼，眉頭皺了皺，道：「李媒婆又來了。」

林莫瑤一愣，也跟著站了上去，剛好能看見李媒婆跟在林方氏的後面走進了林家，林方氏的臉色好像不大好看。

林莫瑤看了一眼林紹安，說道：「要不，你回去看看吧，有事就來通知我。」

林紹安正有此意。上一次李媒婆來是張家要退親，他想看看這次李媒婆來是幹什麼的？

林莫瑤找到林氏，把自己看到的事情跟林氏說了。

林氏也皺了皺眉，心中猜測這個李媒婆又來做什麼？可是現在快到中午，吃飯的人就要來了，林氏不可能回去，就看向林莫瑤，叮囑道：「妳回去家裡把妳姊叫來幫忙，妳去妳舅家，看看李媒婆來幹什麼？」

「好！」林莫瑤應了一聲就跑了。

到了林家，一進門，林莫瑤就發現情況不對。

林劉氏和林方氏臉色很難看，李媒婆臉色也有些尷尬，見林莫瑤進來了就扯了扯嘴角，勉強笑道：「二姑娘來了。」

林劉氏和林方氏見到林莫瑤來了，臉色稍微緩了緩，林方氏對外喊道：「三郎！」

林紹安一回來就被打發回了西廂，這會兒正張著耳朵往這邊偷聽呢，聽見喊聲，馬上就跑了過來，問道：「娘，您叫我？」

林方氏指了指林莫瑤，說道：「帶你妹妹去你屋玩。阿瑤，跟妳三哥去玩一會兒，舅母和外婆有事和李媒婆說。」

林莫瑤不動，而是跑到林劉氏身邊坐好，說道：「我在這兒陪著外婆、大舅母，妳們說妳們的，我就聽聽。」說完，咧開嘴，對著林方氏笑了笑。

林方氏沒有反對，林紹安見狀，立即腆著臉湊了過去，站到了林劉氏的另外一邊。

林方氏掃了一眼兒子，倒是沒再趕人，接著看向李媒婆，語氣冰冷地說道：「張家還有別的什麼要求嗎？」語氣中滿是嘲諷。

林莫瑤一聽，果然和張家有關。

李媒婆不是沒有聽出林方氏語氣中的嘲諷，臉上有些尷尬，只是，她也是替人跑腿的，這人家提的要求，也不是她能作主的啊！想到這裡，李媒婆不自然地笑了笑，道：「沒了。」

林氏冷哼一聲，直接起身回屋，再次回來時，手上多了個紅布包。

林方氏把紅布包往桌子上一放，對李媒婆說道：「這是張家姑娘的庚帖，正好妳今天來了，就一併帶走吧！」

李媒婆嚇了一跳，直接站了起來，問道：「這……林大嫂，這是幹什麼啊？有話好好說啊！」

林莫瑤和林紹安對視一眼。這什麼情況？

# 第九章　大郎退親

「大舅母，您這是幹什麼啊？」林莫瑤驚呆了。要是還了庚帖，這親就結不成了！

「阿瑤，這事妳別管。」林方氏回道。

林莫瑤一聽，轉身就要跑。她得叫她娘來，不然要出事！

林方氏眼疾手快地抓住了林莫瑤，說道：「妳也別想去喊妳娘，今天就是喊誰來都沒用，張家這門親，我退定了！」林方氏很生氣，抓著林莫瑤的手都在抖。她繼續對李媒婆說道：「李大姊，我們家這門親事，一直以來都是您在兩頭跑，之前的事您也都知道，我捫心自問對他張家還是不錯的。自從兩家的婚事定下之後，逢年過節我什麼時候短過他家的節禮？那張家的姑娘還沒嫁過來，我就時常送些姑娘家用的東西過去，就是我自己的親姪女我都沒對她這麼好！」

李媒婆臉上的表情訕訕的。她當然知道，這林家是厚道人家，林老爺子雖然不在了，可是林劉氏在十里八鄉是出了名的能幹，林方氏對外也是一副好名聲，他們家除了之前出過分家的事，根本就讓人挑不出一點錯處。而這張家的條件也就一般般，能攤上林家這樣的親事，那真的是走了好運了！可如今的情況，李媒婆除了在心中腹誹一句「張家犯蠢」，別的話是再不好說了。

「林大嫂，妳看，妳要不要好好考慮考慮？畢竟這大郎的年紀……」李媒婆還想試著說合，畢竟林家大郎的年紀擺在那裡，過了年就十八，這放到青年中已經算是晚婚，沒了張家姑娘，他以後想要重新找一門好親可就難了。

李媒婆的話讓林方氏更加心冷了。張家就是仗著他家大郎年紀大了，這才有恃無恐，第一次以小姑子一家住在他家為理由退婚，不就是為了逼他們把小姑子一家給攆出去嗎？家裡少了幾口人吃飯，他家閨女嫁過來日子就會好過一些。

這些林方氏都忍了，小姑子一家也不計較，這事就算翻過去了，如果以後張氏嫁進門來，安安分分的過日子，她就不跟他們家計較。可是，這才過去一個月，居然又叫媒婆上門，想漲聘禮！

林方氏實在氣不過，說道：「李大姊，我沒啥好考慮的，煩勞您回去轉告他家，這親事是我家退的，那送過去的一吊錢聘禮我也不要了；另外這些年送出去的禮我也不收回，就當補償他家姑娘的。我家大郎年紀是大了，可如今我家小姑子和兩個外甥女擺攤可是掙了不少錢，我大不了就多點聘禮，重新給他找個好姑娘回來就是，他張家的姑娘金貴，我家求不起！」說完，林方氏直接從身上摸了一百文錢塞到李媒婆手裡，將人給推到了門邊，接著說道：「李大姊這就去吧，以後還少不得麻煩李大姊幫我家大郎重新留意留意，有沒有哪家姑娘，心地好、心氣不高的，到時候還請來告訴我，我一定給大姊封個大紅包！」

李媒婆臉色一變，這是直接說張家姑娘心地不好、心氣高了。看著氣憤中的林方氏，李媒婆最終還是什麼都沒說，應了她一聲，嘆著氣走了。

林莫瑤到現在都還沒弄明白，這張家到底是怎麼惹到了林方氏，居然能讓她氣得直接退親。這可是大事啊，她甚至都不跟林泰華商量一聲，就直接這麼幹了？不行，她得趕緊回去通知林氏！林莫瑤轉身就想跑，卻被林劉氏給喊住。

「阿瑤，等等。」林劉氏的聲音很疲憊。

「外婆……」看著林劉氏眼裡的疲憊，林莫瑤莫名的有些心疼。

林劉氏拉著林莫瑤的手，輕聲說道：「這會兒都快中午，攤子上吃飯的人肯定多，妳娘還在忙著，就別去跟她說了。晚上收了攤，今天妳們娘兒三個都到外婆家來吃飯，這事，我跟妳娘說。」

林方氏也點頭，說道：「妳外婆說得對，這事晚上再說吧。」說完，林方氏直接起身去了廚房。

林劉氏看著她離開的背影嘆氣，拉了林莫瑤和林紹安，說道：「以後長大了，別忘了你們大哥對你們的好。」

滿懷疑問的林莫瑤，愣是一直支撐到了傍晚收攤，才跟林氏提起今天早上的事。

「娘，咱們還是快去看看吧。」林莫瑤說道。

林氏在林莫瑤說林方氏退了張家這門親事時就慌了，沒等林莫瑤說完，便朝著林家去了，一邊走還不忘大聲叮囑林莫瑤。「把東西收好，叫上妳姊過來。」

看著急匆匆離開的林氏，林莫瑤也想知道具體詳情，手上的動作就快了起來。將最後一塊板子蓋到灶臺上，林莫瑤跑回家叫上林莫琪，朝著林家奔去。

正房裡，眾人的臉色都很不對。

林泰華看著林紹遠，嘆了口氣說道：「大郎，你也別怪你娘，這事是她太衝動了，對不起你。不過你放心，爹娘肯定會重新給你找一門滿意的親事的。」

林紹遠本就對張家這門親事生出了嫌隙，得知林方氏把這門親退了，反而鬆了口氣，說道：「爹，我不著急，這張家的親事我本來就不想要了，退了也好。」

林泰華心裡頓時一鬆。他還擔心兒子記恨，現在看來，完全是他想多了，遂轉過頭對旁邊的林方氏說道：「妳回頭再去找找李媒婆，多送點東西過去，請她幫幫忙再看看有沒有適合的姑娘？家裡條件好壞不要緊，關鍵是人品一定要看好了，我林家的兒媳婦，絕不能是那種沒有眼見、心高氣傲之人。」

林方氏點頭應是，這件事情也算翻過去了。

可是，旁邊坐著的林莫瑤一家卻急壞了。林氏看著自家大哥和大嫂，著急地問道：「這……你們還沒告訴我，這親事怎麼好好的就給退了呢？」

林方氏看著滿臉愧疚自責的小姑子，生怕她想歪，就說道：「張家要把聘禮漲到五吊錢。」

「什麼？」眾人驚呆了。

林家的家境，雖然溫飽不成問題，可也沒有到隨便就能拿出五吊錢的地步！要真這樣，他們早就送林紹安去書院了。

林方氏繼續往下說，林莫瑤這才知道原委。

原來，上一旬趕集的時候，張家一個親戚從林莫瑤家的攤子那裡路過，看到攤子上的火爆生意，回去就把情況跟張家的人說了。張家人覺得林家這是賺了大錢，就想乘機漲點聘禮，好讓張家姑娘底下的兄弟有錢說親。他們料定林家大郎年紀大，除了他家姑娘，誰還肯嫁給他，這才提出這要求。

沒想到的是，林家這次竟然這麼硬氣，直接給退了親事。

現在不管這些事張家姑娘知不知情，這親都不能結了。

「大郎，說到底，是姑姑害了你。你放心，以後你要是看上哪家的好姑娘，儘管來跟姑姑說，聘禮方面，姑姑給你想辦法。」林氏慈愛地對林紹遠說道。

另一邊，李媒婆直接去了張家，將林家的意思轉達完，庚帖一放，就走了。

張家老頭沒想到，林家居然會直接把親事退了，氣得連飯都不吃，狠狠地瞪了一眼自家老婆子、兒子和兒媳婦，轉過頭回屋了。

張連氏只是想拿捏一下林家，沒想到林家居然直接就退親，他們仗著的，不過就是林家大郎的年紀大了，不可能另外找親事，這才想從他家多撈些錢，可是現在，別說好處沒撈到，就連孫女的親事都黃了。

張連氏狠狠地瞪了一眼兒媳婦，兇狠地吼道：「都怪妳！要不是妳出這麼個餿主意，這林家能退親嗎？現在倒好，妳上哪兒給燕兒找個比林家更好的親事？呸，真是個掃把星！」

張王氏被張連氏指著頭罵，一句話也不敢反駁，心裡卻早已經把張連氏給罵了個遍！當初是誰聽村子裡的親戚回來說林家發財了，眼巴巴地瞅著想多弄點聘禮的？現在倒好，竟然反過來怪她，真是個老不死的！

張燕躲在自己房裡，已經一個下午沒有出門了。李媒婆來退親時說的話，她全都聽見了，而一整個下午，外面都傳來奶奶咒罵自己娘親的話，還有爺爺的暴喝聲。張燕把自己蒙在被子裡，哭也哭過了，現在剩下的只有不甘和怨恨。

她曾經跟著她娘上街遠遠地看了林紹遠一眼，一顆心早就掛在他身上，對方也經常給她送些東西，就等著明年她嫁過去。可是，這個節骨眼上，林家居然做出退親的事。

雖然她娘和奶奶漲聘禮不對，可是，既然他們林家都已經發達了，多拿些錢來給她做聘禮，難道也拿不出來嗎？說到底，就是林紹遠不夠看重她，連這點錢也捨不得！

半個月前，她聽自家親戚說，林家現在擺了攤、賺了錢，那銅板一把一把的收，她就在想，等她嫁過去，就能過上好日子了，也可以像村裡的春花嫂子那樣，戴上漂亮的頭花，穿好看的衣裳。再加上林紹遠長得好看，還讀過書，不知道會有多少小姊妹羨慕她能定上這麼好的一門親事呢！

可是現在，什麼都沒了。

張燕越想越恨，越想越氣，看到桌子上放著的繡筐，一腔怒火沒地方發，直接就把東西給摔了。「我倒要看看，退了我家的親事，誰還肯嫁給你！」張燕咬牙切齒地說道。

林家和張家的親事徹底黃了，這件事情沒多久就傳了開來，等傳到林莫瑤兄妹幾個的耳裡，事態已經嚴重到有損林紹遠的名聲。

村子裡都在說，林家耽誤張家姑娘這麼多年，卻在賺了錢之後把親事給退了，這可是把張家姑娘往絕路上逼啊！

有人誣衊就有人辯解。林周氏看著對面幾個外嫁來的長舌婦，插著腰吼道：「我今天倒要看看，到底是誰一直在敗壞我家大郎的名聲！我林家退婚？他張家好意思嗎？這話傳出來，他們脊梁骨也不疼？我呸！」

這幾個外嫁女中，就有張家那個村子的，和張燕家多多少少有些親戚關係，聽了林周氏這番話，就有人不服氣地站出來，陰陽怪氣地說道：「我說林周氏，這是人家大房的事，跟妳有什麼關係？你們兩家不是早就分家了嗎？」

林周氏瞪著說話的人，嗆道：「是分家了，那又怎麼樣？我樂意幫大房說話，妳管得著嗎？這張家的算個屁！先是逼著我家大哥把小姑子一家給趕出去，又看人家賺了點錢，就上趕著要漲聘禮，這事擱在誰身上誰高興？啊？要我看，我大哥、大嫂真是太仁慈了，不光沒要回當初定親時送的一吊錢，就連這些年送的節禮都沒要他們家還！我呸，還好意思在外面說我家大郎的壞話？今天看誰還敢再說，我還不打死她！」

林周氏這次是真的火了，這段時間，家裡兩個孩子回來總是莫名其妙的生氣，問他們話也不肯說，又過了兩天，兩個孩子居然跟人打架了。

林周氏總共生了三個孩子，大女兒林思意和林莫琪一樣大，性子內斂，平時除了去找林劉氏請教繡花的事情，就是待在家裡，大門不出，二門不邁的；二兒子叫林紹平，今年十歲；小兒子林紹勝，六歲。

兄弟兩個平時雖然皮，卻很懂事，不會和村裡的孩子發生衝突，這次跟人打架，明顯就是有問題了。

剛剛在林周氏的追問下，林紹平這才梗著脖子吼道——

「他們說大哥是負心漢，說我們家欺負人，還說大哥是這樣，我們幾個小的肯定也不是什麼好東西！」

林周氏直接呆住了。

躺在屋裡的林二老爺聽見，在林二奶奶的攙扶下，顫顫巍巍地走出來，盯著兩個孫子，問道：「你們剛才說什麼？再給我說一遍。」

林紹平抹了一把臉，把自己這段時間在外面聽到的流言，說了出來。

林紹平一說完，林周氏就氣得不行，拿了一把掃把就要去找人算帳。

「爹、娘，我這就去看看是誰在外面造我們家的謠，我今天非打斷她的腿不可！」

林二老爺這段時間身體本來就虛，聽了這個消息，早已經氣得夠嗆，也不攔著林周氏，直接說道：「去，趕緊去！出了事爹擔著！」

「誒！」林周氏應了一聲，轉身跑了。

扶著林二老爺躺好後，林二奶奶才出來，叫來林紹平，吩咐道：「快去你大爺爺家，看看你大奶奶和大伯母在不在家？讓她們趕緊去找你娘！」

「嗯。」林紹平應了一聲，直接朝著林泰華家跑去。

等林劉氏和林方氏等人到的時候，林周氏已經快和人動起手來。

林方氏直接衝上去，一把將林周氏拉到了自己身後護著，指著對面的人吼道：「妳想幹什麼！還想動手不成？」

被林方氏指著的婦人，不自覺的往後退了一步，忽然反應過來，今天的事可是林周氏挑起的，於是底氣又回來了。「怎麼，林方氏，今天分明是林周氏來找我們的麻煩，妳倒好，一來就倒打一耙！哼，妳要真想找事，我也不怕妳！」

林方氏氣得臉都綠了。剛才來的路上，林紹平已經將自己知道的告訴了林方氏，林方氏和林劉氏這才知道，原來這些人竟然在背後這樣說林紹遠，林劉氏差點沒有氣暈過去。好在林方氏還存著一絲理智，在得知林周氏拿著掃把來找人麻煩，立刻就帶著婆婆追過來，生怕來晚了一步，林周氏跟人動起手來，那他們家就真的是有理說不清了。

林方氏深呼吸了一口氣，說道：「我今天來，不是來跟妳吵架的，但是該說清楚的事情我還是得說清楚。」一看周圍圍觀的人越來越多，林方氏這才繼續說道：「既然今天大夥兒都在，我就把這事給大家好好說道說道。我們家大郎和張家姑娘的婚事，是老早就定下的，這件事情村子裡的人都知道。」林方氏頓了頓，又道：「我家小姑子和那姓杜的和離，帶著兩個孩子，走投無路回了娘家。我婆婆心疼閨女，我家男人心疼妹子，就讓她們娘兒三個住在我家，我就問大家夥兒一句，這合不合理？」沒等人接話，林方氏繼續說：「你們只知道我們退了張家的親事，可知道張家之前就來過我家？張家逼著我們將小姑子一家給攆出去過，否則就要退了我家大郎的親事！在場的各位叔伯、堂哥堂弟、堂嫂弟媳們，你們說說，這樣的事情，是人幹的嗎？」

「這不能吧？這麼缺德的事誰幹得出來啊！」有人說了一句。

林方氏冷笑一聲，繼續道：「我家小姑子心善，不願意連累我兒子，在張家提出這個要求的第二天，就帶著兩個孩子搬到老宅去了。他們張家只說我家賺了錢，可又知不知道，這攤子跟我家半點關係都沒有，全是我小姑子一個人的。那天趕集，我和我婆婆去幫忙，正好就讓他家的親戚給看了去，結果掉過頭就讓李媒婆來說，要將聘禮漲到五吊錢！你們說說，哪有這樣的道理？五吊錢啊，就是把我家的全部家當加起來，也沒有這五吊錢啊！鄉親們，這樣的人家、這樣的親，我林家真是高攀不起！現在，就算是揹了這個罵名，我家大郎以後會打一輩子光棍，這門親我也是要退的！」林方氏聲淚俱下的哭訴，既委屈又倔強。

林方氏的話說完後，場面立刻就安靜下來。

那個和林周氏吵架的婦人，這會兒只恨自己不會遁地術，不然她一定打個地洞鑽進去，然後躲回家。她也姓張，正是那張家同一個村子的，還沾了些親戚。

其實她也是聽人家說的，加上這段時間，林莫瑤母女三人的茶水攤子生意怎麼樣，她們都看在眼裡，難免有幾分眼紅，所以，在有人傳出對林家不好的話時，她也就跟著說了幾句，沒想到卻被林周氏給堵了個正著。而她自認為和張家有些親戚關係，得到的消息都是真真實實的，這才敢肆無忌憚地和林周氏爭辯。

結果，林方氏的一番話不但推翻她之前所說的「事實」，更是啪啪地打了張家的臉。

林周氏見張氏縮了縮脖子想跑，就立即說道：「張氏，剛才我大嫂說的話，妳都聽清楚了？我今天就把話撂這兒了，以後要是再讓我聽到，妳和那些長舌婦說我姪兒的壞話，我就見一個打一個！」

「是，不說了、不說了！」張氏連忙應聲。

林氏和林泰華幾人趕到時，林方氏和林周氏眼睛都紅紅的，林劉氏似乎也哭過。

「娘，怎麼回事啊？」林氏著急地問道。

林劉氏看了一眼林氏身後的小周氏，說道：「妳先送妳兩個嫂子回家去。」

小周氏已經知道事情的經過，點點頭，拉著林方氏和林周氏走了。

等到人都走了，林劉氏才看著張氏，淡淡地開口。「大全媳婦，剛才我大兒媳婦說的話妳也聽到了，我林家對張家已經是仁至義盡，可儘管是這樣，他們也不肯放過我家大郎，那我們今天就把事情挑開了說。如今大家都知道事情的始末，我也不想再多說什麼，只是，還煩勞妳有空回娘家時，幫我給張家的人帶句話。」

張氏巴不得趕緊結束，連忙點頭說道：「嬸子，您說，我聽著。」

林劉氏冷笑，說道：「既然他們家不仁，那就別怪我們家不義了。今天這事是他們自食其果，我大兒媳婦也沒有任何添油加醋詆毀他家的意思，不過是實話實說。以後，我家和他家的情分就斷了，讓他家好自為之吧！」

林劉氏的話擲地有聲，坐實了林方氏所說的話。

一時間，人們不再議論林家大郎，而是轉為議論張家的姑娘。

當張家得知這件事時，事情早已一發不可收拾。

# 第十章 偷雞不成蝕把米

林二老爺家的院子裡，林紹遠被林二老爺強制留在了院子中，他煩躁的只能不停地在院子裡走來走去，時不時地看向門外。

「二爺爺，您就讓我去看看吧。」林紹遠祈求地看著林二老爺，想讓他放自己出門。

林二老爺看了他一眼，頓了頓手上的枴杖，吼道：「看什麼看？你今天哪兒也不許去！」

林紹遠急得嘴上都起泡了。他和爹在地裡幹活幹得好好的，就聽見跑過來的堂弟說，嬸子跟人打起來，追問之下才知道原來是為了他，可等他們到了家裡，他卻被二老爺給強制扣下了，說他哪兒也不能去。

林紹遠非常想去看看，卻又不敢違背長輩的命令。林二老爺的身體不好，林紹遠真擔心自己要是忤逆他跑出去了，會把人給氣出個好歹來，所以，在林二老爺的再一次壓制下，林紹遠只能生著悶氣，坐回小板凳上。

林二老爺看著氣憤的姪孫，無奈地嘆了口氣，目光越過院門，看向遠處人群集結的村口，除了勉強能看清人影，其他的就什麼也看不到了。

林劉氏跟張氏說了那番話以後，就放人離開了。該說的都說了，在場這麼多人，這事不出兩天就能傳遍整個村子。張家既然不仁，那她還顧慮他們的名聲幹什麼？

「走吧，回去吧，別讓你們二叔擔心了。」林劉氏嘆息一聲，叫上其他幾人準備離開，一回頭才發現，林方氏、林周氏和小周氏三人並沒走，而是在不遠處等著。

「妳們還在這兒啊？走吧，回家再說。」林劉氏率先抬腳離開，只是沒走多遠，就被迎面而來的一男一女給擋住了去路。

林莫瑤看到林劉氏的臉色，唰地一下就變黑了。

「你們來幹什麼？」林劉氏冷冷地開口。

林莫瑤這才注意到，面前的一男一女，走在前面的女人三十來歲，身材微胖，至少比林氏和林方氏都胖一些，只見她扭動著腰肢走到林劉氏的面前，才堪堪停住，然後不知是有意還是無意，她抬起手扶了一下頭上的髮髻，林莫瑤順著她的手，正好看到她頭髮上插著一根銀簪。

林周氏冷哼了一聲，林方氏則低下了頭，林氏面無表情，就連後面跟著的林泰華和林泰業兄弟倆都有些怪怪的。林莫瑤正在猜測這兩人的身分，就聽見前面的女人對著林劉氏開口了。

「娘說的什麼話？我們當然是過來看看有沒有什麼需要幫忙的了！」林張氏說道。

跟在她後面的男人在聽到林張氏開口之後，才唯唯諾諾地對著林劉氏喊了一聲。

「娘。」

不過林劉氏似乎不想理他，應都沒應，林泰立的臉上有些尷尬。

林莫瑤了然。原來是她二舅和二舅母。

林劉氏黑著臉，可林張氏似乎沒看到一般，熟絡的依次和旁邊的人打招呼。「大嫂和弟妹都在啊？我說你們也真是的，這麼大的事情怎麼不讓人去家裡說一聲呢，我也好來幫忙嘛不是？」

林方氏垂著頭，淡淡道：「不是什麼大事，就不煩勞弟妹了。不過說起來，這壞大郎名聲的張家，好像跟弟妹家是親戚呢，我沒記錯吧？」

林張氏彷彿沒有聽出林方氏口中的嘲諷，一臉愧疚地說道：「唉，一個村子裡住著的，算是沾了點親戚，我也沒想到他們會這麼編排大郎啊！改明兒我就回趟娘家，上他們家好好說道說道，一定給大郎討個說法！」

林方氏笑了，道：「呵，我可不敢煩勞妳，我家的事我自己能解決，還麻煩二弟妹讓讓，我們還得回去跟二叔報信呢。」說完，林方氏直接扶著林劉氏就走，路過林張氏的身邊時，還狠狠地撞了她一下。

林張氏扭著水桶腰讓開了，嘴裡嫌棄地哼了一聲，掉頭朝著另外一個方向走了，甚至看都不看林泰華和林泰業幾人。

林泰立看著離自己越來越近的大哥和兩個堂弟，神色有些尷尬地打了聲招呼。

「大哥、三弟、四弟。」

林泰華淡淡地應了一聲，林泰業和林泰祿則是一起叫了一聲「二哥」。

林泰立張張嘴，似乎還想說什麼，就聽見身後傳來了林張氏的吼聲。

「還像個木樁似的站著幹什麼？還不快走，站在那等著人回來拉你嗎？」

林莫瑤聽見喊聲，好奇地回頭看去，就見林泰立往他們的方向看了一眼，隨後跟著林張氏離開了。

林莫瑤搖搖頭嘆氣。就這性子，難怪當初被林張氏慫恿分家，一句話都不敢說。

回到林二老爺家，林劉氏的臉色還是很難看，林二奶奶一把拉過林周氏，問道：「妳大伯母這是怎麼了？難道大郎的事沒說清楚？」

林周氏嘆了口氣，壓低了聲音說道：「剛才回來的時候，遇到二哥和二嫂了。」

這下林二奶奶的臉色也不好了，不過很快就恢復常色，走到林劉氏的身邊，主動給她端了碗水放到手裡，道：「嫂子，先喝點水吧。」

林劉氏看了一眼手裡的碗，對林二奶奶無奈地道：「老二身體不好，還得妳多費心了。」

林二奶奶連忙點頭應是。服侍丈夫是她應該做的事，就是林劉氏不說，她也會照顧好他的。

喝了一口水，林劉氏看著院裡坐著的林泰華堂兄弟三人，說道：「老大，你回頭上鎮上做工的時候，要是碰著張家村子的人，就打聽一下這些對大郎不好的話是誰傳出來的？」

「嗯。」林泰華黑著臉應了。

林劉氏又看向林方氏幾個，吩咐道：「下次若是有人來詢問妳們這件事情的經過，我不用妳們胡編亂造地編排他家，只需要將實話都說了就行，最好越多人知道越好。」敢算計她大孫子，她就讓他們看看，他們老林家是不是好拿捏的！

交代完了這些，林劉氏這才開始教訓幾個小的，第一個就把林紹平給揪了出來，指著他的腦袋，教訓道：「你個沒出息的，早幾天人家編排你大哥的時候，你咋一聲不吭？啊？後來被人打了也還想忍著？要是你娘不問你，你是不是就不打算把這事告訴家裡人？你這是想讓人把你大哥給編排死嗎？」

林紹平低著頭，任憑林劉氏教訓，委屈地說道：「大奶奶，我知道錯了。」

林劉氏也不忍心教訓孩子，聽他認了錯，就心軟了，問：「你是在哪兒聽到人家這麼說你大哥的？」

林紹平頓時變得支支吾吾。

林劉氏面色一冷，呵斥道：「說！」

林紹平被林劉氏嚇了一跳，小聲且快速地說道：「我……我是偷聽到二伯母和別人說的。」

眾人聞言，臉色一變。

林周氏一把拉過林紹平，斥責道：「這可不許胡說！」

林紹平被林周氏抓得疼了，梗著脖子說道：「真的！起初我不信，可說的人多了，我就跟他們吵。今天早上，爹讓我送弟弟回家，路上又碰到那幾個小孩，他們指著我和弟弟罵，說我們和大哥一樣，都是負心漢，我一氣之下就和他們動手了。我們挨揍的時候，紹強就在旁邊看著，還說那幫小子打得好！」

院子裡一度沈寂，眾人的臉色都十分難看。

「這黑心肝的東西，我找她算帳去！」林周氏挽了袖子，就要去找林張氏算帳。

「站住！」林劉氏喊了一聲。

林方氏立即拉住往外跑的林周氏，兩人一起看向林劉氏。

林劉氏嘆息道：「單憑小平一句話，妳們就跑去找她？妳們倆是吵架吵得過，還是臉皮比她厚了？」

兩人一愣，隨即臉紅了。要論撒潑，她們真的不是林張氏的對手。

林劉氏嘆了口氣，語氣頗有些無奈，說道：「行了，這事以後都不要再提，現在該說的都說清楚了，再去找她難免又要被她鬧大，到時候兩家面子上都不好看，村長和族長那裡就更麻煩。這事就這麼過了，你們以後儘量別往他們那邊去了。」話落，又指了指幾個小輩，說道：「還有你們幾個，別以為我不知道你們腦子裡在想什麼，你們誰也不許去招惹那兩個孩子，不然挨了揍，可別回來哭。」

倒不是林劉氏不希望他們兄友弟恭，只是，林張氏生的兩個孩子，完全隨了她的性子，整個就是潑皮無賴。老大林紹武今年十四，整日無所事事，跟著縣城的混混們廝混；八歲的小兒子林紹強，天天跟在林紹武後面有樣學樣，縣城裡的混混嫌棄他年紀小，他就在附近幾個村子裡拉幫結派，總是欺負弱小，而一些他的「兄弟」見他總是找林家幾個孩子的麻煩，就秉持幫他「出氣」的想法，平時也愛欺負林家幾個孩子，林劉氏為這事沒少生氣。

一番話交代完，林劉氏覺得自己很累，想回家休息了。「走吧，回家。」可是，腳剛邁出去一步，林劉氏感覺眼前一黑，然後就什麼都不知道了。

林劉氏暈倒，林二老爺家院子裡立刻亂成一片，林泰華揹著林劉氏就往家跑，林紹遠去請大夫。

李大夫年紀大了，林紹遠乾脆直接把人揹回了家。

「李大夫，你快給我娘看看，好好的突然就摔倒了！」林泰華見李大夫就像看見了救星。

林紹遠直接把李大夫揹到屋裡，李大夫站定之後說道：「別急，我先去看看。」

李大夫看病需要安靜，林莫瑤一眾小的就一直等在院子裡，連大氣都不敢喘。

「奶奶怎麼了？」林紹傑哭著問旁邊的林紹遠。

林紹遠緊張地看著堂屋，聽見他問話，連忙低下頭說道：「沒事，別怕。」

過了一會兒，李大夫從屋裡走了出來，林泰華和林方氏緊隨其後，林氏留在了屋裡。

「沒什麼大事，就是思慮過重，一時想不通，這才會暈過去的。我開兩副活血化瘀的藥給你們。平時讓老太太開心一些，兒孫都大了，哪有那麼多操不完的心啊！」李大夫一邊寫方子，一邊說道，交方子給林泰華時還看了一眼林紹遠，深深地嘆了口氣。多好的孩子啊！

送走了李大夫，屋裡也傳來了林氏的聲音。

「娘，您醒了。」

眾人一聽，立即都跑到屋裡。

林劉氏在林氏的攙扶下坐了起來，看著滿臉擔憂的兒孫們，笑了笑說道：「我沒事，看你們一個個的，這是幹什麼呢？」

林紹傑嗚嗚的就哭開了，直接撲倒在林劉氏的跟前，哽咽道：「奶奶，您怎麼了？」

林劉氏笑了笑，道：「奶奶沒事，快別哭了，待會兒眼睛哭腫了。」

林紹傑這才擦乾眼淚，停止了哭聲，但是肩膀依然一抽一抽的。

見林劉氏真的沒事，眾人大大地鬆了口氣。林方氏取了錢交給林泰華，讓他去縣城抓藥，另外再買些米回來。李大夫交代了，林劉氏這幾天最好吃些易消化的東西。

見林泰華拿了錢出門，林莫瑤跟著跑了出去，快步跑回家裝了一錢袋的銅板，又追上林泰華，交到了他的手裡，說：「大舅，這個您拿著，再給外婆買隻雞；另外大米也要多買一些，外婆一天三頓都得吃大米。」

林泰華沒推辭，收了錢就往攤子那邊掃了一眼，說：「我知道了，妳趕緊回去吧，妳外婆那裡有妳舅母看著，讓妳娘回攤子上來，別耽誤了生意。」

林莫瑤看林泰華走遠了，才一路小跑回了林家，把林泰華的話跟林氏說。

林劉氏已經沒事，聽了林莫瑤的話，就把林氏給打發走。她這裡人多，別耽誤了林氏的生意。

林氏見林劉氏有人照顧，也放心，把林莫琪放在這裡幫忙，帶著林莫瑤就回了攤子上。

# 第十一章　幫忙做風箱

攤子上有幾個外出做工的人正在等著，林泰華剛剛碰見他們，就順道解釋了，說家裡有事給耽誤，一會兒就來。

見到林氏和林莫瑤回來，這才招呼了一聲，各自要了一碗熱湯麵。

林莫瑤太小，幫不上什麼忙，乾脆拿了把扇子坐在爐灶後面幫林氏搧火。這古代的土灶可沒煤氣灶那麼方便，想要火大擰個開關就行，為了讓火旺一些，林莫瑤只能一扇一扇地搧，不一會兒的工夫，就搧了她一頭大汗。

幾個漢子吃完了麵條，按照從前的習慣，林氏給他們每人打包了四個饅頭、兩個包子，用大竹葉包好，遞給幾人。

前來付錢的漢子，看到坐在灶台後面滿頭大汗的林莫瑤，見她手上還拿著把扇子，就問道：「嫂子，幹麼不做個風箱啊？妳看這孩子，搧得滿頭大汗的。」

林氏不好意思地笑了笑，說道：「我也想來著，但我們村裡沒有人會做木工，這找工匠也得到縣城去，而且人家還不一定願意來我們這裡幹這個小活，雖說縣城有現成的風箱賣，可價格也貴。今天是有些趕了，不然平時都是我自己來的。」

林莫瑤聽見聲音，好奇地抬起頭，看了一眼說話的人。或許是常年在外奔波的原因，這人膚色有些黝黑，見他規規矩矩的離林氏兩米遠說話，目光淳樸。

男人了然地點了點頭，接過林氏手上的包子、饅頭就回了隊伍。他似乎跟同行的幾人說了什麼，幾人好奇地朝林莫瑤的位置看了一眼，然後點點頭，起身走了，而那個男人卻留了下來。

只見他重新走了回來，將肩膀上的箱子放到地上，說道：「嫂子，我就是木工，妳們家有沒有粗壯些的木頭？我今天也沒什麼活計，就幫妳做個小些的風箱吧！」

林氏有些驚喜，不過很快就回神，說道：「這怎麼好意思呢？我可不能耽誤你的生計啊！」像他們這樣幾個縣城來回找活兒的人，少幹一天的活就是少一天的工錢。

男人靦覥一笑，說道：「嫂子，沒事，今天也沒什麼活計。」

林氏只猶豫了一會兒，便道：「家裡倒是有現成的木頭，只是這工錢？」

男人笑得有些不好意思，說道：「嫂子，這半個月我們幾乎天天走這裡過，我看得出來，妳每次給我們幾個下的麵條都比旁人的多，妳雖然沒說，可我們卻都記在心裡呢，我也不好意思總吃妳的啊！既然今天遇見，左右做個風箱費不了多少事，嫂子若實在要給工錢，就等晚上做完了，給我幾個包子帶回去給孩子們嚐嚐吧。」

林氏還有些猶豫，林莫瑤卻覺得可行，就勸道：「娘，反正家裡有現成的木頭，就讓這位大叔做一個吧，以後幹活也方便。」話落，林莫瑤瞧著林氏似乎還有些不好意思，又道：「您要覺得真過意不去，待會兒就多給這位大叔一些吃的帶回去就是了。」

林氏想了想，也覺得有個風箱方便些，就應了。

「那我就不跟大兄弟客氣了。還不知道大兄弟怎麼稱呼呢？」林氏客氣道。

男人回道：「我姓章，家裡排行老三，大家都叫我章老三，嫂子也這麼叫吧。」

林氏點點頭，說：「那就麻煩章兄弟了。」

之前蓋茶棚時為了方便，他們砍了一棵樹，這會兒就躺在林莫瑤家的院子裡，用來做風箱正合適。

章老三看到之後，就把木頭扛出院子，在離攤子不遠的林子裡開始動工。

林莫瑤對他這樣的舉動很是滿意。半個月的接觸，足以讓他瞭解到林莫瑤家是女戶，他把做工地點搬到外面，是為了避嫌，避免給林莫瑤母女三人帶來不必要的麻煩。

林莫瑤閒來無事，就站在章老三旁邊看他幹活，和他閒聊，幾句下來，就把章老三的情況給摸清楚了。

他祖籍並不在興州府，而是隨著父母搬來的，現在就住在離林家村不遠的興南村。上面有個哥哥，兄弟倆就靠著這點手藝養活家裡幾口人；他還有兩個孩子，大的今年六歲，小的三歲。

章老三的手藝不錯，幹活的速度也快，一個下午就把風箱給做好。

「行了，這樣就可以用了。」章老三將最後一個位置卡上，風箱就完全裝好了。

林莫瑤高興地跑過來試了試。確實好用多了，比用扇子省力得多，而且風力也大。

「章大叔，真是太謝謝你了！」林莫瑤連忙道謝。

章老三有些不好意思，他覺得做個風箱沒什麼大不了的。

林氏也滿是感激，足足包了十個大包子和五個饅頭給章老三。

章老三一看就嚇了一跳，說道：「嫂子，這太多了！」

林氏卻不容他拒絕，硬是把包子和饅頭塞到了章老三的手裡，說道：「你不要的話，那就把這風箱也帶走吧，我們林家人從不占人便宜。」

章老三說不過林氏，只能收下，連連道謝。

林氏剛才聽林莫瑤說了章老三家的情況，心中難免感慨，疼惜兩個孩子，所以才多給了幾個包子。

有了這個風箱，果然工作效率提高了許多，比起搧扇子，林莫瑤顯然更喜歡拉風箱。

不忙的時候，林莫瑤也會跑去找林紹安幾個，但更多的時間則是想賺錢的法子，不然就是盯著林家村後面那座山發呆。

林莫瑤前一次上山就是跟著林泰華去挖筍，最遠也就到那一片竹林，再往後卻一直沒有機會進去，如今攤子上的生意已經穩定下來，林莫瑤又想上山了。

都說山裡到處都是寶，林莫瑤也想去試試看運氣怎麼樣？說不定也能像那些穿越小說中寫的一樣，碰到個人參、山珍什麼的，那就發財了。雖然知道這不過是她白日作夢，但也總比坐在這裡無所事事的好。

心動不如行動，林莫瑤當即跳起就往林家跑。

林紹安正在屋裡練字，聽見林莫瑤的聲音就停下了筆。「妳咋來了？」林紹安問。

林莫瑤看著林紹安將手上的筆墨小心翼翼地收起來，放到了櫃子裡，這才兩眼發光地說：「我們上山去轉轉吧！」

林紹安一頓，問道：「上山？」

林莫瑤頭點如搗蒜，期盼地說道：「下午沒事，我們去山裡看看能不能撿點野果、蘑菇什麼的回來啊！」

林紹安直接賞了她一個大白眼。這還沒入秋呢，山裡成熟的果子少，不過，蘑菇應該不少。在他看來，這丫頭就是想上山去玩的！

出門的時候碰到了林劉氏，一問知道兩人要上山，林劉氏就有些不同意。

林紹安連忙保證道：「奶奶，我們就在咱們家前面這座山頭轉轉，晚飯前肯定回來。」

林莫瑤也跟著點頭。

林劉氏被兩人纏得無奈，就說道：「讓你們去也行，去把你們大哥喊回來，讓他陪你們去。」

林紹安和林莫瑤對視了一眼，說道：「大哥不是要幫爹幹活嗎？」

「這幾天能有什麼活？不過是撒點豆子罷了，你爹和你娘能忙得過來的。去吧，正好山裡的拐棗也該熟了，你們去弄點回來當零嘴吃。」林劉氏說道。

林莫瑤眼前一亮。拐棗她在現代的時候可沒少吃啊！父母去世以後，她就輪流住在親戚家，跟著表哥表弟們上山時可沒少摘，那時候還覺得拐棗太甜了，吃多了還膩。

可現在，有得吃就不錯了，哪裡還會挑？

兩人揹著背簍到地裡的時候，林紹遠正在幫著林泰華和林方氏幹活。

「三郎、阿瑤，你們揹著背簍要去哪兒？」林方氏發現了兩人，問道。

林莫瑤連忙回話，道：「大舅母，我們想上山，外婆叫我們來喊大哥和我們一道兒去。」

林方氏皺了皺眉頭，問道：「你們上山幹什麼？」

林莫瑤沒好意思說自己的「發財大計」，直說自己想吃拐棗了，讓林紹遠帶他們上山去摘。

林方氏一聽，也沒起疑，就點頭了，道：「那你們去吧，不過得注意安全。大郎，照顧好弟弟妹妹，太陽下山之前必須得回來。」林方氏叮囑了一句。這山裡沒有猛獸，可是天黑了路不好走，摔了怎麼辦？

「嗯，知道了。」林紹遠應了一聲，從兩人手裡接過背簍揹了，帶著兩人就上了山。

林莫瑤跟著兄弟兩人，沿著山路爬了半個時辰，才到半山腰的位置。雖然心裡年齡夠大，可是撐不住她現在才八歲啊，所以，林莫瑤成功地走不動了。

「大哥，我們歇會兒吧。」林莫瑤實在是爬不動了，把背簍往旁邊一放，就坐到了地上。

林紹遠看了看身後的路，也知道他們爬了不少，就坐下對林莫瑤說道：「阿瑤，我們這可才走了一半的路，妳要走不動了，我們就在這附近轉轉吧？」

林莫瑤看了看周圍這些大樹，陽光透過樹葉灑落在地上，微風吹在身上涼颼颼的，很是舒服，她忍不住深呼吸了一下，不由得感慨。空氣真好啊！聽了林紹遠的話，林莫瑤回頭看著他，說道：「都到這裡了，就繼續往裡走吧！」話落，率先從地上爬起來，將背簍給揹上，繼續前進。

他們現在已經到了山上，和剛上來時不停爬坡的路不同，越到高處，地勢就變得越平坦，樹也比山下的更加粗壯。山林裡沒有污染、沒有破壞，樹葉落地之後，經過長年的腐蝕變成肥料，再供給其他花草樹木，如此周而復始地循環著。

那些蘑菇就長在這些長年不見陽光的大樹底下，林莫瑤一邊走一邊低著頭找，還真讓她找了不少能吃的野生蘑菇。

林紹安和林紹遠的背簍裡也撿了不少，兄妹三人往裡又走了差不多半個時辰，林紹遠才停下來，把背簍往地上一放，從裡面拿了一把鐮刀出來，開始挽袖子準備爬樹。

林莫瑤愣了一下，問道：「大哥，你幹麼？」

林紹安指了指頭上的樹，說道：「妳瞧瞧那是什麼？」

林莫瑤抬頭一看，眼睛就亮了，這滿樹掛著的拐棗大部分都熟了。

林紹遠爬樹的技巧很好，不一會兒就上了樹冠，專挑熟透了的拐棗連枝砍了下來，林莫瑤和林紹安則待在樹下負責撿。

撿了半天，這一棵樹上的拐棗，已經把她和林紹安的背簍給裝滿了，林紹遠停了手，林莫瑤好奇地抬頭看了一眼，就見他已經順著樹幹滑了下來。

看見林莫瑤不解的目光，林紹遠就指了指拐棗樹，道：「邊上的那些我搆不到，樹枝太細了撐不住我，我帶你們去找另外一棵樹。」

林莫瑤點點頭，揹起背簍跟著林紹遠往另外一邊走。走了十幾公尺的距離，林紹遠再次上樹。這一次，砍下來的比之前的多，林莫瑤和林紹安撿了半天，把大樹枝都給撇了，專門留了一串串的拐棗放進林紹遠的背簍裡。誰讓他年紀最大，最能揹呢，為了他們這些弟妹，就讓他受點累吧！

林紹遠還不知道兩人心裡的打算，只是看背簍沒滿，就一直不停地往下砍，等到他重新從樹上下來，看著那一背簍全是拐棗，甚至連片葉子也沒有時，嘴角輕輕地扯了扯，而林莫瑤和林紹安則在旁邊笑得沒心沒肺的。

林紹遠伸出手，點了點兩人的腦袋，這才一個使勁，把背簍給揹了起來，對兩人說道：「走吧，下山了。」

林莫瑤看了看這片山林，有些不願意走。她想盡辦法讓他們帶她上山，可不是專門來砍拐棗和撿蘑菇的。

她眼睛四處梭巡，腳上的步子也邁得慢。

走在前面的兄弟倆停了下來，見她一副不捨的模樣，以為是還沒玩夠，就說道：「阿瑤，今天天色不早了，還是早點回去吧，妳要想上山，明天若沒事，大哥再帶妳來就是，一早出發，在山上吃午飯。」

林莫瑤眼前一亮，追過去問道：「真的嗎？」

林紹遠一笑，道：「我什麼時候騙過妳？今天天色晚了，咱們先回去，明天我再帶你們來。」

「好！」儘管不捨，林莫瑤還是乖巧地點頭，跟著兩人下山。

# 第十二章　落水的事還記得嗎

走在路上，林紹安突然看著林莫瑤問道：「阿瑤，都這麼久了，妳還是想不起來嗎？」

林莫瑤腳步一頓，垂著頭回道：「嗯，我只要一想，腦袋就疼。」

自從這次醒來，看著活生生在自己身邊的家人，林莫瑤就決心這一世不再離開他們，要和他們一直生活在一起。

可她畢竟也不是最初的林莫瑤，沒有她的記憶，許多事情就容易露餡。為了不讓林家眾人起疑，林莫瑤醒來之後撒了謊，說自己只記得人，好多事情都記不清楚。

雖然說裝失憶有些老套，但是不得不說這招是最好用的。林氏為此擔心不已，也找過李大夫來給她檢查，可李大夫也沒見過這樣的情況，只解釋說，可能因為林莫瑤嗆了水，被嚇著了，這才將一些事給忘了，好在除了忘記一些事情以外，對身體健康沒什麼影響，林家眾人這才放下心。

閒著無事時，林紹安幾人也會跟她說一些小時候的趣事，林莫瑤一面記下的同時，也一面感慨，從前的林莫瑤還真是夠頑皮，爬山、下水什麼都幹，甚至還熱衷上樹掏鳥窩，可如今她卻連樹都爬不上去。

果然，兄弟倆一聽，她只要回憶以前的事情就會腦袋疼，臉色就變了，直接說道：「那妳就別想了，忘了就忘了吧。」

林莫瑤點點頭。

林紹安想了想，還是乘機將自己之前一直想問的問題，給問了出來。「阿瑤，我問妳個事。」

「嗯？」林莫瑤扭頭看他。

林紹遠也看了過去。

林紹安梳理了一下字詞，就道：「以前的事情妳都忘了不要緊，落水那天的事，妳還記得嗎？」他心裡一直有個疑問，林莫瑤是會泅水的，而且技術比他好，怎麼可能會落到水裡被水嗆到？除非，情況太過突然，她來不及反應。

兄弟倆的目光炙熱，林莫瑤只能低下頭去，佯裝思考。

實際上，她不過是為了掩蓋自己眼中的情緒罷了。難道要讓她告訴他們，從前的林莫瑤，是讓人給推下水的嗎？

只要一想到這件事情若被林劉氏知道，她會傷心難過，甚至因此生上一場大病，她就怎麼也說不出口了。

既然她占了原主的身體，那這個仇就應該由她去報，這個怨也應該讓她去結清，所以，當林莫瑤再次抬起頭來面對兄弟倆時，她只是痛苦地搖了搖頭，道：「我想不起來。」

兄弟倆以為她頭又疼了，有些急，林紹遠直接一巴掌拍在林紹安的腦袋上，喝斥道：

「叫你多嘴！阿瑤忘了就忘了吧，你還總問！」

「大哥，我錯了！」林紹安連忙認錯。

林紹遠瞪了他一眼，伸手要拿林莫瑤的背簍。

林莫瑤見狀，說道：「大哥，我自己能揹。」

林紹遠不給她拒絕的機會，直接把她的背簍放到自己的上面，說道：「好了，就這樣吧。太陽快下山了，咱們得趕緊回去。」

三人繼續下山，路過一片樹林時，林莫瑤突然眼睛一亮，盯著林子中一棵非常熟悉的樹，眼睛都瞪直了。

林紹安順著她的視線看去，放眼望去就只看見樹，沒有什麼特別的東西。

「阿瑤，妳看什麼呢？」

林莫瑤看了他一眼，指了指前面自己看到的樹，說道：「你看見那個了嗎？」

林紹安看了一眼。還以為是什麼呢，撇了撇嘴回道：「那不就是毛栗子嘛！還說忘了呢，這吃的我看妳是一樣沒忘——」話還沒說完，就被林紹遠又一巴掌給拍到腦袋上。

林紹遠斥道：「好好說話！」訓完了林紹安，就笑著對林莫瑤說：「這是毛栗子，現在還沒到季節，等秋天熟了我再帶妳來撿，我上樹搖，你們只管在地上撿就行。這裡才幾棵樹，我知道有個地方一大片都是，到時候妳想吃多少都行。」

林莫瑤嚥了嚥口水，滿眼星星地看著林紹遠。「真的嗎？」

林紹遠溫和地笑了笑，然後點頭。

林莫瑤大呼了一聲，高高興興的下山了。板栗啊，而且還是純天然的野生板栗啊！

糖炒栗子可是她最喜歡的小吃之一，只是因為嘴裡有顆智齒長歪了，每次吃糖炒栗子都會卡在縫隙裡然後發炎，疼得要死，最後不得不把智齒給拔了。她身體情況特殊，傷口恢復的老慢，疼了好長時間，可是儘管這樣，她還是忘不了糖炒栗子！

為了不讓家裡大人擔心，三人加快了腳程，終於趕在天黑之前進了家門。

「外婆，我們回來了！」林莫瑤還沒進門就大聲喊道。

隨後院門一開，兩個小身影直接撲到了林莫瑤的懷裡，林紹傑昂著頭看她，說：「二姊，拐棗呢？奶奶說你們去山上砍拐棗了！」

兩個小團子差點把她推倒，幸好她沒動手把人推出去，看清兩人，林莫瑤笑了笑，說道：「在大哥和三哥的背簍裡。」

林紹傑一聽，歡呼了一聲，朝著林紹安和林紹遠跑去了。

跟在林紹傑身後的林紹勝，不好意思地對著林莫瑤笑了笑，小聲地叫了聲。「瑤姊……」

林莫瑤見他這靦覥的樣子，就伸出手主動牽起他的小手，往院子裡走，一邊走，一邊道：「我們砍了好多回來呢，大哥說明天還去，所以你儘管吃，吃完了還能帶回家。」

林紹勝高興地扯著嘴角，道：「謝謝瑤姊。」

進了院子，林紹傑已經迫不及待地扒拉兄弟倆揹回來的背簍，伸手抓了一把，想塞嘴裡，被林劉氏眼疾手快給攔住了。

林劉氏嗔道：「還沒洗呢！洗了再吃。」

就這樣，在林紹傑和林紹勝眼巴巴的目光下，林劉氏直接裝了一簸箕的拐棗去了水井旁邊，兩小孩屁顛屁顛地跟了過去。

林方氏站在廚房門口看著大兒子、二兒子還有林莫瑤，先招呼三人洗了手臉，又把身上的灰塵拍了拍，這才對三人道：「阿平在三郎屋裡認字，你們去喊他出來玩吧，都已經被你們爹拘著一下午了。」

和大房不同，林二老爺對兒孫讀書識字這件事情的執念不是太深，他覺得自己不是讀書的料，兒子、孫子也都不是，因此從不逼著他們認字讀書，只叫他們懂得該如何種地就好，至於讀書光耀門楣的事，還是交給大哥家的幾個聰明孩子吧！

但林泰華卻不這麼覺得，所以，林紹平只要一來林泰華家，就會被林泰華拘在房裡認字。

這會兒林紹平聽見外面的動靜，早已經按捺不住，無奈被林泰華壓著，也不敢亂動。

林泰華也聽見了妻子的話，看著眼前腦袋恨不得伸到外面的林紹平一眼，開口道：「好了，去吧，今天就學到這裡，你回家之後得把今天我教你的幾個字給記牢了。」

林紹平眼前一亮，連忙點頭，道：「知道了大伯，那我先出去了！」話落，就迫不及待地跑了出去。

不一會兒，外面就傳來了幾人高興得歡呼大叫的聲音。

林泰華嘆了口氣，歸整好房內的物品，這才慢慢出去。

院子裡，孩子們已經開始吃了，好在林紹遠今天打下來的拐棗都是熟透了的，甜滋滋的味道讓幾個孩子臉上布滿了笑容。

因為快要吃晚飯，林劉氏也沒讓幾個孩子多吃，而是將拐棗都放到簸箕裡，拿到陰涼的地方放起來。這東西能長時間存放，而且越放越甜，孩子們一年到頭也吃不到幾次糖，就指著這個換換口味了。吃不完還能拿去曬乾，等到想吃的時候可以拿出來煮甜湯喝。

晚飯，林莫瑤幾個也是在林泰華家吃的，當得知明天林紹遠三個還要上山時，家裡幾個大人都沒有多說什麼。他們也知道幾個是想趁著這段時間多撈點能吃的，等過陣子只怕附近幾個村子的小子們也都要上山，所以只叮囑了幾句注意安全，交代林紹遠照顧好弟弟妹妹。

第二天早上出發的時候，三個人的隊伍變成了四個人。

「遠哥，爺爺讓我和你們一起去。」林紹平揹著自己的背簍，站在兄妹三人的對面說道。

林紹遠點點頭，帶著三個弟妹就上了山。這次，他們換了個方向，林紹遠專門挑了之前林莫瑤感興趣的、有毛栗子樹的地方走。

林莫瑤這才看到林紹遠口中的一片有多少，她發現，這個位置正好在他們上來的這座山的背面，也就是說，站在林家村是看不到這邊的，所以她之前才沒發現這裡有毛栗子樹。站在他們這個位置往下看，遠遠的能看到一座村莊，房子不多，零零星星的四、五十戶人家。

林莫瑤趁著休息的時候，大概數了下自己看到的毛栗子樹，因為樹木並不是長成一片，而是隔一段距離有一棵，所以很好數，一圈下來，林莫瑤看見的都有十幾棵了，而且棵棵枝繁葉茂，樹上沒成熟的毛栗子掛得滿滿的，林莫瑤都有點擔心它們會把樹枝給壓斷。

林紹遠看著她那口水快要流出來的模樣，笑了笑，說道：「阿瑤，以前也沒見妳這麼喜歡吃毛栗子，怎麼今天變得這麼饞了？」他都懷疑，要不是這些毛栗子太小顆，還沒成熟落下，林莫瑤早已經吃上了。

林莫瑤心中大驚。原來原主不愛吃這個？差點露餡了！壓下心中的驚訝，她做出一副害羞的模樣，嗔道：「大哥，我……我就看看。」

林紹遠堂兄弟三人被她逗笑了，林紹平更是直接拍著胸脯保證道：「阿瑤，別急，等入了秋，我就帶妳上山來打毛栗子，到時候我只管上樹搖，妳就在樹下撿！」

林紹安也跟著點頭，說道：「嗯，平哥爬樹比大哥厲害，我們跟著他準沒錯！」

林紹遠見林紹安貶低自己，氣笑著伸手推了他一把，勁不大，林紹安順勢倒在地上，然後又爬起來大叫著要打回去，兄弟兩人一邊鬧著，一邊繼續往裡走。

林莫瑤和林紹平緊緊跟上。這一片她可沒來過，萬一跟丟了，待會兒找不到路回去怎麼辦？

四人又往裡走了兩刻鐘的路，林莫瑤就看到幾棵拐棗樹，另外還有幾株野果，紅紅的，很好看。林莫瑤覺得有些眼熟，那邊林紹安已經手腳麻利地摘了一個放到了嘴裡，她跟著吃了一個，一股又酸又甜的味道瞬間充斥口中，熟悉的味道讓她眼前一亮。這不就是山莓嘛！

山莓有紅色的，也有紫黑色的，但是都很好吃。林莫瑤拿著一個剛摘下來的果子放在手裡左右看了看，味道是一樣的，可外形又好像有些不一樣。

山莓是橢圓形的，而且表面不平滑，上面會有一小顆一小顆的顆粒。可林莫瑤手裡這個，是通體紅色的圓形果子，表皮和山莓一樣的手感，卻沒有那些顆粒。林莫瑤大腦一動，手上一個用勁，一顆果子就變成了果醬，灑了林莫瑤一手。

「阿瑤，妳幹麼呢？」林紹安正在摘果子，一扭頭就看到林莫瑤的動作，遂問了一句。

林莫瑤彷彿沒有聽見，只是看著手上的果醬發呆。

「阿瑤……」林紹安見她不理自己，大聲喊了一聲。

林莫瑤這才回神，同時也吸引了林紹遠和林紹平的目光。

「三郎，大呼小叫的幹什麼？」林紹遠不悅地看了弟弟一眼，這才看向被林紹安點名的林莫瑤，只見她一臉茫然地站在那裡，手上沾滿了果醬。林紹遠以為林莫瑤是摘果子時不小心弄髒了手，就給她擦了擦，說道：「阿瑤，妳要喜歡吃娘娘果，大哥給妳摘，妳到旁邊坐著吧。」

林莫瑤看了看被林紹遠勉強用草葉擦得半乾淨的手，問道：「大哥，你剛才說這個是什麼？」

「娘娘果啊，怎麼了，妳以前不是挺喜歡吃的嗎？從前妳吃這個還弄髒了衣服，回家被姑姑好一頓打呢！」林紹遠笑道。

林莫瑤自動忽略了林紹遠最後一句取笑的話，腦子裡正在搜索娘娘果的資訊。可是，她翻遍了記憶，也沒有找到什麼野果叫這個名字的，難道是因為時間長了，所以後世沒有記載了？

不過，也許這就是桑果的前身也不一定啊！雖然這大小也對不上，這玩意兒可比桑果大了一倍不止。

林莫瑤不打算糾結了，也沒聽林紹遠的到旁邊去等，而是一起動手摘。

林紹安湊了過來，說道：「這娘娘果山上到處都是，肉多汁多，可惜放不長時間，咱們村子離縣城太遠，所以不會有人上山摘這玩意兒去縣城賣，那些離縣城近的村子經常有人摘了這個到縣城裡去賣，一捧能賣個一、兩文錢呢！」

林莫瑤聽了他的話，眼珠子一轉，腦子裡就有了個想法。

「大哥，我們多摘點這個娘娘果回去吧！」林莫瑤大聲說道。

正往嘴裡塞果子的三人聞言，不由得看向林莫瑤，只見她臉上有著興奮，兩隻眼睛更是閃閃發光。

林紹遠就問道：「阿瑤，這東西放不住，摘回去最多一天就壞了，妳要想吃，以後再上來摘就是。」

林莫瑤搖搖頭，道：「大哥，我有別的用處，你們就幫我摘吧！」

林紹遠不忍拒絕她，就說道：「那好吧，我們就多摘點，不過不是現在，得待會兒走的時候。這樣吧，阿瑤，妳的背簍留出來待會兒裝娘娘果，我們先去打拐棗，回來給妳摘這個。」

「好。」林莫瑤點點頭。林紹遠說這個東西放不住，容易壞，那還是走的時候再摘吧。

四人打了拐棗，路上又撿了些蘑菇，這才回去摘娘娘果。林莫瑤的背簍不大，卻也裝了十來斤。

林紹遠擔心她不好揹，想要接過，被林莫瑤拒絕了。

「大哥，我能自己來。」她不能總是依賴他們，這樣也算是鍛鍊身體，沒什麼比擁有強健的身體更重要的。

當幾人回到家，林劉氏等人看到林莫瑤背簍裡的娘娘果時，不由得一愣。

「阿瑤，這東西放不住，妳咋摘了這麼多回來？」林劉氏不解地問道。

林莫瑤一邊將背簍放下，一邊答道：「外婆，您一會兒就知道了。」

說完就去找了個大盆，將果子都放進去，拿水泡了起來。

做完這一切，林莫瑤動了動有些痠麻的肩膀，對林劉氏說道：「外婆，您幫我看一會兒，把這些果子都幫我洗乾淨、瀝乾水好不好？」

林劉氏點點頭，問道：「妳要去哪兒？」

「我回家一趟。」林莫瑤應了一聲，就出了門。

看著林莫瑤離開的背影，林劉氏寵溺的一笑，按照林莫瑤的吩咐，先將娘娘果洗乾淨，又放到了簸箕裡瀝乾水分，這才去處理林紹遠他們揹回來的另外三簍拐棗。

林劉氏沒有動林紹遠背簍裡的，而是說道：「你把這個給你二奶奶送去，讓她自己找地方曬起來，以後給幾個孩子煮糖水喝。」

「好。」林紹遠點頭就要走。

林紹平連忙開口道：「大奶奶，我把我這個小背簍揹回去就行了，大哥這個還是留著吧。」

林劉氏沒有理他，而是直接推著林紹遠出門，一邊對林紹平說道：「我讓你遠哥送就送。行了，你就在這兒待著。」說完，又對林紹遠道：「你過去把小勝也帶過來。」

「好。」林紹遠應了一聲，就揹著背簍走了。

# 第十三章　娘，借我點錢

林莫瑤跑回攤子上，眼巴巴地瞅著林氏，說：「娘，借我點錢唄！」
正在往鍋裡添水的林氏一愣，扭頭看向林莫瑤，好笑地調侃了一句道：「我們家的錢不都在妳手裡嗎？妳還要跟娘借啊？」
林莫瑤小臉一紅。自從家裡擺了攤子以後，因為林莫瑤對錢特別看重，每天的收入都要放到專門準備的一個罈子裡，一天至少也要數上兩次，所以林氏才會拿這個調侃她。
林氏見狀沒繼續笑她，而是問：「妳還沒跟娘說，妳借錢幹麼呢？」
林莫瑤認真地說道：「娘，我想做果醬。」
「果醬？」林氏停下了手裡的活兒。這東西她知道，在城裡的糕點鋪子看過，但也只是看過，因為這東西很貴，非常小的一罈子就要賣到十幾文錢，這對他們來說雖然不是什麼遙不可及的食物，卻不會真的浪費錢去買，因為填不飽肚子。所以，當林莫瑤說她要做果醬，林氏就露出了疑惑，問道：「妳知道怎麼做果醬？」
林莫瑤眼皮一跳，問道：「娘，您知道果醬？」
林氏點頭，說：「城裡就有點心鋪子賣這個，娘如何不知道？只是，阿瑤，妳怎麼會做果醬？用什麼做？」

一連兩個問題，直接把林莫瑤給打懵，心中暗道壞事了！大腦快速地運轉，得想辦法把這個話給圓過去。但轉念一想，如果以後她每做一件事情都要這樣想辦法圓，不知道多累，必須想個一勞永逸的法子才行。

林莫瑤的眼珠子直轉，自然瞞不過林氏，林氏微不可察地嘆了口氣，拿著水瓢的手都在顫抖，只是她極力的控制住。

林莫瑤這會兒正想辦法圓謊，沒有注意到林氏的異樣，如果她稍微抬起頭看一眼，以她的閱歷，不難看出林氏現在的緊張狀態。

林氏很惶恐，自從林莫瑤落水之後，就像完全變了一個人似的，林莫瑤自己沒有發覺，可她是林莫瑤的親娘，哪怕極細微的一點變化，她也是能看得出來。若非林莫瑤一直都是她在照顧，她真的要懷疑自己的女兒被人給掉包了。

林莫瑤曾說過，她把以前的事情都給忘了，好多都想不起來，可是，生活中發生的一點一滴卻讓林氏疑惑了。如果林莫瑤忘了過去的事，那為什麼一些事情做起來又輕車熟路，彷彿從前就做過似的？

所以，當林氏剛才問出問題的時候，心中莫名的就不安了。她很想知道女兒的答案，卻又不敢去聽，整個人處在一種緊張而又矛盾的情緒當中。

林莫瑤在腦中將想到的說辭一個一個的排除掉，最後就剩兩條路可選——

第一條，坦白。將自己不是原主的事情告訴林氏，只是這樣一來，她不敢保證林氏會不會把她當成妖怪，或者認為是她害死了林氏的女兒？

第二條，徹底撒一個謊。古人迷信，她只要說，自己昏迷或者落水時被某路神仙給救了，然後再給了她這些知識和方法之類的，應該就能圓過去。但是，不知道林氏能信多少？

林莫瑤最終還是選擇了第二個方法，因為，她不敢冒險。她這輩子是來還債的，可不想自己什麼事情都還沒做，就被人當成妖怪給弄死了。

林莫瑤在糾結的時候，林氏也將自己的情緒給平復下來，誰都沒有主動開口。

林莫瑤深吸了一口氣，然後抬起頭看向林氏，臉上的神色瞬間轉換，略帶神秘地看了看周圍，然後對林氏勾了勾手指。

林氏的手緊緊地握著水瓢的把手，慢慢蹲下身和林莫瑤面對面。

林莫瑤沒有發現林氏的異樣，仍是湊到林氏的耳邊，神秘兮兮地說道：「娘，我在落水的時候看到一個白鬍子老爺爺，他在我腦袋上摸了摸，說我命不該絕，然後就送我回來了。之後，我也不知道為什麼，這些東西都會了，可惜就是因為有了這些記憶，從前的事倒是忘乾淨了。」一說完，臉上還露出為此懊惱的神情。

這些話讓林氏的心漏了半拍，她目不轉睛地看著林莫瑤，眼中的神色很是複雜。林莫瑤被她看得一陣心慌，不自覺的目光就略帶躲閃，雖然很快就恢復正常，可是這一細微的變化還是沒有逃過林氏的眼睛。心中莫名的疼了一下，面上卻不顯，林氏很快轉變神色，配合林莫瑤的神秘，悄聲問道：「阿瑤，妳說的是真的？」甚至因為林莫瑤說的話太過震撼，林氏還「緊張」地抓住了林莫瑤的手。

林氏的手在抖，在她一碰到自己的時候，林莫瑤就發現了，但話已經說出口，退路也沒了，所以，只能繼續接著往下編。

林莫瑤看著林氏的眼睛，認真地點了點頭，道：「娘，老爺爺說了，讓我不要告訴其他人，否則我就會被人當成妖怪抓起來。」

林氏到底還是沒有忍住，眼中的淚水落下。

林莫瑤慌了，問道：「娘，您怎麼哭了？」

林氏擦了擦眼淚，笑道：「我是替我家阿瑤高興。世人幾輩子都修不來的福分，卻被我家阿瑤給碰上，竟然被天上的神仙給救了。」

林莫瑤心中大大地鬆了口氣。她還以為林氏懷疑了呢，搞半天是喜極而泣啊！沒有了心理負擔，林莫瑤撒起謊來就臉不紅、氣不喘了，緊跟著滔滔不絕地描述了一段她遇到「神仙」的過程。

而林氏全程只是笑著聽，一直到林莫瑤說完，才抓著林莫瑤的手，叮囑道：「阿瑤，妳記住了，這件事千萬不能讓外人知道，妳明白嗎？」

林莫瑤見她如此慎重，就保證地點了點頭，說自己絕不會告訴別人。

林氏擦乾了眼淚，看著林莫瑤溫柔地笑了笑，道：「沒事，以後妳想做什麼就去做好了，娘知道妳現在變得厲害了。但是，阿瑤，妳要記住，大舅舅一家對咱們家有大恩，妳不管做什麼都要想著他們，知道嗎？」

林莫瑤以為，林氏這是怕她現在懂得多了，會忘恩負義丟下林泰華一家，所以連連保證，她一定會對舅舅一家、對外婆好的。

林氏見狀就笑了起來，起身繼續往鍋裡添水，一邊對林莫瑤道：「好了，我們家的錢放在哪兒妳知道，妳去拿吧。」

林莫瑤見林氏不再問了，鬆了口氣，跟林氏告別之後，就朝著家門跑去。

林莫瑤一走，林氏手上的動作就停了下來，目光落在跑開的林莫瑤身上，心中五味雜陳。

這是她的女兒，是她的阿瑤，也只能是她的阿瑤。

林莫瑤不知道林氏在她走後還想了這麼多，這會兒她只是拖著裝錢的罈子，往外拿錢。這幾個月下來，林莫瑤的這個罈子裡，已經有了兩吊錢的存款，雖然不多，她卻很高興，林莫瑤毫不猶豫地就從罈子裡取了一百文錢出來，把罈子放好就要往外跑。

林莫琪本來在家裡繡花，見她這樣，就好奇地問道：「妳這是幹什麼呢？心急火燎的。」

林莫瑤頭也沒回地喊道：「有事，晚上再跟妳說！」

回到林泰華家，所有的娘娘果都被林劉氏給洗乾淨了，林莫瑤看了看，簸箕裡放著的果子，水分還不是太乾。想到要用到的糖，林莫瑤就把錢掏出來遞給林紹安，說道：「你去買點糖回來吧。」沒辦法，村子裡唯一一個小雜貨鋪在村口，從這裡跑過去累死了。

林紹安拿著錢，問道：「妳要糖幹什麼？妳要想吃糖，我屋裡還藏了一塊，我拿給妳吃啊。」

林莫瑤翻了個白眼，道：「讓你去你就去！我買糖有用，這一百文你都全買了糖回來。」

林劉氏一聽，皺著眉頭問道：「阿瑤，妳買這麼多糖幹什麼？」要知道，一百文錢能買五斤糖了。

林莫瑤愣了愣，道：「多嗎？」

林紹安噗哧一聲笑了。「妳不知道糖多少錢一斤就讓我去買？」

林莫瑤這才想起來，她還真不知道糖多少錢一斤。臉一紅，道：「我……我忘了。」

林紹安還想好好地鄙視林莫瑤，只是還沒開口，就被林劉氏瞪了一眼，到嘴的話就給嚥了下去。

林劉氏看著林莫瑤，溫聲道：「糖是二十文一斤，妳要多少就讓妳三哥買多少。這一百文錢全買糖了，要吃到什麼時候？」

林莫瑤不好意思地笑了笑，從林紹安手裡拿回了四十文，道：「那就買三斤吧。」

林紹安應了一聲跑走了。

林劉氏看向林莫瑤，皺眉問道：「阿瑤，妳買這麼多糖幹什麼？」雖然她們家現在生活好了些，但林劉氏還是不允許林莫瑤這幾個孩子養成浪費的習慣。

「外婆，您一會兒就知道了。」林莫瑤應了一聲，就跑去看晾曬著的娘娘果。

林劉氏見自己問不出來，也就不問了，只是叮囑林莫瑤不許浪費。

林紹安很快就回來，手裡拎了個籃子，裡面放了半籃子的糖。

這個時代的糖並不是雪白透明的白砂糖，而是略帶黃色的麥芽糖。林莫瑤看了看，麥芽糖是成塊的，得想辦法把它們弄小一些。

「三哥，你能把這些糖給碾碎嗎？」林莫瑤皺著眉頭，看著一籃子的糖塊問道。

林紹安看了籃子一眼，想了想。「嗯，能弄得小一些。」話落，就見他跑到廚房拿了菜刀和砧板。

林方氏跟在後面看著兒子，問道：「你拿砧板和刀幹什麼？」

等她到了院子才看到，林莫瑤和林紹安正圍著一籃子的糖準備動手。

「哎喲，你們兩個小兔崽子，幹麼呢？」林方氏眼疾手快地跑過去阻止兩人的動作。

之前林莫瑤讓林紹安去買糖的時候，林方氏還沒有回來，這會兒見兩人拿著菜刀準備「砍」糖就嚇了一跳。

林莫瑤看著林方氏，答道：「大舅母，我們想把這些糖弄得小一些。」

林方氏看了看籃子裡的糖，再看看拿著菜刀的兒子，無奈地嘆了口氣，從他手裡接過菜刀，說道：「行了，我來幫你們弄吧，像你們這樣拿著刀砍哪行啊，得這樣……」

林方氏一邊說，一邊下手示意該怎麼把糖塊弄成一小塊一小塊的。只見林方氏將菜刀放在糖塊上面，然後從旁邊拿了一把林泰華削竹子的砍刀，用刀背朝菜刀背上輕輕敲了敲，菜刀底下的糖塊就裂成了兩半，然後繼續重複以上的動作，直接將一個糖塊分成了一塊塊豌豆大小的小糖塊。

「這樣大小行嗎？」林方氏問道。

林莫瑤看了看，也差不多，其實再弄小一些更好了，可是這樣工作量會變大，也耽誤時間，所以，她點了點頭。「嗯，大舅母，就這麼大就好了。」

林方氏又繼續做了幾次示範，然後將兩把刀交給林紹安，在旁邊指點他獨立切開了兩塊，這才轉身回了廚房，道：「你們自己搞吧！我還得做飯呢！小心點，別傷到手。」

等到林紹安和林莫瑤輪流把一籃子的糖塊分小後，林方氏的晚飯也做好了。

林莫瑤懶得回家，直接在林泰華家吃了晚飯。

吃過晚飯，林莫瑤就指揮林方氏和林劉氏，把簸箕裡瀝乾水分的娘娘果重新放到木盆裡，放之前林劉氏還幫著秤了秤，總共有十二斤。

娘娘果的味道林莫瑤已經嚐過，想了想，還是按照四比一的比例，把三斤糖放了進去。

林劉氏和林方氏見她將糖放進去還有些心疼，林劉氏直接問道：「阿瑤，妳這到底在做什麼啊？」好好的糖就這樣浪費了。

林莫瑤放了糖，洗乾淨了手，將盆子裡的娘娘果給全部捏爛了，汁液很快就浸滿木盆，紅紅的一盆，很是漂亮。做完這一切，林莫瑤才說道：「外婆，我在做果醬。」

林方氏不知道果醬是什麼，可曾在大戶人家做過丫鬟的林劉氏卻是知道的。只見她皺著眉頭看向林莫瑤，說：「我以前在主家的時候也見過夫人、小姐們吃過這種叫果醬的東西，看起來很好吃，但都是外面鋪子送來的，製作方法更是保密。阿瑤，妳是如何得知果醬的做法的？」

林莫瑤扭頭看林氏。

林氏會意，對林劉氏說道：「娘，這事讓女兒跟您說吧。」話落，對跟在身後的林莫琪說道：「妳去幫妹妹的忙。」然後就上前扶著林劉氏走了。

母女兩個直接進了屋子，林莫瑤看著二人離開的身影，心中打鼓。她不知道林劉氏會不會信她之前的那一套說辭？

過了一會兒，林劉氏在屋裡喊了一聲，把林泰華和林方氏都給叫了過去，四個大人又在屋裡商量了半天。

林紹安好幾次想過去偷聽，都被林紹遠給抓了回來，弄得他心癢癢的，道：「阿瑤，他們在說什麼妳知道嗎？」

林莫瑤裝作一臉茫然地搖搖頭。「我也不知道。」

和外面幾個孩子的一頭霧水不同，林劉氏屋裡坐著的四個大人則是滿臉沈重。

林劉氏深深地看了林氏一眼。「舒娘，妳說的這件事是真的嗎？」

林氏抬起頭看了母親一眼，到底還是沒有把自己之前的疑惑說出來，而是點了點頭，道：「這是阿瑤自己跟我說的，她說了，老神仙讓她不許告訴別人，怕也是老神仙擔心阿瑤這事要是被知道了，會給人當成了妖怪。」

林劉氏見她信誓旦旦的點頭，再回想這一段時間外孫女的改變，沈默了半晌才道：「這事只怕是真的了。咱們家阿瑤能有這個福運倒是她的福分，可這件事情萬萬不能再讓別人知道，以後你們多注意點。舒娘，妳回去以後也拘著阿瑤一些，這些個本事不要露得太快，即使以後有人問她，也將這些往我們這群大人身上推。這是我們林家的福氣，不管怎樣，我們得護好阿瑤這孩子。」

林泰華和林方氏也再三保證這事不會往外說，林劉氏這才開始唉聲嘆氣。「按理說，發生這樣的事，只能說我們家阿瑤福大命大，但我現在就擔心這孩子年歲太小，心性不穩，反倒會適得其反。」

林劉氏看了兒女一眼，繼續道：「這件事情可大可小，所以，我們不但要對外保密，還得看好了阿瑤，別讓她在外面亂說什麼。」

如果這個時候林莫瑤在這裡，聽到林劉氏這話肯定會翻一個大白眼。她一個心理年齡兩世加起來快四十歲的人，會不知道輕重在外面亂說嗎？更何況，這個遇到神仙的故事本來就是她瞎掰的啊！

林劉氏頓了頓，覺得不夠放心，又叮囑了一句。「家裡其他幾個孩子也得看好了。」

林氏連忙應下。

等四人開完小會出來，幾個孩子已經在林莫瑤的指揮下，把娘娘果給泡好了，除了林紹傑蹲在盆子旁，眼睛一眨也不眨地盯著盆裡的糖和娘娘果，其他幾個都湊在一起商量接下來的步驟——說是商量，還不如說是林莫瑤在指揮，另外三個幹活。

聽到聲響，幾個孩子同時回頭看向堂屋門口，林莫瑤見幾人臉上表情雖然淡淡的，可是除了林氏以外，其他三人看她的目光都非常炙熱，林莫瑤嘴角抽了抽。她猜到林氏會跟幾人說今天她告知的那番說辭，一開始還擔心他們不會信，這會兒看來，恐怕是信了，而且也不知道林氏如何說的，應該是更加神話了吧？

林莫瑤心想，這樣也好，她以後不管做什麼都不用再束手束腳了。

林劉氏幾人一出來就看到幾個小的在林莫瑤的指揮下，林紹遠翻出之前泡酸筍剩下的罈子在水井旁邊刷著，林莫琪和林紹安一個在燒火，一個在刷鍋。

因為果醬要熬，所以鍋裡儘量不要有油，也多虧林家的生活雖然勉強好過，但平時燒菜時油放得少，這才來回洗了幾次就差不多了。

林氏和林方氏來了以後，主動接過兩人手裡的活，林氏刷完了鍋，看著林莫瑤問道：「阿瑤，接下來怎麼做？」

既然他們要相信她，那就全心全意的信吧。

林莫瑤沒想到林氏這麼快就想通，而且還把指揮權交給她，臉上就露出了笑容，指著盆裡已經泡出水分的娘娘果，對林方氏說道：「把這個倒到鍋裡去，然後用小火熬。」

熬製果醬的火候很重要。在現代，不管是電磁爐還是瓦斯爐，都可以調節大小，想要多大的火就用多大，可這裡都是燒柴的，火候的控制就難了。

好在林方氏也是幹慣了這些活的人，在她的掌控下，林莫瑤看見灶膛裡的火苗就像被控制了一般，一直保持著同樣大小。

林莫瑤不由得瞪大了眼，嘖嘖稱奇，惹得幾人一陣好笑。

林方氏笑著調侃道：「要是妳像我一樣，連續燒個一、二十年的火，妳也能控制火力的大小。」

林莫瑤只稍微考慮一下就直接放棄了。這東西講求技巧，她還是不勞心費力了。

雖然林方氏能很好的掌握火候，可林莫瑤還是不放心的一直在旁邊看著。因為熬製果醬需要用到檸檬汁，將果子裡面的果酸逼出來，可這時候哪有檸檬，林莫瑤就想著試試用醋來代替。

另外，林莫瑤還想到之前泡製的酸筍。那個酸味也不亞於現在的醋，所以，林莫瑤把一盆果醬直接分成了兩份，一份用醋，一份用酸筍的汁，至於成不成，就要看運氣了。

是以，兩個時辰後，當兩盆果醬出現在林家堂屋的桌子上時，一家老小的心都還是忐忑不安的。

一家人圍著桌子，互相看著，最後所有人的目光都落在林劉氏的身上，在場的只有她知道那些糕點鋪子裡賣的果醬是什麼樣的。

林劉氏見兒孫們齊齊地看向自己，就點點頭，道：「這就是果醬了，我也只是在主家見過，並未吃過，所以……」所以她也不知道果醬的味道到底如何？

然後大家又齊唰唰地去看林莫瑤。

林莫瑤嘴角抽了抽。「外婆，嚐嚐吧。」話落，拿出林泰華專門為果醬做的勺子，舀了一點放到旁邊的碗裡。為了區分放醋和放酸筍汁的兩種味道，林莫瑤還特意拿了兩個碗。先品嚐的是用醋的。這裡沒有白醋，林莫瑤擔心黑醋放多了會影響果醬的顏色，只放了一點點，又因為麥芽糖的關係，果醬稠度很高，黏黏的，入口酸甜，既保留了娘娘果的酸甜滋味，又多了一絲麥芽糖的清香。

「嗯，味道還不錯。」林莫瑤由衷地點評了一下，接著又去嚐了嚐放了酸筍汁的果醬。

因為酸筍汁不像黑醋那樣擔心會染色，所以林莫瑤就比黑醋略微多放了些，抱著試一試的心態。林莫瑤輕輕挖了一點放進嘴裡，和之前的果醬不同，用酸筍汁做出來的這鍋明顯比另一個要酸一些，但口感上卻一點也不差。林莫瑤點點頭，這鍋果醬算是成了。

放下勺子，林莫瑤又觀察了一下外觀。放黑醋的果醬顏色，確實比放酸筍汁的要深一些，但是那也是因為兩種果醬現在是並排放在一起，有了對比，這才覺得一個深一個淺，若是分開，就分辨不出來了。

這個時候，林家眾人也都一一嚐完，無不覺得這個果醬的味道好。娘娘果山上到處都是，他們從小吃到大，沒想到加麥芽糖做成了果醬，味道這麼好。

林劉氏放下手裡的勺子，感嘆道：「沒想到這個果醬的做法如此簡單。」只是簡單的泡過，然後放下糖就能熬製了，這不是簡單是什麼？但林劉氏也知道，這其中要注意的細節太多了。首先得避免容器有水，沒看林莫瑤讓她洗了之後就一直放在旁邊瀝乾水分，一點水都沒沾上嗎？還有那泡果醬的盆子、熬製的鐵鍋和灶膛裡的火候，看似簡單，但每一樣都要注意。

林劉氏很清楚，今天若不是林莫瑤在旁邊指揮，這個法子就是告訴了他們，他們也不一定能熬製出來，就算做出來了，口味也不會如這般好。

想到這裡，林劉氏更加相信林氏之前所言，林莫瑤是遇到老神仙了，再次看向林莫瑤的目光也更是慈愛。這是個有福氣的孩子。

林莫瑤不知道林劉氏這會兒這麼溫柔地看她是在想這些，她這會兒想的是，該怎麼處理這堆果醬？

「二姊，這東西能放多久啊？」在場的幾人，只有林紹傑想到了這個問題，一臉懵懂地看著林莫瑤問道。

眾人這才想到，這東西做是做好了，若是不能久放，做出來又有什麼用？所以，大家的目光再一次地集中在林莫瑤的身上。

林莫瑤沒想到，最先想到這個問題的人，居然是才五歲的林紹傑，多看了他兩眼。

林紹傑以為自己說錯了什麼，臉上有些窘迫，支支吾吾地道：「我……我就是想，這麼好吃的東西，要是能放久一點，這樣我就能每天都吃到了。每天只吃一點、吃一點，能吃好久呢！」

林莫瑤聽了他的解釋，毫不客氣地笑了，這一笑，林紹傑的頭埋得更低了。

林方氏也笑了，輕輕地點了點小兒子的腦袋，笑道：「就你想得多！這東西做出來是要賣錢的，哪能天天給你吃？你這腦袋裡天天就想著吃！」

這下大家都笑了。

林莫瑤笑夠了，這才將手放在林紹傑的肩膀上，跟他解釋道：「如果是冬天，能放很久，可是現在天熱，放不了多久的，就算放在井裡冰著，最多也就能放七、八天。」林莫瑤看到林紹傑的臉上有了失落的神色，就接著說道：「唔，不過馬上入了秋，山裡的果子就更多了，到時候二姊就各種各樣的果醬都做一些給你吃好不好？秋天天涼，咱們多做一些，放到地窖裡存著，慢慢吃。」

果然，聽了林莫瑤的話，林紹傑的表情又亮了起來。
林莫瑤見他高興，也不忍心掃興，所以，後面一句「即使放到地窖裡，最多也就能放個把月」的話，最終還是沒有說出來。
林紹遠想了想，就說道：「阿瑤，這娘娘果醬既然不能久放，那明天大哥就陪妳拿到縣城去賣了吧，奶奶剛才不是說，這東西能賣不少錢嗎？」
林莫瑤不知道現在果醬的市場，就看向了林劉氏。
林劉氏接收到兩人的目光，點點頭，說道：「嗯，這東西的價格確實不便宜，好一些的果醬能賣到五、六十文一斤，就算是一般的也要三十文一斤呢！」
林莫瑤算了算，十二斤的娘娘果加上三斤麥芽糖，做出來的果醬大概有八斤左右，娘娘果沒啥本錢，但是麥芽糖卻是二十文一斤，這樣算下來的話，就有六十文的成本了。但是，八斤果醬，按照最便宜的三十文一斤來算，也能賣到二百四十文，這樣還賺了一百八十文呢！
除了林莫瑤，林家眾人也都算出了這筆帳，一個個都目光炙熱地盯著面前的兩盆果醬。這滿滿的都是錢啊！
只是，這果醬怎麼賣、賣多少錢，這都得好好想想，畢竟這東西都是人家糕點鋪子自己在做在賣，他們如果貿然將果醬拿到糕點鋪子賣，不說賣不賣得出去，就算賣出去了，價格也肯定會被店家壓得很低。

林紹安聽了，就說道：「我們可以去擺攤啊！」

林莫瑤聽了，略微思考過後，就直接搖頭否決了。擺攤，還不如賣給那些鋪子呢。

林家眾人不由自主地看向林莫瑤，林氏張了張嘴想說什麼，最終還是一聲沒吭，就是另外三個大人都沒說話。

倒是林紹安皺了眉頭，問道：「阿瑤，不賣給鋪子，也不擺攤，妳別告訴我，妳折騰出這個東西來，就是為了我們自家吃了啊？」

林莫瑤輕輕地搖了搖頭。當然不是為了自家吃，但她不侷限於此就對了。原本做這個果醬只是一時興起，想做來自己吃的，可是在聽了林劉氏的話之後，林莫瑤改變了主意。

如果他們將果醬賣給商鋪，這樣一來，價格就會下壓，畢竟人家商鋪都有自己的作坊，果醬存放時間又不長，那些商鋪收不收還不一定。

至於林紹安提出的擺攤，林莫瑤也不是沒有考慮過，但只略微一想就否決了。原因無他，擺攤太費時間及人力，從林家村到縣城，光腳程就差不多要兩個時辰，一來一回加上擺攤，餘下的時間根本不夠。

而且，讓他們幾個孩子去擺攤嗎？那他們一次能揹多少？讓大人去？那就更不可能了。現在家裡的主要勞力就是林泰華和林紹遠，林方氏也算一個，那就只有三個人，林氏要顧攤子，林劉氏現在不能幹重活，若是讓大人去擺攤，肯定會耽誤地裡的活計。

所以，林莫瑤得好好想想，最好有個萬全之策。

「這件事情先不急，讓我好好想想。」林莫瑤低聲道。

林紹安看著她，剛想說「妳個小丫頭能想到啥」，就被林劉氏搶先道——

「那行，今天也太晚了，都早點回去睡覺吧，明天再商量。」

說完，又點了林泰華和林紹遠，道：「你們爺倆把這果醬都裝到罈子裡，放到地窖去。」

父子倆點點頭，拿了罈子就開始往裡面裝，林紹傑則站在旁邊蹭一蹭落下的。

林氏和林劉氏對視了一眼，微不可見地點了點頭，這才帶著林莫瑤姊妹倆從後門出去，林泰華還專門點了燈籠出來送。

夜裡，娘兒三個躺在炕上，林氏這才把今天林劉氏叮囑的話低聲說給林莫瑤聽。

林莫琪在旁邊好奇地看著娘親和妹妹。雖然事先林氏沒有跟她說過，可是從兩人的對話中也不難猜出大概，只見她臉色變了變，不可思議地看向林莫瑤，喃喃道：「阿瑤，這……這是真的嗎？」

林莫瑤點點頭。

林莫琪得到確定，這才興奮地抓著林莫瑤的手，上下打量，道：「我們家阿瑤運氣真好！」

林莫瑤只是傻笑，林氏臉上也露出了笑容。

母女三人笑了一會兒，林莫琪這才拉著林莫瑤的手，繼續叮囑道：「娘和外婆說的話妳可得記住了，千萬千萬不能說出去，知道嗎？還有，別人問妳什麼妳也不許亂說，否則，小心被人抓去燒了！」

林氏見林莫琪虎著臉嚇唬林莫瑤，生怕她把小女兒給嚇壞，連忙伸出手，點了點林莫琪的腦袋，道：「別嚇唬妳妹妹。」說完，又笑容溫和地對林莫瑤道：「阿瑤，妳別聽妳姊瞎說，妳就記住娘跟妳說的，在外人面前千萬別露出妳的本事。」說到這裡，林氏頓了頓，似乎想到了什麼，又改口道：「嗯，等妳及笄以後，便能自己想做什麼就做什麼了。如果有人問起，妳如何會這些本事的？妳儘管說是從妳外公的書上看來的，反正這十里八鄉誰都知道我們林家識字。」

林莫瑤點頭應下。這就是讀書人的好處了，凡是解釋不了的話，直接一句「我從書上看來的」，就能完美地解決所有問題，畢竟，在這個社會，不是誰都有機會讀書識字，而他們林家所接觸的人群，暫時還沒有誰家能有這個條件。

母女三人說定這件事，就直接躺下睡覺了。

林莫瑤躺在炕上，聽著身後傳來兩道綿緩的呼吸，卻怎麼也無法入睡。

她這會兒滿腦子想的都是果醬的事情。到底該怎麼樣才能既不費時費力，還能賣上好價格呢？可真是愁死她了。

看來，得找個時間去縣城一趟，先去做個市場調查，而且還得想個辦法，把果醬的保存時間延長一些。

就這樣，林莫瑤滿腦子胡思亂想地睡了過去。

# 第十五章　保存的辦法

第二天一早，林莫瑤起身的時候，林氏和林莫琪已經將攤子擺好了，蒸籠裡冒著熱氣，林莫瑤隨手就摸了個包子在手裡。

兩隻手來回掂了掂，不燙了，這才下口。

林莫琪看了一眼，嗔怪道：「早上起來洗手洗臉了嗎？」

林莫瑤嘴裡吃著東西，含糊地道：「吃完再洗。」

因為林莫瑤的這一機遇，林氏乾脆就不限制她的活動範圍，最終，還是讓林莫琪出來幫忙。看了看還有兩年就要及笄的大女兒，林氏心中哀嘆一聲。也多虧了彭家道義，沒有趁勢踩她們一腳，還有兩年的時間，自己得想辦法幫大女兒多攢點嫁妝。

至於林莫瑤，林氏已經打定主意要讓她招婿，只要家裡這門生意還在，以後林莫瑤就不愁沒有生路，到時候就算是「聘禮」也拿得出來。

林莫瑤高高興興地跑到林家，林泰華和林方氏早早就帶著林紹遠下地了，林莫瑤進來的時候，家裡只有林劉氏帶著林紹安、林紹傑兩個人。

「我想到辦法保存了！」林莫瑤一進門就神秘兮兮地湊在林紹安的耳邊說道。

林紹安一愣，問：「什麼辦法？」

林莫瑤的想法其實很簡單，只要抽出罈子裡的空氣，保證果醬處在真空的狀態下，再存放在陰涼乾燥的地方，在古代這樣沒有冰箱的情況下，至少也能保存半個月！

可是，要怎麼抽出罈子裡的空氣，就成了林莫瑤最發愁的事情，畢竟這裡可不像後世一樣有真空機！

林紹安和林莫瑤兩人為了這個抽真空的問題，湊在一起折騰了一個上午，一直到林泰華和林方氏、林紹遠三人回來。

林紹遠放下農具，好奇地走過來，看到兩人在搗鼓一個罈子，旁邊放著泥土、空心的竹子，還有油紙，一時間猜不出兩人又在幹麼？

「你們倆幹麼呢？」林紹遠實在看不出來，只能開口問了。

林莫瑤抬起頭，看了看院子裡的幾人目光都在她和林紹安的身上，想著集思廣益，就把自己和林紹安折騰的事情，告訴了他們，沒想到引起了林方氏的大笑。

就是林泰華也跟著小聲笑了笑，道：「阿瑤，這空氣還能抽出來嗎？那怎麼抽？用管子嗎？」他剛才看到林莫瑤身邊放了一截空心的竹管。

林莫瑤撇撇嘴。早知道會被取笑就不跟他們說了！就在她準備回頭自己研究時，眼前一亮，看著林方氏和林泰華。

林泰華似乎扭傷了肩膀，林方氏正要給他拔火罐。

「大舅母，妳在幹麼？」林莫瑤跑了過去問道。

林方氏將竹筒都放到林泰華肩膀上後才說道：「妳大舅早上幹活扭到了肩膀，我給他拔拔罐，能散瘀。」

林方氏說完，林莫瑤臉上的表情就變得很激動，喃喃道：「拔罐、拔罐……哈哈哈，我想到了、我想到了！」

幾人見她這麼興奮，齊聲問道：「阿瑤，妳想到什麼了？」

林莫瑤扯開嘴角笑了起來，壓低聲音說道：「我想到辦法儲存果醬了！這樣一來，只要存放得當，至少能保存半個月！」

林家幾人互相看了看，特別是林劉氏，她知道果醬不能長期存放，以前府裡的果醬，最多也三天就壞了。

若是林莫瑤說的辦法能延長果醬的儲存時間，那是不是其他的東西也能了呢？林劉氏眼前一亮，看著林莫瑤問道：「阿瑤，是什麼辦法？」

林莫瑤笑得一臉神秘地看了看林方氏，弄得林方氏一愣，奇怪地指了指自己。「阿瑤，妳看我幹什麼？我……我臉上有東西嗎？」

林莫瑤嘿嘿一笑。「大舅母，您臉上沒東西，不過啊，您手上有東西！」

「啊？」林方氏意外了，看了看自己手上，什麼也沒有啊！

林莫瑤看見大家的表情，也不開玩笑了，指了指林泰華肩膀上的竹筒說道：「剛才大舅母給大舅拔罐時，我突然想到的，這拔罐的原理，不就是用火將竹筒裡的空氣燒掉，然後迅速地放在背上，利用空氣的壓力吸附在人的皮膚上嗎？同樣的辦法，一樣能去掉罈子裡的空氣。」

林家幾人震驚不已地看著林莫瑤。聽完她說的話，愣了愣，雖然不明白林莫瑤後面所說的話是什麼意思，但是他們還是聽明白了一點，那就是用拔罐的方法能把罈子裡的空氣去掉，可是，這和保存時間長短有什麼關係呢？

林紹安之前已經被林莫瑤指導了一遍真空的原理，這會兒見自家爹娘和林紹遠都傻傻愣愣的，就接過林莫瑤的話，替三人做起了解釋。

除了林方氏之外，林泰華和林紹遠偶爾也在縣城的書店裡，看過一些雜書，對於林紹安的說法雖然不能全部理解，但大概意思還是能聽明白的。等林紹安給兩人解釋完，兩人都十分震驚。

「還……還能這樣？」林泰華不可思議地說道。

林莫瑤嘿嘿一笑，道：「嗯，只要隔絕食物和空氣接觸，存放的時間自然就能長一點。」

三個大人互相看了看。聽了林莫瑤這些話，他們對於林氏之前的說法就更加信服了。

和三個大人不同，林紹遠很快接受了林莫瑤的理論，甚至提出了新的問題。

「可是，阿瑤，罈口很大，即使可以用火燒掉罈子裡的空氣，但等妳把火源拿出來，蓋上蓋子的時候，不管妳速度再快，都會有空氣進去。」林紹遠說道。

林莫瑤張張嘴想說什麼，卻被林紹遠給打斷。

「也別說蓋上蓋子，讓火在裡面自己燒掉。我們裝的是果醬，妳覺得這樣一燒，那些灰燼落在果醬裡還能吃？」

林莫瑤的話，就這樣被林紹遠給堵在了嘴裡，過了半晌，林莫瑤略顯失落地嘆了口氣，高昂的腦袋也耷拉了下來，喃喃道：「那……怎麼辦呢？」

林紹遠看了看她，又看了看蹲在地上抱著罈子的林紹安，自己走過去，將罈子和蓋子拿了起來，放在手裡來回打量。

院子裡誰也沒有說話，一時間，所有人的視線都集中在林紹遠和他手上的罈子。

過了一會兒，就聽林紹遠輕笑一聲，緊跟著開口道——

「我知道該怎麼辦了。」

林莫瑤眼前一亮，快步走了過去。「大哥，你想到辦法了？」

林紹遠放開罈子站起身，掃視了一圈院子裡的眾人，笑著點了點頭。

看見林紹遠點頭，林莫瑤簡直激動到不行。

「大哥，什麼辦法？」只見她兩眼發光地盯著林紹遠，等待他的下文。

林紹遠拿起地上的罈子蓋，翻過來對著眾人，道：「我們可以把沾有桐油的麻線固定在蓋子上，點燃之後蓋上，然後密封起來，這樣燃燒的麻線不就可以將罈子裡的空氣給燒空了嗎？」雖然不大理解林莫瑤說的真空是什麼意思，但林紹遠還是聽懂了必須用火將空氣給燃燒完，所以想出了這個辦法。

林家眾人聽了他的話，再在腦中腦補了那個步驟，所有人眼前一亮。如此好像行得通！

可林莫瑤卻在一旁沈默不語。

大家高興了一會兒，終於發現林莫瑤的不對勁。

林紹遠略帶忐忑地問道：「阿瑤，怎麼了嗎？」

林莫瑤抬頭看他一眼，然後搖搖頭，道：「沒事，只是我在想，燒沾了油的麻線恐怕不行。」

林紹遠愣了一下，隨即略帶失望地喃喃道：「不行嗎？」

林紹安看看大哥，又看看林莫瑤，問道：「為什麼不行啊？」

「因為桐油的味道，油煙味。我們罈子裡裝的是果醬，一旦沾上油煙味，那……」後面的話林莫瑤沒有說，但幾人卻都明白過來。桐油燃燒會有味道，在那種密封的環境下，油煙味去不掉，雖然能讓果醬的保存時間更長，可長期下來，卻會直接影響果醬的味道。

想明白這一切，所有人臉上都帶上失落的神情。

林莫瑤見了，輕笑一聲

眾人不解地看向她，不明白這個時候她為何還笑得出來？

林莫瑤大大地扯了扯嘴角，笑道：「大哥這個方法是可以的，但是，我們得換個可燃物……唔，就是能燃燒的東西。」

幾人互相看了看，疑惑地問道：「除了桐油還有什麼？」難道阿瑤說的是動物油？可動物油燒出來的味道比桐油還難聞，而且油還會滴到果醬上。

「酒。」林莫瑤微笑著吐出了這個字。

話音剛落，林泰華就先提出了疑問。「阿瑤，這酒還能燃起來？」

林莫瑤點點頭。現在的酒當然燃不起來，前世林莫瑤見過這個時期的酒，雖然不像從前那樣渾濁不堪，但純度依然很低，她還記得，當初有一個李響很想拉攏的官員好酒，為了討好對方，林莫瑤直接提純了一罈子濃度又高又烈的好酒，去送給對方，這才打開拉攏大門。後來這位官員不斷跟林莫瑤討要這提純的方法，林莫瑤想到他嗜酒如命的樣子，就直接把提純的方法教給對方。

不過，這一世她可不需要用這去討好任何人了，像這種好東西，還是拿來改善他們一家人的生活比較可靠。

在眾人的疑惑中，林莫瑤跑到林紹安的房裡，直接抽了一張紙出來。

林紹安雖然心疼，但還是忍住，讓林莫瑤拿了一塊黑炭在上面塗塗畫畫。

林莫瑤直接去灶膛裡摸了一根燒黑的黑炭出來，磨了磨，就當筆用了。沒辦法，她在這裡待了兩世，卻始終用不慣毛筆。

林莫瑤趴在桌子上塗塗畫畫，認真又專注。酒精的提純其實很簡單，利用水和酒精沸點不同的原理，只需要運用上學時學過的簡單蒸餾裝置就能完成。

林莫瑤畫得專心，也就沒有注意旁邊林家眾人看她的眼神。此刻在他們眼裡，林莫瑤渾身閃耀著一種奇特的光芒，彷彿和他們完全不是一個世界的人。

林紹安張了張嘴，似乎想說什麼，最後依然沒有開口打斷林莫瑤的認真專注。

林莫瑤直到一幅畫畫完起身時，才發現林家眾人臉色好像都怪怪的，疑惑地問了一句。「你們怎麼了？」

轉念一想，會不會是自己嚇到他們了？雖然說她現在替自己撒了個謊，但似乎還是帶給林家人不小的震撼。自己突然變得這麼不同，會不會真的嚇到他們了？

想到這裡，林莫瑤開始有些不安，看著幾人，不知道該如何是好？她真是蠢得可以，就算要出手，也該給家人適應的時間啊！

「我、我……」林莫瑤是真的慌了。

林家眾人也恢復了正常，壓下了心中的震驚，看見林莫瑤一臉不安的模樣。

林紹安看了看林莫瑤，最終咬咬牙，開口問道：「阿瑤，妳會不會有一天就突然消失不見了？」

林莫瑤一愣。「什麼？」

林方氏臉色大變，喝斥道：「你胡說什麼！」雖然在吼林紹安，可幾人的眼神卻是落在林莫瑤的身上。林莫瑤所經歷的事情太過玄幻，他們到現在都不敢相信，直到剛才林莫瑤流利地畫下那一幅他們看不懂的畫，林家眾人這才真正的適應過來。對啊，阿瑤可是被神仙眷顧的孩子！

林莫瑤對人的情緒很敏感，第一時間就發現了異樣，只見她眨了眨眼睛，走到林紹安的身旁，使勁地對著他的腰間擰了下去。

「嗷——」林紹安猝不及防地被林莫瑤一爪擰住腰上的肉，疼得他一聲慘叫，嚇了林家眾人一跳。

林莫瑤鬆開手，有些好笑地看著他。

林紹安怒目而視，吼道：「妳掐我幹什麼？」

「疼嗎？」林莫瑤雙手環胸地笑道。

林紹安一手揉著腰上的肉，一邊瞪眼道：「廢話！妳被掐一下試試！」

林莫瑤一攤手，道：「會疼啊？那就不是在作夢啊，說什麼夢話？我家在這裡，你讓我去哪兒？」

「啊？」林紹安愣了一下，當他腦子還在轉彎的時候，就被林方氏一巴掌給拍到了腦袋上。

林方氏吼道：「就你事多！」吼完了林紹安，又轉向林莫瑤，笑道：「阿瑤，妳別理他，快給我們說說這東西該怎麼用？」

一句話，巧妙地將話題拉回林莫瑤所畫的圖紙上。

林莫瑤看了看她，再看了下林家的其他人，發現剛才那種怪異的感覺突然消失了，現在所看到的，只有對她一心一意的家人。

林莫瑤拋下心中的胡思亂想，指著圖紙上的東西，對林泰華說道：「大舅，您能照著圖紙把這個東西做出來嗎？」

林泰華聽了她的話，低頭去看桌子上的圖紙，只見上面縱橫交錯地畫著一些盆和管子一樣的東西，雖然不知道這東西的用處，但是並不影響他看懂內容。

林泰華將圖紙上的蒸餾裝置細細地打量完之後，看向林莫瑤，問道：「要做多大？」

林莫瑤想了想。他們目前只打算用來提純酒精，好抽空果醬罈子裡的空氣，需求量不大，就先做個小的吧，不用的時候就把裝置拆開，這樣就算是居心不良的人上門，也不怕被人學去。打定主意後，林莫瑤就指了指桌子，道：「做一個能放在桌子上面的就行。」

林泰華對比了一下圖紙和桌子的大小後，點頭道：「嗯，這個簡單，我現在上山砍些竹子下來。」蒸餾裝置的管道都要用竹子來做，又要做得小一些，所以竹子得上山去砍。

跟家裡人打了聲招呼，林泰華拿了砍刀，直接就朝著山坡走去。好在用的竹子量不多，只要挑一棵粗細均勻的就行。

## 第十六章 提純

趁著林泰華去砍竹子的空檔，林莫瑤拿了錢交給林紹安，叫他去打酒。農村男人平日裡都喜歡喝點酒，村裡的雜貨鋪子就能買到現成的酒。

只是，當林紹安把酒拿回來時，林莫瑤的嘴角不禁抽了抽。這酒渾渾的，就像裡面摻了泥沙。

林紹安見她看著酒發呆，就解釋道：「咱們村子裡的酒就這種了。」

林劉氏也說道：「阿瑤，咱們莊稼人喝的酒都是這樣的，那種清亮得像水一樣透明的酒，都是大酒樓或者大戶人家才會喝。」

林莫瑤點頭。渾一點沒事，待會兒蒸餾裝置做好，再一點點的提純出來吧。

讓林方氏去廚房燒了一鍋熱水，等到水開了，林泰華也扛著竹子回來了。

只見他一進門就開始動手，林莫瑤也不知道他是如何做到的，只不一會兒的工夫，一個簡易的蒸餾裝置就做好了，林莫瑤不由得咋舌。若非知道林泰華是地道的古人，她真要懷疑林泰華之前就見過蒸餾裝置了。

「哇，大舅，你好厲害啊！」林莫瑤看著擺在桌上一套精巧的蒸餾裝置，驚嘆道。

有了蒸餾裝置，林莫瑤小心地將林紹安買來的酒放進下面的竹筒裡，然後在大碗裡面加入林方氏之前燒好的熱水。沒有溫度計，林莫瑤只能完全靠手感，雖說不是攝氏一百度的沸水，可是也燙人啊！

憑感覺覺得水溫差不多，林莫瑤直接在大碗底下弄了一個小小的油燈，一丟丟小火苗在大碗底下燃燒，保持碗裡的水溫不降，而另外一邊的大碗裡，則是井裡打上來的冷水，那可真是透心涼啊！

竹子不是透明的，林莫瑤也看不到裡面的酒精是否變成蒸氣，到了上面的冷凝裝置裡，只能加熱一會兒就打開冷凝裝置看一眼，一直到看見裡面有了一點點、水一樣的酒精，林莫瑤這才大大地鬆了一口氣。

就這樣，林莫瑤一直坐在桌子旁守著正在蒸餾的酒。這就是竹子不透明的弊端，完全不知道裡面的東西什麼時候蒸好？

桌子上放了東西，林家眾人中午飯都是在廚房湊合吃的，中途時，林莫瑤將已經空了的加熱面的竹筒洗乾淨，又將從冷凝處竹筒裡得到的酒倒了進去，就這樣，來回折騰了三次，一直到傍晚太陽落山，林莫瑤才得出一小竹筒的高濃度酒精。

要擱後世，這一點點的酒精還不夠做個試驗的，但現在林莫瑤卻猶如捧著至寶一般的傻笑，特別是聞到那刺鼻濃香的酒味時，要不是她還未成年，林莫瑤真想嚐一口。

不過，她未成年不要緊，林泰華是大人了啊！林莫瑤小心翼翼地用小杯子倒了小半杯，遞給林泰華，道：「大舅，您嚐嚐？」

林泰華平日很少喝酒，但也不是不喝，當他將杯裡的提純過的酒喝進嘴裡時，那股沖鼻的辛辣滋味，完全和從前喝那些酒的感覺不同，夠烈，也夠味。

嚐到箇中滋味，林泰華小杯下肚之後，眼睛就直溜溜地盯著林莫瑤的手，道：「爽啊！阿瑤，妳這酒真夠味，就是太少了點，我都還沒喝夠呢！」

林莫瑤抱著手上的竹筒，連連搖頭，防備道：「大舅，這是要拿來做實驗的，反正我怎麼做的你們都看到了，回頭你讓大哥他們弄給你喝。」

林泰華這會兒酒勁已經上來，林莫瑤看著他微微發紅的臉，有些不好意思地對林方氏道：「大舅母，還麻煩您扶大舅進去休息一下吧。」林泰華喝慣了純度很低的糧食酒，一喝到提純出來的高濃度酒時，肯定會不適應；而且白酒本來後勁就大，所以，林泰華此刻華麗麗的醉了。

只見林方氏一邊扶著他往裡走，林泰華還一邊對著林莫瑤幾個人稱讚道：「好酒，真是好酒！呵呵、呵呵……」

林莫瑤和林家兄弟倆只能無奈地看著林方氏，將林泰華給拖回房裡休息。

等人走了，林莫瑤這才拿著手裡的一小竹筒酒，跟著林家兄弟倆去院子。林方氏幫他們洗出來的幾個罈子，已經晾乾放在那裡了，林莫瑤指揮兄弟倆將果醬分別放到小罈子裡，然後，在罈子蓋上塗抹上提純的酒精，用火一燒就著。

見火燃了起來，林莫瑤心中暗道果真成了，一邊迅速地將燃燒的蓋子蓋到果醬罈子上，林紹安則眼疾手快地將一旁提前弄好的稀泥，將邊沿封死，表兄妹兩人配合完美，動作一氣呵成。

除了留下他們自己這兩天吃的一小罈外，另外封好的三個罈子，都被林紹遠給搬到地窖去了。

林莫瑤站在一邊，看著兄弟倆封好地窖的門，這才拍拍手說道：「現在就等著看效果了。走，上我家吃包子去，七天後回來開第一罈。」

林紹安叫了一聲，跟上林莫瑤的腳步，林紹遠則是一臉寵溺地走在後面。

七天的時間轉瞬即逝，這天是開啟第一罈果醬的日子。林家眾人紛紛等在堂屋裡，就等著林紹遠去地窖把做了記號的罈子搬過來。

在眾人的目光下，第一個罈子打開了。

眾人的視線不由自主地就放到了罈子裡。只見罈子裡的果醬色澤鮮豔，跟之前他們剛放進去的時候差不多，只是顏色更深，且罈子一打開，還飄出一股甜膩的香味。

林劉氏拿來勺子，輕輕舀了一點放到碗裡，林莫瑤端起碗先是聞了聞，然後用筷子沾了一點放到嘴裡，當著林家眾人的面，咂吧了下嘴。

「阿瑤，怎麼樣？」林劉氏略帶忐忑地問道。

林莫瑤雙眼一眯，嘴角大大地扯開，歡呼了一聲，笑道：「成了！果醬沒壞。」

林家眾人幾乎在林莫瑤這句話剛落下時，就發出了一聲呼氣聲。

林劉氏更是雙手合十，嘴裡喃喃道：「我的老天爺，可把我老婆子給緊張死了！」

這話惹得林莫瑤哈哈大笑，結果被林劉氏一巴掌拍到了手膀子上。

林莫瑤挨個讓他們嚐過，雖然滋味不如剛做出來的時候好，但或許是因為放的時間長了，居然比之前更加黏稠香甜，別有一番滋味，只可惜在場的沒有一個人吃過現在鋪子裡賣的果醬，無法對照，不然就更好了。

林莫瑤決定，找個時間進城去買點果醬來嚐嚐！

打定了進城買果醬的這個主意，林莫瑤就準備實施，可因為已經入秋，地裡的莊稼要收，林紹安和林紹遠都要幫著家裡幹活，就是年長一些的林莫琪也都要跟著下地。

而林氏的攤子上也不能沒人，所以林莫瑤就被留了下來，雖然也幫不上什麼忙，只是幫著林氏生生火、收收盤子。沒有人抽得出空陪伴，林莫瑤想要進城是不可能了。

這天晌午，林莫瑤正百無聊賴地趴在桌子上。這會兒沒什麼客人，林莫瑤也落得清閒，正當她快要睡著的時候，一陣大呼聲傳入耳中。

「阿瑤，妳快看我給妳抓了什麼？」林紹安大喊大叫地朝著林莫瑤的方向跑了過來。

林莫瑤才剛醞釀起來的瞌睡瞬間消失不見，睜著眼睛，看著林紹安拎著一個魚簍奔到自己的跟前，獻寶似地把魚簍放到桌上。

林莫瑤抬起頭，朝著裡面看了一眼。「什麼東西啊？」

林紹安笑得開心，道：「妳自己看嘛！」

林莫瑤伸了伸脖子，這才看清魚簍裡裝了什麼——滿滿半簍子的河蝦，還是活的，透明的身體、長長的觸鬚動來動去。林莫瑤眼前一亮。這可是純天然野生的河蝦啊，擱後世可是有錢也買不到的東西！

「喜歡嗎？我知道妳愛吃這個，今天春生他們下河撈魚，我跟著去了，他們都知道妳之前掉水裡後不敢下水了，這不，知道妳喜歡吃蝦，就把撈上來的蝦都給我了。」說完，直接伸手進魚簍裡揪住觸鬚，拎了一隻在手上，拿起來給林莫瑤看。「看見沒？我特意挑的大的！」

林莫瑤心下感動。其實在現代時她不怎麼愛吃蝦，主要是因為太麻煩了，還要剝殼，但這不妨礙她知道蝦是一道美味佳餚啊！油爆河蝦、醉蝦、白灼河蝦、酥炸小河蝦、鹽水河蝦……做法簡直不要太多啊！

林莫瑤最愛吃的還是水晶蝦餃，晶瑩剔透的水晶皮，加上和豬肉摻半的蝦仁，林莫瑤想想，口水都要流出來了，可惜現在沒有澄粉賣。

想到這個，林莫瑤突然眼睛一亮。沒有賣澄粉的，那她就自己做啊！她家現在什麼不多，麵粉最多。雖說用麵粉洗澄粉比較浪費，但是，耐不住她嘴饞了啊。

「看在你今天拿回這麼多蝦子的分上，我給你做個好東西吃。」林莫瑤對林紹安說完這話，就掉頭去找林氏了。

林紹安見狀，拎著魚簍便跟了上去。

「娘，我能不能用點麵粉？」林莫瑤站在林氏身邊問道。

林氏現在對林莫瑤可是信任得很，所以也只是問了一句她要麵粉幹什麼？林莫瑤只說保密，林氏就不再多問了。

得到林氏的允許，林莫瑤帶著林紹安回了自己家，跑進屋裡，就用盆裝了兩斤白麵出來，加了水和成團，放到盆裡醒著，這段時間正好跟林紹安一起，把魚簍裡的河蝦剝皮抽筋。

麵團只要醒半個時辰就夠，等他們剝完了蝦、林莫瑤將蝦仁餡給拌好，麵團也醒好了。

林紹安看見林莫瑤又拿了兩個盆，分別裝了水後，就把醒好的麵團放進去，開始來回的洗，他直接就目瞪口呆了。「阿瑤，這麵粉還能洗啊？」

林莫瑤一邊洗麵，一邊給他解釋道：「對啊，我現在就是在把麵粉裡的麵筋給洗出來，沈澱下來的麵粉，就是我要用的澄粉，你就看著吧。」

林紹安果然不再追問，只是盯著林莫瑤手上的動作看。當看到林莫瑤手上的麵粉團變小之後，在好奇心的驅使之下，決定自己親手試一試。

林莫瑤手把手地教他該如何洗才能把麵筋洗出來，兩人就這樣來回折騰了好長時間，終於，林莫瑤手裡的麵筋不再變小，這才把洗出來的麵筋放到旁邊的碗裡，道：「好了，現在就等著它們沈澱吧。」話落，也不知她從哪裡翻了兩塊板子，直接蓋到兩個洗麵粉的盆上，甩了甩手上的水，直接回屋了。

林紹安緊隨其後，一進門就看見林莫瑤端著大碗喝水，略顯彪悍的形象讓林紹安的嘴角直抽。

原本澄粉沈澱完之後，需要曬乾，可林莫瑤這會兒滿心都是水晶蝦餃，自然等不了那麼久，所以，直接找了個最簡單快捷的辦法——放到鍋裡炒乾。

林莫瑤也沒炒得太乾，而是直接炒成麵團，這樣一來就省得重新放水和麵了。至於包餃子這件事情，林莫瑤直接端上炒好的澄粉麵團，然後讓林紹安端上拌好的蝦仁餡，回了攤子上找林氏。

當林莫瑤端著麵團來的時候，林氏並沒有意外，可是當她上手包時，就發現了這團麵粉的不同。她略帶驚訝地看了看，對著林莫瑤問道：「阿瑤，妳這麵好像跟我們用的不大一樣？」

林莫瑤也沒打算瞞林氏，畢竟做出來要是被人看到了，免不了需要林氏做幌子，所以，林莫瑤就將澄粉的由來告訴林氏。

林氏聽完之後也很好奇，這樣洗出來的麵粉包的餃子到底是什麼樣的？林氏的手腳很快，沒一會兒工夫，就直接包了一屜的蝦餃放到蒸籠上。

為了能夠在第一時間品嚐到美食，林莫瑤和林紹安直接一人搬了一個板凳，守在灶台旁邊。

就在這時，一道低低的馬鳴聲傳入林莫瑤的耳朵，林莫瑤本能地坐直身體，循聲看去，就看見他們正對面的官道上停了一輛馬車。這條路上經常有馬車經過，可這輛馬車卻是第一個停下來的。

林莫瑤不由得多了幾分好奇，沒過一會兒，馬車的簾子打開，從馬車上下來了一個身穿長袍的男子，離得不近，看不清長相。

只見他下了馬車之後，跟另外一個略有些發福的男人站在一起，互相說了幾句，那略微發福的男人就朝著他們的方向看了一眼，隨後點了點頭，兩人朝著茶棚走了過來。

另外一邊，趕著馬車的車夫見主家停下來休息了，就卸了車轅，把馬牽到離他們不遠的林子裡，讓馬吃草，而他自己則坐在旁邊的石頭上守著。

兩個男人走進了林莫瑤家的攤子，林莫瑤這才看清楚，剛才從車上下來的男子還挺年輕的，二十多歲的模樣，而那個略顯發福的則是個中年男人，比年輕男子矮了一些，肚子有些大。

中年男人似乎對年輕男子很恭敬，一直等到他坐下了，自己才敢在另外一邊輕輕坐了下來。

待兩人坐定，林莫瑤這才湊了上去，問道：「兩位官人想吃什麼？我們這裡有新鮮的肉包子和饅頭，另外還有自家做的骨頭湯掛麵。」林莫瑤報完了菜單，笑咪咪地站在旁邊看著兩人。

只見中年男人朝著年輕男子看了一眼，見他微微點頭了，才對林莫瑤說道：「嗯，那就給我們上三碗湯麵吧，給那邊那個夥計也送一碗過去。」說著指了指旁邊守著馬的車夫。

林莫瑤在兩人剛進來的時候就打量了一下，他們身上所穿的衣服料子上等，特別是為首的年輕男子，一看就不是普通人。

林莫瑤好奇的是，這樣的兩個人居然會停下來在她們家一個路邊小攤吃東西，而且，在點餐時，還不忘他們趕車的車夫。對於一般的富貴人家來說，車夫屬於下人，很少有主家會想到他們，所以，林莫瑤對這二人的印象好了不少。

等待的空檔，林莫瑤坐在灶台旁邊一邊等著餃子，一邊偷偷打量兩人，只見中年男人似乎有什麼事情苦惱一般，面上略有愁容。

林莫瑤見他們在說話，悄悄挪了挪凳子，往客桌那邊靠了靠，這才略微聽見兩人的幾句對話。

「酒樓的生意，本就是這樣時好時壞的，而且這段時間也不光是我們一家生意不好，另外幾家也不好。興州府隸屬北地，哪裡有江南的富庶？我覺得您還是把注意力放在江南一帶會好些。」中年男人低聲道。

年輕男子輕輕地搖了搖頭，嘆息道：「哪有這麼容易？我們蘇家的根基就在興州府，雖說現在江南也有些生意涉及，可是和那些在當地經營了幾十、上百年的人家來比，就差多了。商場如戰場，誰都知道江南富庶，那些人哪裡肯讓我一個外人分一杯羹呢？」

聽了年輕男子的話，中年男人似乎也想到了什麼，微微地嘆了口氣，兩人不再出聲了。

兩人一聲不吭，可是偷聽的林莫瑤卻快要笑瘋了。剛才兩人的對話簡短，但是不妨礙她知道想知道的東西啊！首先，這個年輕男子應該是中年男人的東家，姓蘇；再者，他們家有酒樓；第三，這人的生意不侷限於興州府，在江南也有生意，果然不是普通行商。

林莫瑤眼珠子一轉，突然有了主意。

# 第十七章 生意

就在這時，林氏的聲音傳來，原來是麵條已經煮好了。林氏怕燙到林莫瑤，從來不讓她端碗，林氏先將兩人的麵條端上來，才將車夫的那碗送了過去。

林莫瑤乘機悄悄拉過林紹安，在他耳邊低語幾句，他聞言，好奇地看了一眼那邊坐著吃麵的兩人，這才點點頭，快速地往家中跑去。

林氏回來的時候，就看到林紹安跑開的身影，隨口問道：「三郎這是去哪兒？」

林莫瑤答道：「我讓他拿東西去了。」

很快地，林紹安回來了，手上端了個碗，裡面放著他們之前做的果醬。林紹安也聰明，知道林莫瑤是要送給那兩位貴人嚐的，特意挑了家裡看著最好的一個碗給端了過來。

「阿瑤，給妳。」林紹安把碗遞給林莫瑤，林莫瑤接過就要往兩人那裡去，卻被林紹安一把給拉住，略有忐忑地問道：「阿瑤，這樣行嗎？」

林莫瑤看了看他，再看看那邊吃麵的兩人，咬了咬牙，道：「不試試怎麼知道行不行？你就等我消息吧！」雖說林莫瑤說了讓林紹安等消息，可這場子統共就這麼大，兩人什麼反應，林紹安一眼就能看到。

只見林莫瑤端著碗走到正在吃麵的兩人旁邊，脆生生地道：「兩位官人，這是我們家自己做的果醬，給兩位官人嚐嚐。」說完，自顧自的把裝了果醬的碗，放到了桌面上。

兩人停下手裡吃麵的動作，看了看林莫瑤，又看了看桌上擺著的一碗果醬。中年男人眉頭輕輕蹙了蹙，年輕男子則搶在他前面開口說道：「好的，謝謝小妹妹了。」

蘇鴻博看著眼前笑咪咪的小姑娘，對於她的好意點了點頭，還很給面子地拿筷子沾了一點，放到嘴裡嚐了嚐。

就見他輕輕點了點頭，對旁邊的中年男人道：「福伯，你嚐嚐。」

福伯見他臉上的笑，疑惑地拿起筷子沾了一點放到嘴裡，當嚐到味道時，林莫瑤看見他眼中閃過一抹亮光，只是很快就隱藏下去，若非她一直盯著二人的反應，恐怕也發現不了。

林莫瑤的眼珠子轉了轉，掉頭跑了回去，到蒸籠旁邊，抬手就翻了個饅頭出來，切成了片，放到盤子裡，端了過去，對兩人說道：「兩位官人，你們把果醬塗在饅頭上試試。」

蘇鴻博這會兒已經徹底停下吃麵的動作，見林莫瑤開口，就按照她的方法拿起了一片饅頭，塗上了碗裡的果醬，放進嘴裡。

不得不承認，這樣的吃法他也是第一次，別說，還真是別有一番滋味。可是，讓他更感興趣的是林莫瑤端上來的這個果醬。

「小妹妹，妳這個果醬是用什麼做的？味道很是獨特啊！」蘇鴻博笑著問道。

林莫瑤想想也是，像他們這樣身分的人，自然不可能吃過山上的野果，反正這也不是什麼秘密，她就大方地答道：「這是我和表哥們上山摘的娘娘果，是山上的一種野果，我們摘得多，就做了這個果醬，放著慢慢吃。昨天剛開封一罈，見兩位官人趕路辛苦，就拿來給兩位品嚐品嚐。」說完，還咧開嘴笑了笑，一口白牙明晃晃的。

蘇鴻博聽了林莫瑤的話，和福伯對視一眼，兩人眼中都閃過一抹精光。就著果醬吃了一瓣饅頭後，蘇鴻博這才裝作無意地問林莫瑤。「呵呵，小妹妹，妳可不能誆我，這果醬不經放，如何放著慢慢吃？」

林莫瑤心中大笑。這兩個人還不傻，能聽明白我剛才話裡的意思，也不枉費我特意強調放著慢慢吃了。但是臉上卻還要裝出一副茫然的模樣，道：「為何不能放著慢慢吃？你們剛才吃的這個，可是已經放了七天了，昨兒個才開的罈。」

蘇鴻博又看了一眼福伯，說：「小妹妹，不知道你們家這個果醬還有嗎？嗯，我是說，還沒開封的。」

林莫瑤也假裝不知道對方的目的，點頭大方道：「還有兩罈呢！」

蘇鴻博面上一喜，道：「小妹妹能拿來給我看看嗎？」

林莫瑤歪著腦袋看了兩人一眼。

當蘇鴻博以為對方會拒絕的時候，就看見林莫瑤點了點頭，然後對著身後喊了一聲。

「三哥，你去地窖裡拿一罈沒開封的果醬來！」

從林莫瑤開口，一步步把蘇鴻博和福伯往這邊引時，林紹安就已經做好了準備，這會兒聽見林莫瑤說話，直接就往家裡跑去。

不過一會兒，幾人就看見林紹安抱了個小罈子跑了過來，直接將罈子放在蘇鴻博面前的桌子上，然後就站在林莫瑤的身邊，兩個孩子一般高矮，就這樣站在一起，笑咪咪地看著蘇鴻博。

蘇鴻博和福伯在罈子放下的時候就開始打量，但除了看到罈口密封的泥土之外，沒有發現什麼特別的地方。難道延長保存時間的方法，就是將罈口給密封起來？蘇鴻博腦子裡閃過一個想法，抬起頭，看向林莫瑤和林紹安，問道：「小妹妹，妳這罈果醬能賣給我嗎？」

林莫瑤和林紹安對視一眼，臉上閃過為難和猶豫不決，最後扭頭對著灶台旁邊的林氏喊了一聲。「娘，這兩位官人想買我們家的果醬。」

林氏早就注意到這邊的動靜了，聽見林莫瑤喊她，放下手上的東西走了過來，先給蘇鴻博和福伯行了禮，這才道：「呵呵，兩個孩子不懂事，官人千萬別怪罪。這東西不值什麼錢，果子都是孩子們上山摘的，要說值錢，也就這個罈子能值個兩文錢了，兩位官人若是想要，給個罈子錢就行。」

林氏笑得誠懇，倒是蘇鴻博，他本就存了將這個罈子拿回去看看，他們家是如何保存果醬的，被林氏這麼一說，倒顯得有些不好意思了。

只是他還沒開口，就聽見林莫瑤在一邊抓著林氏的衣角，嘟著嘴低喃道。

「我們還放了糖呢！」

聲音很輕，似乎在抱怨林氏，卻又不敢大聲說，怕蘇鴻博兩人聽到了怪罪。

林氏的臉色變了變，不悅地看了林莫瑤一眼，將她拉到身後，對蘇鴻博兩人說道：「呵呵，孩子小，官人別介意。」給蘇鴻博道完了歉，林氏便轉過身，將林莫瑤往後推了推，口中訓斥道：「去，跟妳三哥到後面玩去！你們那個什麼水晶蝦餃已經蒸好了，我把蒸籠拿了下來，趕緊去吃吧！」

林莫瑤憋著嘴，看看林氏，再看看桌子上的罈子，最終還是低著頭，「傷心且不甘」地走了。

倒是蘇鴻博聽到林氏的話，疑惑地問道：「嫂子剛才說水晶蝦餃，那是什麼？聽名字倒是顯得雅致。」

林氏不好意思地笑道：「孩子們在河裡抓了些河蝦，吵著要吃餃子，我閒時就給他們包了些。因為這餃子蒸熟之後看著晶晶亮亮的，所以孩子們給它起了個名字，叫水晶蝦餃。」

蘇鴻博一聽，更加好奇了。他們開酒樓的，本就對各種各樣的吃食感興趣，反正前面已經討了一樣東西，也不在乎多這一樣了，所以蘇鴻博毫無心理壓力地對林氏拱了拱手道：「不知道嫂子能不能把這水晶蝦餃也賣一份給我們嚐嚐？」

林氏沒想到蘇鴻博會起身對她行禮，頓時有些手足無措地回了禮，這才讓兩人稍等，然後回到林莫瑤和林紹安的身邊，拿出盤子，從兩人面前的蒸籠裡挾了幾個水晶蝦餃放進去。

因為林氏是背對蘇鴻博兩人的，所以在看向林莫瑤和林紹安時，林氏也不再裝，而是嗔怪地看了兩人一眼，這才端著盤子回到桌子旁。

當林氏把水晶蝦餃放在兩人面前時，果然看到了兩人臉上驚豔的目光。不光他們，就是剛剛林氏把蒸熟的水晶蝦餃取下來時也著實驚豔了一把。之前還不覺得，這蒸熟之後，晶瑩剔透的麵皮下，紅色的蝦仁若隱若現，林氏不由得感嘆，難怪阿瑤要叫它水晶蝦餃，這名字，當之無愧！

蘇鴻博做了這麼長時間的生意，去過的地方也不少，卻還是第一次見到這樣的餃子，紅色的蝦仁隔著麵皮，竟若隱若顯，甚至都能看見蝦仁上的紋路。

對於蘇鴻博來說，這太震驚了，他完全不敢相信，在這樣一個鄉下茶攤上，能見到這種東西，所以，蘇鴻博激動了，比先前得知果醬可以長期保存時還要激動！

「嫂子，請問這個餃子是自己做的嗎？」蘇鴻博看著林氏問道。

林莫瑤掃了他一眼。果然不愧是商人，若不是他一開始眼中的那抹驚豔沒藏住，林莫瑤真要以為他此時只是隨口問問了。

林氏之前已經被林莫瑤叮囑過，所以在蘇鴻博問完之後便隨意地答道：「嗯，我們鄉下人很少能吃到好東西，這個也只有孩子們去撈河蝦時才能給做，打打牙祭。」

蘇鴻博眼前一亮，問道：「你們這裡的人都會做嗎？」

林氏笑了一聲，才接著說道：「這可就不是了，這是我們家祖上傳下來的手藝，因為做起來費事費時，所以很少做。」

蘇鴻博略顯失望，看了看他們家的攤子，賣的都是麵食，既然是人家祖傳的手藝，那他就不能輕易開口討要了。要不，出錢買？

想到這裡，蘇鴻博整理了下情緒，對林氏說道：「嫂子，是這樣的，在下姓蘇，家裡在興州府也開了幾家酒樓，我覺得您家這個水晶蝦餃外形好看，味道也好，不知道能不能……把您家這項手藝賣與我們？」說完，似乎怕林氏會拒絕，蘇鴻博又接了一句。「價格上好商量。」

林氏似乎也很驚訝。沒想到蘇鴻博會這麼直接，一時間不知道該如何應對？但林氏的慌亂也只是一時的，很快就鎮靜下來，對蘇鴻博福了福身，道：「蘇大官人，實不相瞞，這手藝是祖上留給我們家討生活的，就是為了以防有一天子孫敗落，這樣手上有個手藝就不怕餓肚子了，只是後來家裡人都覺得這東西做起來實在太麻煩，不如這些包子、饅頭來得實在，也賣不上價格，所以就放下了。祖上有規矩留下，萬萬不能傳給外人，還望蘇大官人見諒。」說完，林氏對著蘇鴻博拜了拜，表達了她的歉意。

蘇鴻博沒想到，林氏想都沒想就直接拒絕了，一時間也不知道該如何勸說？

福伯也跟著勸了林氏幾句，可林氏不賣就是不賣，任憑二人如何說都不點頭。

不遠處的林莫瑤暗自點了點頭，見火候差不多了，這才往嘴裡塞了個餃子，屁顛屁顛地走了過去，拉著林氏的手，低聲道：「娘，外婆和二爺爺還病著呢，要不，您就賣給這位大官人吧？這樣一來就有錢請大夫和買藥給外婆補身體、給二爺爺看病了。」林莫瑤光明正大的胡扯。反正林劉氏和林二老爺的身體最近是不大好，林二老爺更是病了好長一段時間了，也不怕他們去查。

林氏臉色一變，低頭就訓斥林莫瑤。「妳胡說什麼？給我回家去！」

林莫瑤梗著脖子不動，林氏氣急抬手就想打。

蘇鴻博見了連忙出聲阻止。「嫂子，手下留情，這孩子還小，可別打壞了！」

林莫瑤適時「感激」地看了他一眼，然後就「淚眼汪汪」地看著林氏。

林氏看著她這樣，差點就繃不住，幸好想到林莫瑤說的，她娘和二叔身體確實不大好，要是能有點錢給他們請個好的大夫、買上好的藥材，或許就能好了。

這一幕落在蘇鴻博的眼裡，就是林氏「憂心家人，開始猶豫了」。蘇鴻博便給福伯使了個眼色。

福伯了然，順勢說道：「這位嫂子，這孩子說得對啊，有什麼能比得上家人身體健康來得好呢？」

果然，隨著福伯話落，林氏臉上的表情變了變，只見她看看林莫瑤，又看看蘇鴻博，最終嘆了口氣，道：「實在對不住了，蘇大官人，這方子我不能賣給你。」就在蘇鴻博臉上露出失望之色時，林氏的話音一轉，道：「不過，這水晶蝦餃最主要的部分就是這粉，內餡我做的自然沒有大官人酒樓裡的大廚們好，所以，如果您真的想做這個蝦餃的話，我可以賣給您這個麵粉。」

蘇鴻博面上一喜，和福伯對視一眼，問道：「那嫂子，不知道這麵粉您準備怎麼賣？」

林氏略有些為難地看了看蘇鴻博，開口道：「這東西祖上起名叫澄粉，製作工序極其麻煩，量倒是其次，只很費時間，做一次至少需要兩天才能產出成品。我們都是莊戶人家，這又趕上秋收，地裡活計也多，一次最多也就能做百來斤，或許等農忙過了能多做一些。」

聽了林氏的話，蘇鴻博的眉頭皺了皺。兩、三天才一百斤，這對於他的酒樓來說，實在是太少了，但對方又不肯直接售賣方子，只能試試看，把這個叫澄粉的東西帶回去，交給樓裡擅長糕點的師傅，看看能不能研究出來了。

打定主意，蘇鴻博就看向林氏，問道：「嫂子，那請問您一斤要賣多少錢？」

林氏這下是真的有些為難了。她知道這個澄粉是用麵粉給洗出來的，簡單得不得了，但沒辦法，為了增加神秘性，只能說成很複雜，而且這兩斤麵粉能出一斤澄粉，要說讓她報價，她還真的不知道賣多少啊！

想到這裡，林氏不由得低頭去看林莫瑤。林莫瑤心裡也暗道糟糕，她好像忘記跟林氏說價格了。

好在林氏聰明，為難了一會兒就抬頭看蘇鴻博，道：「這個……也不瞞大官人，這……我們從來沒單賣過澄粉，也不知道賣多少的好？」

蘇鴻博想了想，就道：「那，我給您十五文一斤，您覺得如何？」

「啊？」林氏愣了一下。十五文，兩斤白麵是八文，這樣一來，一百斤還能賺七百文，剛才她也說了，兩、三天能出一百斤，也就是說，如果蘇鴻博一直買的話……林氏簡直不敢想。這個餡餅太大，快把她砸暈了！

林氏有些暈，林莫瑤卻很清明，心中算了下帳，就拉著林氏的手「懇求」地喊道：「娘……」那眼神裡閃爍的全是「您答應吧，快答應吧」。

林莫瑤這個樣子落在蘇鴻博眼裡，就是在祈求她娘趕緊答應，而林氏則是在接觸到林莫瑤這個眼神就知道，這個價格可以賣了。只見她嘆了口氣，這才對蘇鴻博行個禮，道：「那就聽大官人的吧，只是今天我就準備了幾個孩子吃的分，大官人要的話，可能得多等兩天了。」

蘇鴻博想了想，就道：「好，兩天後我派人來取，我們家酒樓就在縣城，蘇記酒樓，你們有事就直接去那兒找掌櫃。」

林氏再次彎了彎腰給蘇鴻博行禮，說道：「謝謝大官人，那您兩天後儘管派人來取，我儘量多做一些。」

蘇鴻博點點頭，對身後的福伯遞了個眼色。

福伯會意，從隨身的錢袋裡取了一串銅錢出來，遞給林氏。「這裡是兩百文定金，林嫂子收下吧。」

林氏道了謝，這才收下這串銅板。

事情談妥，蘇鴻博和福伯也不多作停留，直接告辭要離開。

福伯想要付飯錢和桌上那罈子果醬的錢，卻被林氏直接拒絕了。都賺了人家這麼多錢，她實在不好意思再多收。至於果醬的錢，林莫瑤可是說了，那是故意給他們帶回去的，收不收都無所謂。

蘇鴻博也不客氣，對林氏點了點頭，這才帶著福伯和車夫離開。

# 第十八章 慶祝

等到馬車看不見了，林氏才拍著胸口，大大地鬆了一口氣。

「可嚇死我了！阿瑤，妳看娘演得還好吧？」

林莫瑤笑了笑，對林氏豎起了大拇指，發現林氏似乎不懂這是什麼意思，就又點頭道：「娘真厲害！娘，現在我們也有錢了，不如今天晚上去舅舅家加餐唄？我和三郎去買肉，晚上我們好好吃一頓，正好跟大舅他們說說這件事情。」

林氏嗔怪地點了點林莫瑤的頭。「妳這孩子，三郎比妳大，妳要喊哥哥。」

林紹安聞言就在旁邊附和，瞪了林莫瑤一眼，道：「就是！我可比妳大兩個月！」

林莫瑤撇撇嘴，心想：我還比你大幾十歲呢！

林氏知道這孩子是饞了，寵溺地摸了摸林莫瑤的頭，從剛才福伯給的二百文錢裡，取了五十文出來遞給林莫瑤。「妳去買兩條五花肉，另外再打點酒，今天晚上把妳三舅和小舅還有二爺爺都叫來，我們一家人好好吃頓好的。」

有林二老爺一家，林莫瑤並不奇怪，但是意外的是林氏居然略過林泰立，連提都沒提。

林氏似乎看出林莫瑤所想，無可奈何地嘆口氣，道：「不是我不喊他們一家，只是如果妳二舅母來了，我們家這頓飯就別想吃得快活，大好的日子，別讓她給攪和了。」

林紹安也在旁邊撇撇嘴道：「就是！妳不知道他們家那兩個兒子多能吃，他們來了，我們連盤子都碰不到妳信不？」

林紹安的一番話讓林氏皺了眉頭，訓斥道：「三郎，你是讀書人，以後是要考功名的，他們是你的兄長，不管心中再不快，也不能背後說人不是，否則就是德行有虧。讀書人的名聲有多重要，還要我告訴你嗎？」

林莫瑤還是第一次見林氏這麼一本正經的教訓人，不由得有些同情地看向林紹安。只見他似乎也意識到自己的錯誤，低著頭，低聲道歉。

「姑姑，我知道錯了。」

林氏也不是真的想訓斥他，只是不想有人在背後說他的壞話。若壞了名聲要如何參加科舉？她也是為了林紹安好。

經林氏這一提醒，林莫瑤突然想了起來，說：「娘，您這麼一說，我想起來了，我還有一件事沒做呢！」

林氏和林紹安同時看向她，疑惑道：「什麼事？」

林莫瑤對著林紹安眨了眨眼睛。「送三郎去書院啊！以前是沒錢，現在有錢了，自然要送他去的。」

林氏點點頭，對兩人說道：「是這個道理！晚上吃飯的時候，就把這事跟妳大舅他們說了。」

和母女倆的雲淡風輕不同，林紹安的心裡早已經激動得不行。去書院上學一直以來都是他夢寐以求的事情，可是家裡的情況讓他已不抱希望，沒想到，現在他居然可以去書院讀書了！

林泰華等人幹完活回家時，就發現今天家裡有些不一樣。林二老爺和林二奶奶來了，正陪著林劉氏坐在院子裡有說有笑；林紹傑和林紹勝正跑得歡，林莫琪則坐在水井旁邊洗菜；廚房裡，林氏帶著林周氏正在生火做飯。

林泰華留下陪著林二老爺等人，林方氏進了廚房，就湊到林氏和林周氏面前，問道：「今天什麼日子啊，咋人都來齊了？」

林氏沒有說話，只是略帶神秘的笑笑。

倒是林周氏嗔怪道：「咋，這是不歡迎我們到妳家來啊？」

林方氏連忙翻了個白眼，道：「是是是，不歡迎，那妳現在趕緊帶著一家老小走唄！」

林周氏笑道：「嗤！妳想得倒是美，今兒個是舒娘請我們來吃飯，她可是買了兩大條五花肉呢，幾個孩子都眼饞得很，妳啊，就是趕我走我也不走！」說完就哈哈大笑了起來。

林方氏有些好奇地看著林氏，問道：「妳們是不是有啥事瞞著我啊？快說，不然可別怪我不客氣了！」

兩人嬉笑著讓開，林氏這才跟她解釋道：「阿瑤和三郎倒騰了個東西，叫啥澄粉，今天正好攤子上來了個開酒樓的老闆，這不，就跟人家做了一筆生意。得了錢後，這丫頭吵著要吃肉，我就想，反正都要買，那就一家人都來吧！我還給大哥他們打了酒，妳今天可不許拘著我哥，讓他們兄弟三個好好喝一杯。」

林方氏是知道林莫瑤的機遇的，可這會兒林周氏在這裡，她也不好多問，只是震驚地問道：「這是啥稀罕東西嗎？賣了多少錢把妳們高興成這樣？」

林氏笑笑，也不說話，倒是林周氏先笑了起來，說道：「要我說啊，我們家幾個孩子裡，就數阿瑤和三郎最聰明，別看這兩個孩子平時最皮，可腦子最靈光的也是他倆。只是可惜了咱們兩家都沒錢，不然湊湊錢，一定得送三郎去書院讀書。」說到這裡，林周氏瞥了一眼院子，低聲繼續道：「我公公天天在家就在叨叨這事，說他沒本事，說他的身體拖累了咱們一大家子，要不是他生病啥啥啥的，三郎就能去讀書了。我跟我家阿業看著都急死了，生怕他哪天想不開，連藥也不喝了。」

這些情況林方氏也不是不知道，妯娌二人無奈地嘆了口氣。誰讓他們家沒錢呢，只能可惜三郎這孩子了。

林氏在旁邊看著兩人的模樣，實在忍不住，就笑了出來，惹得兩人怒瞪。

「虧妳還笑得出來！」

林氏笑夠了，這才低聲說道：「今天把你們都叫來，就是為了這事。阿瑤說了，要送她三哥去上學，家裡的錢已經夠交這一季的束脩了。」

林周氏一喜。

林方氏則是一驚。「妳說啥？」

林氏以為她是高興的，就一邊幹活，一邊把剛才的話給重複了一遍。

林方氏聽了之後，臉色變得凝重起來，過了一會兒，只聽見她低聲道：「不行，我們哪能花妳的錢？妳把錢留好了，以後給阿瑤和阿琪做嫁妝。」

林氏聞言，眉頭皺了皺。

就是林周氏都不解地看向林方氏，問道：「大嫂，妳這是啥意思啊？這送三郎去上學，一直以來都是我們兩家的願望，現在能上了，妳咋又不讓上了？」

林方氏抬起頭看看她，又看看林氏，臉上為難地說道：「可是，我們哪能用舒娘的錢啊……」

林周氏這時才反應過來，林方氏之所以拒絕的原因。一直以來，他們兩家雖然分了家，但一些大事還是會合在一起，所以林周氏並不覺得兩家湊錢送林紹安上學，有什麼不妥？而且這也是公公們的願望。但林氏不同，她是外嫁女，他們要是花林氏的錢，可是會被人戳脊梁骨的。

林氏看著兩人的模樣，就知道她們在想什麼，直接一人給了一巴掌，拍在手臂上，然後佯怒道：「妳們是不是忘了，我現在可是被和離回來的女人！回了娘家，算哪門子的外嫁女？再說，三郎過了年可就九歲，再不去書院，就來不及了。」

聽了林氏的話，林方氏陷入了沈默。其實，能送兒子去讀書，她是一千個、一萬個願意的，可是，如今他們家欠林氏的實在是太多，之前把人趕出去已經讓她心裡不好受了，如今再讓林氏供她兒子上學，她這心裡，真不是滋味。

「舒娘，嫂子真不知道該怎麼感謝妳了。」林方氏眼角含淚地說了一句。

林氏見她這就哭上，連忙安慰道：「嫂子，好好的咋就哭了呢？妳和大哥之前也說了，以後可是要讓三郎給我送終的，我不對他好，對誰好？理該我送他去上學才是。」

林方氏聽了她的話就笑了起來，眼睛裡還有淚，又哭又笑地道：「我真是說不過妳。那我就替這孩子謝謝妳了，妳放心，之前我和妳大哥說過的話絕不會改，不管三郎以後有沒有出息，我們都讓他給妳養老送終。」

林氏見她不哭了，這才鬆了口氣。

等到徹底天黑，飯菜都擺上了桌，小周氏也回來了，她先前被林氏打發到攤子上照看著，以防有人來買東西時沒人。

因為是兩家人一起，所以直接抬了兩張桌子來，大人一桌，小周氏帶著孩子們一桌，桌上的飯菜也都是兩人份的。

在林劉氏一聲令下，孩子們那桌嗷的叫了一聲就開吃了，而大人這邊則是慢條斯理地聊著天、喝著酒。今天林莫瑤特意給林泰華三兄弟打了酒，而且還專門用蒸餾器提純過了。因為是要用來喝的，林莫瑤並沒有把濃度控制得那麼高，只是比之前的要純一些，且顏色透亮，不再似原先那般渾濁了。

林泰業看著碗裡倒上的酒，咂吧了兩下嘴，道：「大哥，這酒得不少錢吧？我可從來沒喝過這樣的酒。」他們農家，平時喝的酒都是那種渾的。

就是林二老爺見了這個酒，也難免嚥了幾口口水，道：「這一看就是好酒。」

林二奶奶見他這樣，就知道他心裡在想什麼，嗤笑了一聲，道：「再是好酒，你也不要想了！」

林二老爺不高興地看了她一眼，再不捨地看了酒罈子一眼，冷哼一聲，不說話了，還似賭氣一般地挾了一筷子肉，放到碗裡直接開吃。

幾人見狀大笑。自從林二老爺生病之後，林二奶奶就限制他喝酒，也就是說，自從他病了之後就再沒喝過酒，這會兒見了這麼清亮的酒，自然眼饞。

林泰華笑了笑，對著林泰業兄弟倆端起了碗，道：「就讓二叔眼饞吧，我們喝我們的！」說完，率先把碗放到嘴邊抿了一口。

儘管是第二次喝，林泰華還是被這烈酒給燒了一下嗓子，更別說第一次喝的林泰業和林泰祿了。兩人只以為這和平時喝的酒沒什麼區別，就是清亮一些罷了，可這一入口，兩人就發現不對，偏偏他們不像林泰華是小口的抿，而是大口的喝了，這會兒辣得他們想把喝進去的酒給吐出來，卻又捨不得，只能脹紅著臉嚥下去。

一口酒吞下去，林泰業就叫了起來。「大哥，這是什麼酒啊？這麼烈！」說完，等緩過來一些，就見他大笑了一聲，道：「但是夠味，我喜歡，哈哈！」

林泰祿平時很少喝酒，這會兒一口下去，辣了嗓子不說，酒勁也上來了，只見他呵呵地傻笑著，點頭附和。「嗯嗯，大哥，好酒，呵呵，真是好酒。」

小周氏在另外一邊見他這樣就有些擔心，眼睛不時地往這邊看。

好在林二奶奶就坐在林泰祿的旁邊，見他這樣，直接拿了一個大饃放在面前的碗裡，又給挾了一些菜，拍了拍他的手道：「你先吃點東西墊墊肚子。你也真是的，酒量不行還跟著你哥他們胡鬧！」說完，又佯裝生氣地怒瞪了林泰華兩人一眼。

林泰華和林泰業無奈地笑了兩聲。有了前次的經驗，接下來兩人就慢慢喝了，一口菜一口酒的，一邊聊天一邊喝。

林莫瑤注意聽了一下，他們聊的無非就是地裡的莊稼如何，什麼時候去鎮上幹活等等。而林泰祿則是吃了一個大饃之後，又喝了一碗稀飯，這才感覺自己不行了，叫來小周氏，把他給扶到了林紹遠他們的房裡睡一會兒。

小周氏一邊扶著人一邊教訓，讓他下次不能喝就別喝，林泰祿傻樂著答應下來，小周氏也知道他就是嘴上說說，直接不理會，冷哼了一聲，送人去休息了。

# 第十九章　送三郎讀書

等到小周氏回來，晚飯也吃得差不多，林方氏這才帶著林周氏、林氏和小周氏開始收拾桌椅碗筷。

林劉氏則是將人都喊到了她的屋裡，三個老的盤腿坐到炕上，林紹傑和林紹勝也跟著爬了上去，剩下的人都拿了小板凳坐在底下。

一直等林方氏幾人忙完廚房裡的活回到屋裡，林劉氏這才開口道：「老二啊，今天把你們叫來是有事情要說的。」

因為林老爺子去得早，這個家愣是被林劉氏一手給撐起來，所以林二老爺對她甚至比對自己大哥要更加信服，聽她這麼說就問道：「大嫂，是不是出什麼事了？」

林氏笑著搖搖頭，看了林莫瑤一眼，招了招手，把她和林紹安叫了過去，欣慰地拍了拍兩人的腦袋，感嘆道：「三郎過了年就九歲了，我準備送他去書院上學。」

林二老爺和林二奶奶對視了一眼，一時間所有人的目光都集中在林劉氏的身上。

她環視了一圈，接著說道：「你們也不用擔心錢，舒娘說了，她出錢送三郎去。」

林方氏因為早得了信，所以站在一邊一句話不吭，倒是林泰華的眉頭皺了起來。

林二老爺張了張嘴，想說什麼，卻被林二奶奶給掐了一下，閉了嘴，氣氛一時間沈默下來。

過了一會兒，林泰華才開口道：「三郎，給你姑磕頭。」

林劉氏鬆了一口氣。這是答應了。

林紹安聽話地走到林氏面前跪下來，恭恭敬敬地給她磕了三個響頭，這才重新爬起來站回林劉氏的跟前。

林泰華接著道：「我也不推辭了，但是我之前說過，舒娘既然回了娘家，而且只有阿瑤和阿琪兩個閨女，以後就讓三郎給她養老送終，這個話我當時不是隨便說說的。既然舒娘要送三郎去上學，也沒什麼說不過去的，就這麼定了吧，我只有一句，三郎，以後你可要對你姑還有你姊和妹妹好，知道嗎？」

林紹安再三保證以後一定會報答姑姑和姊姊、妹妹的，林泰華這才作罷。

說完了這件事情，林劉氏就扭頭看向林二老爺，繼續開口道：「另外，舒娘也說了，把阿平也一起送去，堂兄弟倆有個照應。」

「啥？」這下換林二老爺驚了。要不是因為他是盤腿坐在炕上，林莫瑤真懷疑他會直接跳起來。

林紹平更是被林劉氏的話給愣住了。

林周氏袖子下的手突然就緊緊地握了起來，緊張地看向自家公公，生怕他說出拒絕的話來。要知道，剛才林氏在廚房說要送林紹安去書院的時候，她有多麼羨慕，她也希望自己的兒子能有出息，但她知道自己兒子的能力，跟林紹安比起來，是人都會選擇送林紹安去書院。

只是，讓她沒想到的是，居然還有她兒子的分！

林劉氏似乎沒有看到幾人震驚的模樣，自顧自的繼續說道：「這件事情，之前舒娘就跟我商量過了，兩個孩子加起來一季的束脩也就兩吊錢，現在舒娘手裡的錢，正好夠兩個孩子交這一季的束脩和買些紙筆。我也想好了，既然要送，那就兩個都送吧。」說到這裡，見大家都沒有出聲，又道：「三郎這孩子聰明，又喜歡讀書，所以我也一直都想著送他去書院上學。至於阿平，別以為我不知道，這些年都是你們倆壓著他，不許他過來跟他大伯讀書識字，不就是擔心咱們家供不起嗎？現在不怕了，送，兩個孩子都送。就是小傑和小勝兩個將來想讀書，我們也都送他們去！」

林劉氏說這個話時頗有些咬牙切齒的味道，似乎夾雜了一股倔強在裡面。林莫瑤的第六感告訴她，這其中肯定有什麼她不知道的故事。

林二老爺張了張嘴，最終還是什麼都沒說，只是嘆了口氣，沈默地坐在那裡，過了一會兒，就看向林泰業和林周氏，開口道：「你們怎麼說？」

林周氏一臉期盼地看丈夫，她心中萬分的想說「讓孩子去」，可她知道這話不能由她來說，所以，只能看向丈夫。

林泰業看了看她，又看了看林二老爺夫妻倆，最後將目光落在林紹平的身上，果然看見他那略帶期盼又有些惶恐的眼神，視線略微往下移。林泰業發現，他衣服的邊都被兩隻手給捏縐了。「阿平，你怎麼想的？」林泰業決定讓兒子自己選擇。

林紹平看看爹娘，看看爺爺，有些緊張，低著頭喃喃道：「我、我……」

林二老爺皺了皺眉頭，喝斥道：「我什麼我？想就是想，不想就是不想。看看你，這點膽子都沒有，乾脆就跟我留在家裡種地好了！」

似乎是林二老爺的話刺激到林紹平，只見他抬起頭，目光堅毅地和林二老爺對視，道：「我不……我不要一輩子種地，我想跟三郎去上學，爺爺，我想去讀書。」

林莫瑤看到他眼中有著淚光閃爍，心中嘆了口氣。這就是沒錢的悲哀，在這樣一個時代，家裡如果想供一個人讀書，可以說是要全家人都勒緊褲帶，畢竟，農民的收入來自土地，基本上除開稅收，每年的收入寥寥可數，就算家裡的壯丁閒時可以去城裡打工賺點零錢，那也是很少的。

而讀書，一年四季，三個月一季，一季的束脩是一吊錢，一年下來就是四吊，這可不是普通農家供得起的。

這就是為什麼之前林家為了供林老爺子一個人讀書，幾乎花光積蓄的原因了。

所以，林莫瑤很能理解林二老爺壓著林紹平讀書的心思，他就怕把林紹平的心給讀野了，害了全家。

如今，林紹平自己也表達了想要讀書的心思，林二老爺就是想攔怕是也攔不住了，只能無奈的嘆氣，道：「雖說舒娘現在擺攤賺了點錢，可是，要同時供兩個孩子，難道她們娘兒三個不活了嗎？阿瑤、阿琪長大是要嫁人的，阿琪還有兩年就及笄，到時候要是拿不出嫁妝，彭家那邊指不定怎麼拿捏她呢！」

林紹平聽出了林二老爺的意思。他已經十歲了，自然知道今天這個讀書的機會是姑姑給的，而若姑姑同時送他和三郎去書院，那表姊的嫁妝就成了問題，但是，他實在捨不得這個機會。

林紹平眼中噙著淚，滿是矛盾和倔強地站在那裡。

和他的緊張矛盾不同，站在林莫瑤旁邊的林紹安就輕鬆多了，他是知道內幕的，這才能有條不紊、氣定神閒。

可這樣的表現落在林二老爺幾人眼裡，就是林紹安比林紹平更能沈得住氣。

或許是感受到了林莫瑤的目光，林紹安往林莫瑤這邊瞥了一眼，兩人用眼神交流著，手下的小動作也不少，借著身體的遮掩，兩人的手在後面你抓我打的，看得在他們身後的林劉氏嘴角直抽，在人看不到的時候，一人給了一巴掌，兩人的手這才停下來，低下頭，悄悄吐了下舌頭。

林莫瑤一抬頭就對上林氏嗔怪而寵溺的眼神，輕輕地咧了咧嘴，笑了一下。

教訓完了林紹安和林莫瑤，林劉氏才對林二老爺說道：「阿琪的嫁妝不用你操心，既然阿平想去，這事就這麼定下了。雖說對外我們兩家已經分家了，但只有我們自己知道，除了沒住在一起，我們兩家還是和從前一樣，什麼都是按照一家來的。」

聽了林劉氏的話，林二老爺想了想，還是試探著說道：「大嫂，送三郎去讀書還好說，可是現在連阿平也一起送，我擔心老二媳婦會鬧上門來啊！」說完，深深地嘆了一口氣。

林劉氏皺了皺眉頭，隨後冷聲道：「她憑什麼來鬧？送三郎和阿平去讀書的人是舒娘，可不是我們。」

聽了這個話，林二老爺和林二奶奶就沈默了，屋裡的其他人也不再多說。他們都知道，當初林氏帶著林莫瑤和林莫琪和離回來，可沒少被林張氏冷嘲熱諷，正因為這樣，林氏和她基本上是見面也不會說話，就連見到林泰立，都只是淡淡的打聲招呼就過了。

不過，以林張氏那種厚臉皮的個性，到時候死皮賴臉的上門也不是沒有可能。

林莫瑤看了一眼林氏的臉色，知道她也在為難，猶豫了下是否要把當初林紹強將自己推到水裡的一事告訴她？可是想了想，林莫瑤還是決定算了，如果這個時候說了，林氏會直接打上門去吧？

就這樣，林紹安和林紹平上學的事情定下來了。據林二老爺說，縣城的書院分成兩種，一種是走讀，也就是回家住；一種是直接吃住都在書院裡，這樣一來，除了每季的束脩之外，另外還要交五百文的生活費，兩個孩子加起來，這一季就要三吊錢。

林莫瑤眼珠子轉了轉，自己錢罐子裡的錢好像剛好夠。所以，在林二老爺和林劉氏商量著準備過完年再送兩人去時，林莫瑤直接跳了出來，大手一揮，道：「不要等過年了，明天我們就去縣城找先生！」

就是林紹安都意外了一下。他雖然想去上學，可也沒想到能這麼快啊！

但林莫瑤不給他拒絕的機會，直接說現在家裡的錢已經足夠，與其拖著，不如趁熱打鐵，反正家裡的活也不差他們兩個人，用林莫瑤的話說就是：早點解決這件事情，免得夜長夢多！

林二老爺似乎不大看重林莫瑤說的話，而是在她說完之後就去看林劉氏和林氏。

兩人見林莫瑤瞬間垮下來的、黑漆漆的臉，不由得失笑。

林氏笑道：「二叔，就聽阿瑤的吧，我們家的錢現在可是她在管，送兩個表哥去上學的事情也是她提出來的。」這意思就是：你趕緊哄哄你這個姪外孫女吧，瞧你把人都給惹生氣了！

林二老爺先是愣了一下，扭頭看向林莫瑤，果然看到她黑著臉站在那裡，不高興地看著他，嘟著張嘴，滿眼控訴。林二老爺先是笑了一下，這才連忙低聲開哄，什麼「乖孫女啊」、「好孩子啊」、「爺爺錯了」等等，總之他能想到的哄孩子的話都說了。

林莫瑤到最後實在憋不住，直接撲到林劉氏的懷裡大笑了起來，一邊笑，一邊說道：「二爺爺，您歇會兒吧，換來換去統共就那麼幾句好聽的，一點意思都沒有。」

屋裡的人瞬間就笑了起來。

林二老爺被她笑得鬍子都豎了起來，高高地抬起手，輕輕地落下拍在林莫瑤的背上，教訓道：「妳這孩子，還敢調侃妳二爺爺了！」

幾乎是他剛打完，就被林二奶奶眼疾手快的一把掐在了手臂上，訓斥道：「看你沒輕沒重的，別把孩子給打到哪兒了！」

林莫瑤只聽見林二老爺倒抽氣，然後就是求饒的聲音。她撲在林劉氏的懷裡差點笑岔氣，扭過頭看著林二奶奶笑道：「二奶奶，我一點兒都不疼！」

林二老爺也連忙求饒，指著林莫瑤說道：「看見沒、看見沒？孩子都說不疼。妳個老婆子，咋下這麼重的手呢？哎喲，疼死我了！」

林二奶奶強忍著笑，嗔怪地對林二老爺翻了一個白眼，哼了一聲，這才收回手。

接下來，只需要帶著林紹安、林紹平兩人和錢去縣城找先生就行了。

好在現在書院裡的先生是林老爺子從前的同窗，也認得林家人，林泰華帶著兩個孩子，很輕鬆的就把入學手續給辦好。

除此之外，兩家人還拿出家裡的積蓄，每家出了五百文，給兩個孩子各做了一身新衣服、買紙筆和日用品；又給書院交了每人二百文，一人買了一套書院統一的服裝。當天晚上，兩人就住在書院，每人身上留了五十文錢的零用錢，因為吃住都在書院裡，所以這個錢平時也用不上。

解決了一樁心事，林莫瑤走路都帶風，唯一覺得可惜的就是以後沒人陪她玩了。林紹安和林紹平進了書院，只有十天一休的時候能回家，其他時候可都要待在書院裡的。

林泰華看著活力無窮的林莫瑤，嘴角抽了抽，問道：「阿瑤，妳累不累？要不要舅舅揹妳？」

林莫瑤直接拒絕了。

為了今天能早點送林紹安和林紹平進書院，他們寅時就起來趕路，這會兒說不累是不可能的，但想想還是算了，她都這麼大了，哪能還要大人揹？況且街上人實在太多，林莫瑤拉不下這個臉讓林泰華揹著。

因為答應了蘇鴻博的一百斤澄粉，林莫瑤想趁著今天進城買點麵粉回去，舅甥倆便來到賣糧食的店鋪。林家經常來買麵粉，店裡的夥計已經認識林莫瑤了。

「林姑娘，又來買麵粉啊？」夥計笑著招呼林莫瑤，打完招呼，又對跟在林莫瑤身後的林泰華笑了笑。

林莫瑤點點頭，看向店夥計笑道：「小哥，幫我秤一百斤白麵，要好的。」

夥計應了一聲，給林莫瑤拿布袋裝麵粉去了。為了方便送林紹安他們去書院，林泰華就在進城的時候，把背簍放在城門口的一個寄放處，等店夥計裝好了一百斤白麵，紮好袋子拎到林莫瑤面前時，林莫瑤也把他們帶進城來的、之前店家幫忙裝麵粉的袋子，還給了夥計。

店夥計接過布袋看了一下，發現都是被洗乾淨還晾乾了的，對林莫瑤的印象更好了。

「呵呵，我們店裡這麼多主顧，就林姑娘每次都幫著把袋子洗了，替我可省了不少事，真是謝謝林姑娘了！」店夥計笑呵呵地說道。

林莫瑤被誇獎得有些不好意思。其實這些事都不是她幹的，林莫琪在家除了繡花就是做些簡單的家務，家裡哪有那麼多事情給她做？可林莫瑤又不許她一天到晚繡花，說是什麼勞逸結合，所以她閒著沒事的時候，就把空下來的這些袋子給洗了，時間長了，倒也養成了一個習慣，每次都幫店家把袋子洗乾淨了才拿來還。

「沒事。這是錢，小哥，那我們就先走了。」林莫瑤笑著把錢遞給店夥計，讓林泰華扛上麵粉就往外走。

走到外面，在糧鋪的對面正好是一家酒樓，林莫瑤想到蘇鴻博之前說他們家的酒樓，就倒回去問店夥計。「小哥，你知道城裡有家叫蘇記的酒樓嗎？」

店夥計想了一會兒，道：「是有一家，就在興北街上。林姑娘，妳找蘇記幹麼啊？」

林莫瑤打聽到自己想要的，笑著說道：「我就隨便問問。」說完就告辭離開。

店夥計也只是笑笑，見林莫瑤高高興興的走了，也就把這件事情給翻了過去。

林莫瑤來到林泰華的身邊，到底還是沒有繞到興北街那邊去看蘇記酒樓，而是直接回了城門口，拿了背簍就回家。沒辦法，她早上起得太早，實在是太睏了。

兩人一起往家趕，才走到城門口，正好遇到有其他村子的拉客驢車，林泰華看著昏昏欲睡的林莫瑤，最終還是交了車錢，抱著林莫瑤坐到驢車上。

驢車不到林家村，最後一段路程只能靠他們自己走。林泰華不忍心叫醒林莫瑤，只能將她放到背簍裡揹著繼續睡，而麵粉就放在前面抱著。

大約走了兩刻鐘的路程，就到了林莫瑤家的攤子。林泰華將人送回家放到炕上，這才把麵粉交給林氏，他還得趕回去幫林方氏和林紹遠收稻子。

林氏看了一眼床上睡得正香的林莫瑤，終究還是沒有忍心叫醒她，自己把麵粉搬到攤子上，打算先把麵粉揉出來放到盆裡醒著。

蘇鴻博後天早上就會派人來取這一次的澄粉，所以得抓緊時間做了。幸好林莫瑤之前跟林氏說過製作方法，等到麵粉醒好，林莫瑤應該也差不多醒了。

林莫瑤這一覺睡得很香，要不是肚子餓得咕咕叫，她估計都不會起來。原本準備到攤子上摸兩個包子墊墊肚子，一走近就看到林氏醒在盆裡的一堆麵粉，這才想起來，還欠著蘇鴻博的澄粉呢。

林莫瑤扶了扶額，拿了兩個包子吃下去，就叫上林氏把醒好的麵粉搬回家，她得開始動手了。

林莫琪在家，姊妹倆足足洗了一個時辰，才將所有的麵粉全部洗完，幾個大桶放在院子裡沈澱，林莫瑤動了動痠痛的肩膀。真是累死了！

等沈澱得差不多，林莫瑤這才找來兩個大盆，將沈澱下來、濕的澄粉倒進去，開始放在太陽底下曬乾。到這一步基本上就完工了，現在只等麵粉曬乾，然後碾碎成粉就行。

# 第二十章 成不成得看結果

話說蘇鴻博和福伯抱著從林莫瑤家得來的一罈子果醬，到了蘇家的雜貨鋪子後，首先就叫來專門負責做果醬的師傅，研究這個罈子的特別之處，可是，任憑他上下左右打量了個遍，也只是看出來和其他罈子不同的地方，就是罈口用來密封的泥土。

蘇鴻博幾人試著將罈子拆開，取出裡面的果醬，果然味道和之前他在林莫瑤家攤子上吃的是一樣的，口感甚至比鋪子裡賣的果醬還要好。

蘇鴻博交代師傅，照著林家這個方法將果醬放到罈子裡去保存看看，聽林莫瑤說，她這一罈子是放了七天的，那他也放七天好了。

師傅領命下去，蘇鴻博這才看著福伯，問道：「福伯，你說這個法子行得通嗎？」

福伯想了想，躬身道：「從我們帶回來的這個罈子看來，除了罈口密封之外，再沒有其他特別的地方了，行不行得通，還得等七天以後呢。」

蘇鴻博點點頭。現在就只能等吧。然後，又想到林莫瑤家做的那個水晶蝦餃。「過兩天叫人去取的時候，留兩斤給專門做糕點的師傅，看能不能研究出來這是怎麼做成的？其他的，先做一些成品出去試試效果。」

福伯躬身應是，又問道：「這價格？」

蘇鴻博笑了一聲，道：「剛剛出來的新品，材料又難得，價格自然要貴一些。」

「是。」福伯應道。他知道該如何做了。

林莫瑤一個下午都待在家裡守著晾曬的澄粉，一直到天黑時，水分才曬乾一半，第二天又曬了一天，這才完全乾。

曬乾水分的澄粉，這會兒就是一個硬邦邦的麵餅，還得細細地研磨成細粉才行，幸好林泰華家有一個很大的石碓，這才解決了磨粉的事情。

磨完粉一秤，竟然有一百三十多斤，林莫瑤看著林氏問道：「娘，您揉麵的時候用了多少白麵？」

「你們帶回來的一百斤，加上家裡剩下的一百斤。因為妳說是兩斤出一斤，所以我就都揉了。」林氏說道。

林莫瑤點點頭。看來是她估算錯誤了。既然兩百斤的白麵能出一百三十斤，那就賺得更多了。現在，就等著蘇家派人來拉，然後收錢。

第三天上午，林家的攤子旁邊又迎來一輛馬車，這次，是福伯帶著夥計過來了。

「福伯好！」林莫瑤禮貌地打招呼。

福伯對林莫瑤笑笑，這才對林氏行禮道：「林家嫂子，不知道我們的麵粉準備好了沒有？」

林氏連連點頭，指了指放在桌子上的兩個布袋子說道：「這裡是一百三十斤，我們一家緊趕慢趕才做了這麼多。」

福伯點點頭走了過去，解開袋子朝裡面看了一眼，這雪白的麵粉，實在看不出和普通的麵粉有什麼區別？檢查完了，福伯這才重新把袋子紮起來，揮手叫了後面的夥計上來秤重，確定了重量之後，他把腰上的錢袋取下來，給林氏取了一塊碎銀並七百五十文錢。

林氏數都沒數，直接收進了裝錢的小罐子裡，這倒是讓福伯挑了挑眉，笑道：「林家嫂子不數一下？」

林氏笑了笑，道：「呵呵，不用數了。」

福伯笑了笑，點點頭道：「好了，我先把這兩袋拿回去，這次我是帶夥計過來認認路，下次我就不來了，以後每五天我派夥計來取一次。我知道你們也忙，我們東家說了，可以不催你們，但是每次來取貨都不能少於一百斤，能多做就儘量多做一些，畢竟我們家可不止一家酒樓。」

林氏連連稱是，笑呵呵地把福伯等人送上馬車，直到他們走遠了，林氏這才轉身回到攤子上，就看見林莫瑤抱著錢罐子，手上拿著那塊一點點大的碎銀來回擺弄。

林氏有些好笑地看著她。「看妳這財迷的樣子！」說完，也伸出手，從林莫瑤手上將那一小塊碎銀拿在手裡，來回看了看，感嘆道：「我們莊戶人家，有些人一輩子都沒見過這銀子長啥樣，大家都是用的銅板，沒想到，如今我們家也能有銀子了。」

前世的時候，林莫瑤也是到了京城才知道，大多數流通的貨幣就是銅錢和金子，而銀子用來做流通貨幣的很少，也只有大戶人家才會用一些銀子來做貨幣，更多人都是拿來做首飾用的，也就是後來她幫著李響陸陸續續又開了幾個銀礦，這才有了大量的銀子來做貨幣流通。

一想到那個渣男，林莫瑤的臉色就有些不好看，猛地甩了甩腦袋，這才把剛才的回憶甩出去。

林莫瑤這一動作把林氏給嚇了一跳，連忙問道：「阿瑤，妳咋了？不舒服？」

看著慌張的林氏，林莫瑤搖了搖頭，道：「我沒事。」看林氏一副還要追問的模樣，林莫瑤連忙轉移了話題。「娘，家裡現在麵粉都用完了，咱們是不是得去多買點啊？」

這次給蘇鴻博的一百多斤澄粉直接用光了家裡的庫存，想到這裡，林莫瑤都鬱悶死了。早知道就讓蘇記的人幫著拉點麵粉來，不過也沒事，下次可以讓他們幫忙帶。

蘇鴻博那邊到底沒有成功研究出林莫瑤家儲存果醬的方法，他們按照林莫瑤家帶來的罈子複製的儲存方法，裡面的果醬無一不是壞得徹底。對於這個結果，蘇鴻博皺了皺眉，低聲道：「難道還有什麼事情是我們沒發現的嗎？」

福伯站在一邊低著頭，沒有說話。

過了一會兒，蘇鴻博又問道：「那澄粉呢？進展如何？」

他們已經從林莫瑤家拿了兩次貨，每次都是一百多斤，量不大，耐不住現在酒樓裡的需求量大。

經過師傅們的研究，利用這個澄粉做出來了好幾種吃法，其中最有名的便是那道早點——水晶餃子。不單單僅限於蝦餃，還有其他各種餡料，無一不受到熱捧。

因為澄粉的量有限，這些吃食每天也都限量供應，而且到了後面，每天的量都只夠供應興州府府城的一家酒樓，其他幾個縣城的酒樓連一斤、半斤都分不到。

為這件事情，蘇鴻博沒少發愁，可都已經過去這麼多天，他們酒樓裡的點心師傅卻一點進展也沒有，也不能怪他著急了。

「這……大師傅他們也實在是想不出這到底是怎麼做到的？他們把澄粉和普通的麵粉放在一起對比，除了更加細膩之外，沒有發現其他任何的東西，裡面完全就是純的白麵。可一放水揉開之後，區別就出來了。」福伯慢慢道。

蘇鴻博看向他，見他不似說謊的模樣，最終還是嘆了口氣，問道：「下次去取貨是什麼時候？」

福伯想了想，說道：「就是明天。」

蘇鴻博點了點頭。「明天我親自去一趟林家。」

第二天，當蘇鴻博掀開馬車簾子的時候才發現，裡面堆了半車的白麵，進車的動作就停了下來。

福伯走上前才想起來，他們一直都用酒樓的馬車給林家送白麵和取貨，這蘇鴻博如果要去，要嘛就另外駕一輛車，要嘛就只能跟這堆白麵擠一擠了。

「東家，這是給林家送去的白麵，他們家沒有車，每次做澄粉需求的白麵量又大，所以就託我們酒樓幫他們家帶些白麵，這樣就省得他們總是上縣城去買了。」福伯解釋道。

聽了他的話，蘇鴻博只是略微猶豫了一下就鑽進馬車裡，坐到另外一邊沒有堆放麵粉的地方。

福伯見他坐好，這才坐到車轅上和車夫一起駕車。今天他和蘇鴻博親自去，就不用再叫夥計跟著了。

當林氏看到車上下來的福伯時愣了一下，再看見蘇鴻博，林氏直接把手上的活給放下，連忙迎了上去，在距離對方幾公尺的位置停了下來，對著二人福了福身，道：「蘇大官人、福伯，你們怎麼親自來了？」

福伯笑著指了指後面，道：「我們東家正好在酒樓裡，就說過來看看。趕了一路的車了，嫂子先幫我們下三碗麵條吧。」

林氏連連點頭，將兩人請到座位上坐好，這才回到灶台旁幫他們煮麵條。

這邊蘇鴻博和福伯坐定不久，那邊林莫瑤就帶著章老三從家裡出來了，兩人一路說說笑笑地到了攤子上，林莫瑤這才看到坐在桌子旁的蘇鴻博和福伯。

「娘，他們怎麼來了？」林莫瑤悄悄問道。

林氏搖搖頭，說道：「我也不知道，他們也是剛到。」說完，看了看已經到一旁去收拾工具的章老三，問道：「東西做好了？」

林莫瑤點點頭，笑道：「做好了，晚上回去試試。」

林氏只點了點頭，見鍋裡的麵條煮好，這才重新轉身去忙。

林莫瑤往蘇鴻博和福伯的方向看了一眼，見兩人也在看她，就大大方方地對著二人做了個福禮，這才轉身去找收拾工具的章老三。

「三叔，今天我讓你做的東西你可不能告訴別人喔！」林莫瑤蹲在章老三的面前低聲說道。

章老三一邊將工具放進箱子裡，一邊抬頭看林莫瑤，笑道：「咋，還怕三叔把妳這東西拿去賣錢啊？」

林莫瑤聽得出來章老三這是在和她開玩笑，就嫌棄地嗤了一聲，說道：「我才不怕呢！別人就是做了個一模一樣的，也未必知道這東西是用來做啥的。」

章老三就笑了，說道：「那妳還怕啥？行了，妳放心吧，妳三叔的嘴可嚴得很。」說完，將箱子往肩膀上一扛，就站了起來。

林莫瑤也跟著站了起來，巴巴地跑回灶台旁邊，把提前包好的油紙包拿了過來，遞給章老三。「三叔，這裡頭是給弟弟妹妹的包子，你帶回去給他們吃。」

章老三見了連忙擺手拒絕。「阿瑤，妳都給過工錢了，我哪還能要妳的包子？不行不行！」

林莫瑤哪裡容得他拒絕？見他不肯收，就一把將包子塞到了章老三的懷裡，然後迅速地退開，虎著臉道：「三叔，你要是不收，以後我可不找你幹活了！」

章老三幫他們做東西收的工錢一直很少，在選材上也是盡心盡力，因為之前章老三跟林莫瑤說過，讓她以後要做什麼活計就等他來了再做，別自己跑去找那些木匠，萬一被坑了怎麼辦？林莫瑤就記下了他這話，碰到威脅的時候，就虎著臉說以後不要他幫忙了。

章老三感激林氏的照顧，一直以來能少收就少收林家的工錢，聽林莫瑤這麼一說，怕她以後被別人騙，這才無奈地妥協。

林莫瑤見他收了，這才笑呵呵地說道：「早收下不就好了嗎？」

送走了章老三後，林莫瑤往蘇鴻博那邊看了一眼，就低下頭回了灶台後面，心底卻笑翻了。這可比她預計的來早了呢！不過她面上依然不顯，乖乖地坐在那裡佯裝看火。

## 第二十一章 賣方子

蘇鴻博和福伯吃完了麵，林氏也將這次交的貨給拿出來了。之前都是夥計幫她把車上的麵粉給搬下來，這次夥計沒來，總不能讓福伯和蘇鴻博動手吧？

幸好車夫不是個傻的，今天夥計沒來，這種粗活自然就得由他來幹了。

處理好這一切，林氏這才得空站到了蘇鴻博面前，做了個福禮，說道：「大官人、福伯，這次總共是一百五十斤。」

蘇鴻博點點頭，福伯會意，像往常一樣掏出錢來付帳。

本以為兩人會就此離開，可兩人卻坐得定定的，絲毫沒有要離去的意思，林氏不由得奇怪地問道：「大官人還有事嗎？」

蘇鴻博有些尷尬地扯了扯嘴角。林氏這是不歡迎他們嗎？

其實蘇鴻博還真是誤會了，林氏並非不歡迎他們，只是今天見他們兩個人都來了，這才好奇的多嘴問了一句。

蘇鴻博掩嘴咳嗽了一聲，以掩飾自己的尷尬，然後對林氏笑道：「嫂子不妨坐下來，我們慢慢說。」

林氏看了一眼官道上，見這會兒沒什麼人會來吃飯，就直接在蘇鴻博的對面坐了下來。

林莫瑤見狀，丟下手中的燒火棍就跑了過來，依靠在林氏的身上，好奇地看著蘇鴻博和福伯兩人。

林莫瑤才八歲，本來就是個孩子，兩人自然沒覺得有什麼不妥。

「嫂子，實不相瞞，我今天來確實是有事相商。」蘇鴻博客氣地說道。

林氏坐直了身體，笑道：「大官人有話就直說吧，我們鄉下人不喜歡拐彎抹角那套。」

蘇鴻博沒想到林氏會這麼直接，準備好的一大堆說辭用不上，尷尬地笑了笑，繼續說道：「呵呵，嫂子真是爽快人，那蘇某就不客氣了。是這樣的，嫂子家做的這個澄粉，我拿回去之後就交給我們酒樓的大師傅，倒是做出了不少美食，在酒樓裡的反響也不錯，幾乎是供不應求，可是，我們蘇記並不是只有一家酒樓，所以，這量就有些供不上了。」

聽蘇鴻博說到這裡，林氏也大概聽明白了，只見她眉頭緊皺，略顯苦惱地說道：「這個我知道，可是大官人，我們家孤兒寡母的，就我帶著我兩個女兒，就算我大哥大嫂一家來幫忙，也沒辦法一次做那麼多啊！」

蘇鴻博見狀，乘機說道：「這正是蘇某此次來的目的了。我們還是舊事重提，蘇某想直接買下這澄粉的製作方子，林嫂子能否考慮一下？您放心，這價格上我們好商量。」

這下，林氏的眉頭皺得更加厲害了。

林莫瑤的眼珠子轉了轉，抬起頭看向林氏，脆生生地開口道：「娘，我去叫外婆來吧！」

林氏一愣，佯裝有些不悅地看了林莫瑤一眼。

而蘇鴻博則是眼前一亮，笑著對林莫瑤說道：「呵呵，也好。小妹妹，還煩勞妳跑一趟。」儘管感受到林氏的不悅，可蘇鴻博知道，林氏之前說過這是她娘家的手藝，如果能從她娘家這邊入手，說不定能成。

林莫瑤對蘇鴻博扯了個大大的笑容，就往林泰華家的方向跑去。

到了林家，林莫瑤先是拉著林劉氏說了一遍蘇鴻博他們來的目的，然後兩人又商量了一下，等會兒要賣給蘇鴻博多少錢？等商量得差不多，林莫瑤這才扶著「身體有些不適」的林劉氏去攤子上。

林劉氏到了攤子上，走到近前了，才對著蘇鴻博和福伯行了一個標準的福禮。

蘇鴻博挑了挑眉。難怪他之前覺得林氏和林莫瑤的禮節很到位，並不似一般的鄉下婦人，原來根源在這兒呢！

蘇鴻博起身回了一禮，這才邀請林劉氏坐下。

在林莫瑤的攙扶下，林劉氏坐到另外一邊的位子，而她對面的福伯則是直接起身站到蘇鴻博的身後。

「呵呵，冒昧來打擾，還望老夫人見諒。」蘇鴻博客氣道。

林劉氏不卑不亢地回道：「可當不得大官人的這句老夫人。」說完，笑了笑，看向蘇鴻博，主動開口道：「剛才我外孫女已經將兩位的來意告訴我了，兩位想要這澄粉的製作方子也不是不行。」

蘇鴻博眼睛一亮。

而旁邊的林氏則是意外地抬起頭看向林劉氏，疑惑地喊了一聲。「娘？」

林劉氏對她搖了搖頭，道：「這東西放著也是放著，妳看妳擺攤這麼長時間了，統共做過幾次？還不是因為這東西做起來麻煩；而且，在這鄉下地方，有幾個人會花錢吃這些精緻的吃食？蘇大官人家是開酒樓的，能讓更多的人品嚐到這東西，這也是我們林家的福分了。」

「可是，娘……」林氏還想說什麼，卻被林劉氏給揮手打斷。

她看向蘇鴻博，直接問道：「不知道蘇大官人準備開價多少？」

蘇鴻博和福伯對視一眼，然後伸出了一隻手，道：「老夫人，您看五十貫可行？」

蘇鴻博一開口，林氏就震驚得目瞪口呆地看向他，之前的不樂意全都消失不見了，反而是林劉氏和林莫瑤兩人臉上不動聲色。

林劉氏不為所動就算了，林莫瑤一個八歲小兒居然也能這麼淡定，不由得讓蘇鴻博多看了兩眼。

林莫瑤沒想到，自己的一時愣神，倒是讓蘇鴻博看出了異樣，要是知道，她肯定會和林氏一樣做出一副沒見過世面的模樣。

其實，林劉氏並不是不為所動，她只是被蘇鴻博的開價嚇到了。她剛剛和林莫瑤商量過，猜測蘇鴻博能出價二、三十貫就差不多，沒想到一上來就是五十貫。林劉氏本能地低頭去看林莫瑤，卻被她眼疾手快地掐了一下手，林劉氏這才快速地收回視線，彷彿剛才沒有去看林莫瑤一般。

然而，旁邊一直在觀察三人的蘇鴻博眼裡卻閃過一抹精光，眼含深意地掃了一眼林莫瑤，會心一笑。蘇鴻博能這麼年輕就獨自撐起蘇家這麼多生意，觀察力可謂一流，儘管林家祖孫倆的互動很是小心，卻還是讓他看出了端倪。

一開始蘇鴻博也沒有往這邊想，但是人在驚嚇的瞬間所表現出來的本能，是最真實的。按理說，在他開出高價時，如果林劉氏就是決策人，那她的反應就應該和林氏一樣，是震驚的；可林劉氏的第一反應不是震驚，而是低頭去看林莫瑤，這只能說明，自己眼前這個七、八歲的小姑娘不簡單，至少，在他們家裡的地位不簡單。

林莫瑤抬起頭看向蘇鴻博的時候，正好對上他那饒有深意的眼睛，心中咯噔一聲。看著蘇鴻博那似笑非笑的眼，林莫瑤快速地運轉腦袋，回想自己是哪裡露出了破綻？但面上卻不動聲色。既然對方已經看穿，她也沒必要繼續裝下去，想到這裡，林莫瑤理所當然的一眼瞪了回去。

這倒是讓蘇鴻博有些意外。他還以為這個小姑娘會繼續裝傻呢！呵呵，有意思。

不過他並不打算揭穿，而是看向林劉氏，問道：「老夫人，意下如何？」

林劉氏一開始是有些不知所措，不過被林莫瑤一掐，很快就鎮定下來，看著蘇鴻博，略有些不好意思地笑道：「大官人開的價自然是好的，但確實不需要這麼多，大官人若是真心想買，那就給二十貫吧，畢竟是祖上留下的東西，再少卻是不能了。」

其實林劉氏是很想直接答應蘇鴻博開的價格。五十貫啊，他們一家子日子最好的時候都沒有見過這麼多錢，但是，她想到了林莫瑤之前跟她說的話——

「外婆，這澄粉其實就是沒有麵筋的白麵，就算我們現在不說，早晚他們還是會研究出來的，所以，我們不如就趁這個機會賣了，只是賣歸賣，我們也不能獅子大開口，否則對方知道之後，恐怕會引起不快。人家家裡是做大生意的，到時候惹怒了對方，我們怕是要麻煩，所以我們最多也就賣個二十貫，卻是不能再多了。」

按照林莫瑤所說，這二十貫對於這些做生意的人來說，確實不多，而正好也能讓他們家的生活更好。更何況，林莫瑤相信，這個東西給蘇鴻博帶來的利益絕對不止這二十貫錢，就算最後他知道自己被林莫瑤他們給糊弄了，也不至於會真的和他們計較。

林莫瑤把該考慮的都考慮到了，倒是蘇鴻博在聽到林劉氏這個價格時卻是一愣。他完全沒想到對方不但沒有嫌少，反而嫌多，給的價格還比自己開出的低出一倍多，這倒是令蘇鴻博很是意外。意外歸意外，有這樣的好事，蘇鴻博當然不會推辭，所以，最後這個澄粉的製作方子，以二十貫的價錢賣給了蘇鴻博。

二十貫銅錢的體積實在是有些大，所以蘇鴻博直接讓福伯用金子交易。二十貫正好二兩金子，林劉氏接過錢的時候手都有些發抖。

付了錢，蘇鴻博便讓林劉氏告知澄粉的做法，林劉氏剛要開口，林莫瑤就大喊了一聲「等一下」，然後在眾人疑惑的目光下跑回了家。

林莫琪正在屋裡繡花，見林莫瑤慌慌張張地跑進來，道：「妳跑什麼呢？」

林莫瑤沒有理會她，而是翻箱倒櫃地找東西，不一會兒就翻出了兩張紙並一支筆，又拿了墨研了，交給林莫琪，道：「姊，幫我寫個東西唄！」

不是她不願意自己寫，實在是她那個字真怕嚇到蘇鴻博。倒是林莫琪，一手小楷卻是寫得挺漂亮的，所以林莫瑤才讓她來寫。

林莫琪放下繡繃，提起筆問道：「妳要寫什麼？」

林莫瑤一邊說，一邊看林莫琪寫，很快地，兩張注明交易澄粉方子的契書就寫好了，上面白紙黑字寫得清清楚楚，蘇鴻博花二十貫錢購買林家澄粉製作的方子，銀貨兩訖，互不干擾。

林莫琪直到放下筆才震驚地看向林莫瑤，問道：「澄粉的製作方子賣了？」

林莫瑤點點頭，也來不及跟她細說，拿上兩張契書跑了出去，一邊道：「待會兒回來跟妳說！」說完，人就跑不見蹤影了。

林莫琪好奇，就跟了出來，站在門口往攤子那邊看。

林莫瑤回到攤子，將兩張契書放在面前的桌上。蘇鴻博挑了挑眉，看了一眼面前放著的契書，先是讚嘆了一句字寫得不錯，再往林莫瑤來的方向看了一眼，就看見一個年長一些的少女站在門口往這邊張望。

林莫琪本來好奇是誰買了方子，見蘇鴻博朝她這邊看，就老遠對蘇鴻博道了個福禮，然後點點頭，退回院子裡。

好一個知書達禮的姑娘，這是蘇鴻博對林莫琪的第一印象。雖然隔得遠，看不清樣貌，但那周身的溫婉氣息和那不輸閨秀的福禮，倒是讓他對這一家人多了幾分好奇。

林莫瑤見蘇鴻博往林莫琪的方向看，就往旁邊挪了挪，擋住了蘇鴻博的視線，道：「那是我姊姊，這契書就是她寫的。」

林莫琪很優秀，她不介意在外人面前多誇誇。

蘇鴻博挑了挑眉，笑道：「字倒是寫得不錯。只是林姑娘，不知道這契書是什麼意思？」

林莫瑤心中翻了個白眼。奸商就是奸商，她紙上都寫得清清楚楚，她就不信蘇鴻博會看不懂，但面上仍裝作無害的樣子說道：「蘇大官人買了我們家的方子，我們當然得立個契書了。白紙黑字的寫清楚，省得以後麻煩。」

林莫瑤就差沒指著蘇鴻博的鼻子說：我們還是簽個契書的好，不然萬一你們拿到方子後，反悔了怎麼辦？

蘇鴻博失笑。「林姑娘這話說得不錯，好，我簽。」話落，就直接從福伯那裡接過一支筆，在契書上簽下自己的名字。

林莫瑤拿起筆，本來準備簽自己的名，後來想想，還是把筆交給了林氏，說道：「娘，您來簽。」

林氏簽下了自己的名字後，兩份契書一人一張。

蘇鴻博把屬於他的那張交給福伯收了起來，開口道：「現在可以告訴我澄粉的製作方法了吧？」

林莫瑤收起契書，很大方地揮了揮手，道：「當然可以了，我來說，你來寫。」

蘇鴻博也不介意，讓福伯回去馬車上取了紙回來，坐在桌前準備好。

林莫瑤站在旁邊一邊口述、一邊看蘇鴻博將她口述的內容寫下來。

林莫瑤看著紙上的字感嘆。這人的字寫得可真好看啊！

蘇鴻博看著寫完的一張方子，上面一會兒第一盆水，一會兒第二盆水，一會兒又是換第三盆水的，還有沈澱、曬乾。看似工序複雜，但實際上，最主要的關鍵點其實只有一個，那就是澄粉是用麵粉洗出來的。

按照林莫瑤的口述，這澄粉就是用小麥粉放到水裡，將麵筋洗掉製成。這個時候，蘇鴻博終於知道，林莫瑤為什麼只開口要二十貫了，因為，若是她開價太高，自己在得知這個做法的時候，定會覺得太過簡便而感覺自己被騙，到時候說不得要遷怒林家，反而會給他們帶來麻煩。可她只要了二十貫，這點錢對他來說確實無所謂，而且，這個東西給他帶來的利益，遠遠高於這二十貫的價值，畢竟，在這糧食珍貴的時代，誰也不會想到將麵粉放到水裡洗，而是理所應當的認為，麵粉放到水裡就沒有了，誰又會想到用這樣的方法去掉麵粉裡的麵筋呢？

蘇鴻博嘴角浮起一絲笑容，看向了林莫瑤。

林莫瑤毫不畏懼地回視，一邊還用手輕輕拍了拍胸口的位置，那裡正好就放著剛才和蘇鴻博簽訂的契約。

好聰明的丫頭！

將手裡的方子交給福伯，蘇鴻博想起了另外一件事情。「其實今天蘇某前來，還有另外一件事想請教。」

林劉氏見蘇鴻博沒有追究這件事的意思，這才鬆了一口氣，聽見他的問題就問道：「蘇大官人請說。」

蘇鴻博笑了笑，先是看了一眼林莫瑤，這才對林劉氏開口。「是這樣的，上次承蒙林嫂子看重，送了我一罈果醬，我打開之後發現，裡面的果醬存放完好，所以，很是好奇這果醬是如何保存的？」

林劉氏聽了他的話，就低頭看了一眼林莫瑤，見林莫瑤微微點了點頭，這才開口道：「這個其實不難，大官人只需將罈子裡的空氣給抽空就好，這不管是果醬還是其他食物，只要不跟空氣接觸，就不會壞了。」

蘇鴻博眼前一亮，緊跟著問：「不知道這空氣該如何抽空？」

林劉氏沒有回答，而是略有些尷尬地笑了笑，有些為難。

蘇鴻博見狀，也知道自己這麼問有些唐突，就笑道：「老夫人莫怪，我是生意人，我們蘇記也有自己的雜貨鋪，若是有了這個方法，那許多平時好賣卻又不易保存的東西，就能多備一些了，一時情急，還望老夫人見諒。」

林劉氏連連擺手，唸叨「不敢當、不敢當」，這才繼續說道：「蘇大官人可是我們家的大恩人，因為有了您的這門生意，我們家的兩個孫子才有機會去書院上學，老婦人感激您還來不及呢，哪裡會怪您呢？只是……只是這果醬保存的法子是我們家幾個孩子給折騰出來的，這個，我恐怕作不得主。」說完，略帶歉意地看了蘇鴻博一眼。

蘇鴻博也反應過來，低下頭看向林莫瑤，笑著問道：「林姑娘？」

林莫瑤大大方方地回視，直言道：「告訴你也無妨。火焰燃燒需要空氣，只要能把罈子裡的空氣消耗完，外面再用泥土之類的東西將口子密封嚴實，自然能保證空氣進不去，東西就不會壞了。」

林莫瑤的話讓蘇鴻博陷入了思考，喃喃道：「火……」

林莫瑤也不打擾他，只是安靜地等著。

過了一會兒，蘇鴻博才皺著眉頭開口道：「不行，用火的話勢必要用到桐油或者動物的油，可是這些油燃燒會有異味，雖然能保存食物的新鮮，卻直接影響了食物的口感。之前我打開的果醬可沒有這些燃料的味道，林姑娘莫要誆我。」

林莫瑤調皮地笑了笑，說道：「我可沒騙你，我們就是用火來將空氣燒完的，您不信就算了。」

「姑娘誤會了，蘇某不是不信，而是覺得有些奇怪罷了。蘇某很好奇姑娘是如何在燒掉空氣的同時，還能保證沒有異味的？」蘇鴻博說道。

林莫瑤理所當然地說道：「用酒啊！」

這下，蘇鴻博更加覺得林莫瑤是在拿他開玩笑了，於是略帶了些不悅地說道：「蘇某還真不知道，這酒也能起火。」

林莫瑤直接賞了他一個大白眼，說：「你們那個酒當然不行了，等著！」話落，直接跑回了家。

# 第二十二章 合作

只片刻工夫，林莫瑤就又跑了回來，手上還抱了一個酒罈子。

林氏見狀，就回到灶台旁邊，給林莫瑤取了一個杯子和一個碗過來。

林莫瑤手上抱的正是之前做實驗提純出來的那一小竹筒的酒。那天給林泰華和林泰業兄弟每人倒了一杯嚐了嚐鮮，剩下的就都被她藏了起來，林泰華來要過兩次她都沒給。

林莫瑤抱著酒罈子過來，林氏已擺好杯子和碗。林莫瑤先往杯子裡倒了小半杯，問：「蘇大官人平時喝酒嗎？」

早在林莫瑤打開酒罈的一瞬間，一股酒香便撲面而來，當林莫瑤問起，蘇鴻博毫不猶豫地點了點頭，道：「作為商人，應酬自然需要喝酒。」

林莫瑤點點頭道：「那就好辦了。這是我家的酒，您嚐嚐？」

蘇鴻博猶豫著拿起酒杯，先是放到鼻子下面聞了聞，當濃烈的酒味衝入鼻中，蘇鴻博明顯一愣，端起杯子就想仰頭喝下，就在這時，林莫瑤的聲音幽幽地響了起來。

「我建議您還是先抿一小口，適應一下的好。」

蘇鴻博飲酒的動作一頓，雖然奇怪，還是按照林莫瑤的要求，先輕輕地抿了一口，沒想到，只這麼一口，就讓他差點辣得嗆了一下。幸好他及時端起桌上的水喝了一口，這才稍微壓下嘴裡那股辛辣的感覺。

林莫瑤一直等蘇鴻博緩過勁來了，才開口道：「怎麼樣？」

蘇鴻博走遍大江南北，除了宮中的御酒，什麼樣的酒都嚐過了，卻獨獨沒有喝過這種。作為一個商人，只剛才那一口，他就已經嚐到了商機。

蘇鴻博看向林莫瑤的目光瞬間充滿亮光，問：「這是你們家釀的？你們還會釀酒？」

林莫瑤搖搖頭，道：「不是，這酒是我們提純出來的，就用的我們鄉下人喝的普通米酒。這個濃度用來喝還是太高，這是我們之前弄出來當燃料的酒。」

說完，林莫瑤又倒了一小部分到林氏準備的碗裡，接過林氏遞過來的火摺子，吹燃，然後當著蘇鴻博和福伯的面，直接將碗裡的酒給點著了。

蘇鴻博不可思議地盯著碗裡冒出來的幽藍色火光，滿是震驚。

林莫瑤見他差不多看夠了，這才拿了一個盤子蓋在碗上滅火。

短短的一會兒，足以讓蘇鴻博震驚不已。

「怎麼樣？現在你信了嗎？」林莫瑤看著蘇鴻博，淡淡地說道。

蘇鴻博連連點頭。即使在商場上早磨礪出喜怒不形於色，這會兒也掩蓋不住他內心的激動。

「林姑娘，咱們明人不說暗話，這釀酒的技術，妳打算賣嗎？」蘇鴻博看著林莫瑤問道。

眼前的孩童雖然只有七、八歲的模樣，可說話、做事卻一點也不顯稚嫩，反而透露出一絲老練。蘇鴻博此刻無心探究林莫瑤為何與別人不同，畢竟也曾聽過一些天賦異稟的孩童，能在垂髫之年便出口成章，堪稱天才，或許，林莫瑤的情況也跟他們一樣，只是因為生在農家，倒是給埋沒了。

林莫瑤不知道她此刻在蘇鴻博的心裡，已經變成天賦異稟的天才一類，只是淡淡地搖了搖頭，拒絕蘇鴻博的提議，道：「抱歉，蘇大官人，這個我並不打算賣。」

蘇鴻博皺了皺眉，頗有些迫切地說道：「林姑娘，價格方面咱們好商量，妳開個價，若是能成，我蘇某絕不會推託。」

蘇鴻博看到的是這酒的商機，有了這個提純的技術，他就不信他家的酒樓生意，還像現在這樣平淡無波。酒樓酒樓，招牌自然是酒了，可沒想到林莫瑤竟然拒絕了！

正當蘇鴻博心中盤算怎麼去說服林莫瑤的時候，林莫瑤先開口了。

「請問，蘇大官人家裡可有酒廠？」

蘇鴻博一愣，搖了搖頭說道：「沒有。我們蘇家酒樓所用的酒，都是從全國各地的知名酒廠購買而來。林姑娘問這個做什麼？」

林莫瑤調皮一笑，朗聲道：「既然這樣，不知道蘇大官人有沒有興趣開家酒廠啊？」

「酒廠？」蘇鴻博的眼珠子一轉，明白過來林莫瑤這話的意思了，只見他臉上的笑容加大，說道：「莫非林姑娘有興趣？」

林莫瑤神秘一笑，蘇鴻博了然，一大一小就這樣一坐一站，相視而笑，倒是把旁邊的幾人弄得有些莫名其妙。

林氏看著和蘇鴻博打啞謎的女兒，突然有些害怕她風頭太盛會引起猜疑，可是，觀察了一陣子，蘇鴻博好像並沒有對林莫瑤產生懷疑，林氏這才稍微放下心來。既然女兒已經不需要偽裝，那她還是回去幹活吧。

林氏默默地回了灶台旁邊幹活，林劉氏有些不放心林莫瑤，還是選擇留了下來，她這會兒手裡攢著兩塊碎金子，手心都在冒汗。

蘇鴻博和林莫瑤已經達成了共識，說起話來就輕鬆多了。既然已經暴露，那她也不需要再繼續裝懵懂孩童，直接跟蘇鴻博切入主題。

「如果蘇大官人有打算自己開間酒廠的話，我們可以合作，我提供提純技術，您按照收益給我分紅，如何？」林莫瑤說道。

蘇鴻博再次審視了林莫瑤一番。怎麼看這話也不像是一個八歲小孩能說得出來，所以，他更加相信自己之前的猜測，再和林莫瑤談話時，就再無輕視之心了。

「這倒是個不錯的法子，只是，不知道林姑娘想要多少成的分紅？」蘇鴻博發現了，和這家人說話，商場上那套陽奉陰違和模棱兩可用不上，倒是直來直去的反而更簡單。

林莫瑤考慮了一會兒，心中默默地盤算，提純技術的價值和帶來的影響及利益。還有，建造一間酒廠和將來對這項技術的保密工作，這些是需要蘇鴻博那邊來做的；酒釀出來之後的推廣和銷路的宣傳，也都算蘇鴻博的，而她只是提供了一項提純技術，要太多反而不好。

最終，林莫瑤選擇要了蘇鴻博一成的紅利。

當林莫瑤伸出一根手指時，蘇鴻博其實是鬆了一口氣的，他還真怕林莫瑤會獅子大開口，只是他很好奇原因。

「一成倒是不多，能跟我說說原因嗎？」蘇鴻博直接問了出來。

林莫瑤也並不打算隱瞞，直接將自己的考慮都說了出來。

當蘇鴻博聽到林莫瑤的分析，很是震驚了一把。他真想把這個丫頭的腦子切開，看看裡面都是怎麼長的？一些他沒有考慮到的細節，林莫瑤竟都考慮到了！

「丫頭，妳今年真的只有八歲？」蘇鴻博看著林莫瑤，不敢相信地問道。

林莫瑤被蘇鴻博一問，心中滿是嫌棄，臉上卻依然是一副茫然和本應該如此的模樣。

「我娘和我外婆可在這兒呢，您要是不信可以問問她們，我今年是不是八歲！」林莫瑤似乎對蘇鴻博質疑自己的年齡很是生氣，說這話的時候，帶了些賭氣的意味，不再似之前的溫和了。

蘇鴻博看著露出孩童心性的林莫瑤，尷尬地笑了笑。看來是他想多了，這丫頭除了比別人聰明一點，旁的真看不出來有哪裡不同。

就這樣，兩人又商量了一些細節上的東西，例如多久分紅一次、酒廠該如何建造等等。

最後，在林莫瑤的要求下，蘇鴻博親自寫下兩份分紅文書，又分別在上面簽了字、摁了手印，這份文書就生效了。以後就算是出了糾紛，鬧到公堂上，這份文書也是有效的。

收起文書後，林莫瑤直接把之前畫給林泰華做蒸餾裝置的圖紙，給了蘇鴻博。

蘇鴻博沒有接觸過釀酒行業，對圖紙上畫的東西表示看不懂，但這不要緊，他可以回去找會釀酒的師傅來看。

林莫瑤也善解人意，對蘇鴻博說道：「等蘇大官人什麼時候將酒廠建好了，我親自跟您去廠裡把這技術教給師傅。寫出來的步驟不一定詳細，還是我親自在旁邊指導更好。」

蘇鴻博只是略微考慮了一下就答應了。這樣確實是比較省事，而且不會出錯。

「好，那就聽妳的，我先回去讓人照著這個將東西做出來，妳等我消息吧。」蘇鴻博一邊收起圖紙，一邊說道。

一切談妥，蘇鴻博和福伯這才準備告辭，只是兩人的眼睛都盯著林莫瑤面前的酒罈子。

林莫瑤的嘴角抽了抽，將罈子往前推了推，大方地說道：「既然蘇大官人喜歡，那這罈酒就送給您吧，只要您不嫌棄我們鄉下的酒難喝就行。」

和大酒樓那些名酒比起來，他們這個土酒味道還真的不是太好，若不是純度高，別有一番滋味，蘇鴻博是萬萬不會喝這種酒的。

蘇鴻博見林莫瑤開口了，也不客氣，直接抱著罈子，跟林劉氏和林氏打了聲招呼，就帶著人走了。

林莫瑤一直看著他們的馬車駛離自家路口，這才倒回來，兩眼放光地盯著林劉氏的雙手。

「外婆，快給我看看！」說著就撲了過去，從林劉氏手上拿過蘇鴻博給的兩塊小金子，放在手裡左右不停的看，似乎怎麼看都看不夠。

等到看完，這才雙手握著兩塊金子，捂在胸口，一臉幸福地感慨道：「有錢的感覺真好！」

林莫瑤這副樣子把林氏和林劉氏給逗笑了，只是兩人這會兒都還有些適應不過來。

林劉氏更是滿手的汗，感慨道：「我的天啊，我就算在主家做事的時候，也沒有拿過這麼多錢，剛才可嚇死我了！」

林氏看著祖孫倆誇張的表情，也不說話，只是安靜地站在旁邊笑。

另外一邊，林莫琪見蘇鴻博一行人走了，這才從家裡出來，來到林莫瑤幾人身邊。見林莫瑤和林劉氏兩人的神情誇張，林莫瑤更是雙手捧在胸口，一副陶醉不已的樣子，笑了一聲，走過去捏了捏林莫瑤的臉，道：「好了，趕緊把這副表情收起來，待會兒讓人看見，看妳怎麼辦？」

也多虧這個時候路上沒有多少行人，林莫瑤家這攤子和村子裡的距離也遠，暫時還沒有人注意到這邊，不然要是被人看到，明天村子裡還指不定怎麼傳呢！

林莫瑤被林莫琪捏了一下就恢復正常，小心翼翼地左右看了看，見周圍沒有人了，這才神神秘秘地將手裡的兩小塊金子給林莫琪看。

林莫琪雖然知道林莫瑤把澄粉的製作方法賣了二十貫，可知道歸知道，真正看到又是另外一回事了。只見她倒抽了一口氣，然後迅速地將林莫瑤的手給合了起來，低聲訓斥道：「趕緊收起來，要是被人看到怎麼辦？」

林莫瑤這才嘿嘿嘿地笑著，把錢收進袋子裡隨身放好，前世時，她家財萬貫，也沒有像現在這樣開心過，這種和家人共享的感覺真好。高興完了，林莫瑤又把和蘇鴻博合作開酒廠的事情告訴了林莫琪。

聽完之後，林莫琪只覺得像在作夢一樣。「這……我不是在作夢吧？」林莫琪摸了摸臉，喃喃道。

林氏在一旁笑了笑，道：「不是作夢，就是我一開始也被嚇得夠嗆，直到蘇大官人他們走了，我都還沒緩過來。阿瑤這孩子膽子也太大了點，這些有錢人家哪裡是我們惹得起的？妳上趕著算計人家不說，還跟人家做起生意來了。」

其實林氏這話還真是冤枉林莫瑤了，那天要不是蘇鴻博和福伯在他們家攤子停下歇腳，她也不會萌生這個念頭。一開始，她只是想把果醬的保存法子透給蘇鴻博，可沒想到陰差陽錯地讓他看到做來吃的水晶蝦餃。

林莫瑤乾脆就順勢把澄粉也給拋了出去。當時在知道蘇鴻博姓蘇之後，林莫瑤就在腦海中搜尋前世所知道的蘇姓商人，可是，翻遍了記憶也沒有找到和眼前這個人重疊的身影。她倒是認識幾個姓蘇的，但都是一些大家族，對於蘇鴻博，她真的一點印象也沒有。

那就只能說明，在前世，蘇鴻博並不出名。至少，在林莫瑤所熟知的商圈裡不是出名的。

蘇鴻博這個時候還不知道，自己是因為在商圈裡不夠有名氣，才讓林莫瑤動了合作的心思，否則還真不曉得是該高興還是難過的好了？

# 第二十三章　只有八歲

蘇鴻博這會兒一門心思想著的就是找人，然後盡快開一家酒廠。一回到興州府，蘇鴻博把這件事情交給福伯去辦，就急匆匆地回家了。

蘇宅裡，蘇鴻博一進門就抱著個酒罈子，直奔後院蘇老爺子住的院子，心急火燎的樣子讓蘇家的下人嚇了一跳，連忙跑去通知蘇夫人。

這邊，蘇鴻博急奔到蘇老爺子的院子，一進門就看到，蘇老爺子一手抱著自己的女兒，一手拿著書在讀給她聽；另外一邊，一個白衣少年規矩地坐在桌案後面，正埋頭寫字。

聽見動靜，三人同時將目光投向蘇鴻博的方向。

「爹！」蘇兮月一看見蘇鴻博進門，直接從蘇老爺子的身上跳了下來，邁著小短腿，往蘇鴻博的方向跑。

今年四歲的蘇兮月，胖乎乎的小臉蛋上，有著兩個深深的酒窩，黑黑的眉毛下，長著一雙水靈靈的大眼睛；身穿一襲淡粉色羅裙，脖子上掛著一把小金鎖，隨著她奔跑起來，金鎖上的鈴鐺叮鈴鈴地響著，很是悅耳。

她很快就跑到蘇鴻博面前，伸出兩隻藕節般的小手，仰著頭笑瞇著眼，糯糯地說道：

「爹，抱抱。」

可是，蘇鴻博這會兒手裡正拿著酒罈子，一時間抱也不是，不抱也不是，只能苦著一張臉，蹲下身對蘇兮月和聲說道：「月兒乖，爹爹先把手上的東西給爺爺，再抱妳好不好？」

蘇兮月看了看蘇鴻博，再看了看後面坐著笑咪咪的蘇老爺子，糾結了一小會兒，終於點點頭，伸出手牽著蘇鴻博另外一隻空著的手，說道：「那好吧，那我牽著爹爹過去。」

「好。」

父女倆手牽著手來到蘇老爺子面前，蘇鴻博這才把手中的酒罈，放到蘇老爺子旁邊的桌案上，喊了一聲。「爹。」

蘇老爺子點點頭，看了一眼眼巴巴看著蘇鴻博的蘇兮月，說道：「好了，坐下吧，我要是再不讓你坐下，小月兒可要惱爺爺了。」

蘇兮月一聽蘇老爺子讓蘇鴻博坐下，立刻笑咪咪地撲到蘇老爺子的身上，討好道：「爺爺真好！」

拍完了蘇老爺子的馬屁，蘇兮月才回到蘇鴻博的懷裡乖乖坐好，小腦袋依靠在蘇鴻博的身上，大眼睛忽閃忽閃的，好不可愛。

蘇鴻博坐定，坐在他對面的白衣少年才起身對蘇鴻博行禮，道：「叔叔。」

蘇鴻博點點頭，又往少年的桌上看了一眼，說道：「嗯，飛揚最近的字，寫得越發有風骨了。」

蘇飛揚被誇，臉上立刻浮起一絲不自然的紅暈，低著頭靦覥地說道：「謝謝叔叔誇獎。」

「嗯，先坐下吧，你繼續寫字，我有事跟爺爺說。」蘇鴻博道。

蘇飛揚重新坐定，拿起筆繼續練字。

蘇鴻博這才將身子往蘇老爺子的方向傾了傾，略顯神秘地開口道：「爹，這是兒子從外面尋回來的好酒，您嚐嚐？」

蘇彥這一生育有兩子，大兒子早在十幾年前就病死了，大兒媳婦也悲傷過度，丟下當時才一歲的蘇飛揚，跟著去了。蘇彥一夜之間失去愛子，傷心之餘，蘇家又被對手打壓，最後費了很大的勁，好不容易才保下一些家業，其中又以酒樓為主。

其實當初蘇家開酒樓，最大的原因就是因為蘇彥好酒，但他從不貪杯，所以這些年來，儘管他已經不過問生意上的事情，小兒子蘇鴻博依然會時不時地替他尋一些好酒回來解饞。

此刻，聽蘇鴻博說這是特意從外面尋來的好酒，蘇老爺子也顧不上孫子、孫女在場，直接讓下人取了酒杯過來，從酒罈裡倒了一杯。

在打開酒罈蓋子的一瞬間，那撲鼻而來的濃烈酒香，將蘇老爺子肚子裡的酒蟲給勾了出來，迫不及待地，蘇老爺子端起酒杯就要往嘴裡喝。

蘇鴻博及時阻止，道：「爹，您先小口抿一下吧！」他之前可是吃了不小的虧，也不知道自家老爹能不能受得住這個酒的烈性？

蘇老爺子好奇地看了蘇鴻博一眼，聽話的先抿了一小口，果然，反應和之前蘇鴻博一模一樣。

蘇鴻博見狀，一直咧著嘴笑，等蘇老爺子緩過勁來，才開口問道：「爹，怎麼樣？」

蘇老爺子狠狠地瞪了蘇鴻博一眼，這才重新將酒杯放到嘴邊，淺淺地嚐了一口。因為有了心理準備，倒沒有被嗆到了，但這酒喝到嗓子裡，儘管只是一小口，也燒得嗓子裡火辣辣的，好酒的蘇老爺子，只一口就嚐出這酒的不同之處。

「好酒！」蘇老爺子連誇了幾聲，這才放下酒杯看向蘇鴻博，興奮地問道：「這酒你從哪裡弄來的？夠辣、夠烈、夠味道！」

蘇鴻博看著臉色已經漸漸發紅的蘇老爺子，扭頭對身邊伺候的小廝吩咐了一句。「去，讓廚房煮一碗醒酒湯送過來。」話落，這才轉過頭來看向蘇老爺子，說道：「還記得之前給你們帶回來的那個水晶餃子嗎？這酒是賣澄粉那家人家釀的。」

蘇老爺子意外地揚了揚眉。作為商人，他已經嗅到了其中的商機，只是，這會兒酒勁漸漸上來，蘇老爺子覺得腦袋好像有些開始發暈了。

「爹，您沒事吧？」蘇鴻博急道。這個時候他才有些後悔，不應該讓蘇老爺子來嚐的。他這麼大年紀了，萬一受不住怎麼辦？是他大意了。

蘇老爺子擺擺手，身子往後輕輕靠在椅子上，這才慢慢說道：「我沒事。唉，老了啊，只喝這麼點酒就不行了。」

蘇鴻博見他沒事，這才鬆了一口氣，笑道：「爹可不老，這酒別說您了，就是我剛喝的時候也受不了呢！」

父子倆這邊說著話，蘇夫人就帶著人端著醒酒湯過來了。

蘇老爺子喝了醒酒湯，這才稍稍好一些，看向蘇鴻博，問道：「你說這酒是之前那家人釀的？那他們可願意賣？」蘇老爺子問完，見蘇鴻博輕輕地搖了搖頭，頓時就皺上了眉頭，道：「那真是可惜了，這個酒要是能放在酒樓裡賣，一定會引起轟動。」

蘇鴻博聞言也不說話，就是笑。

蘇老爺子感慨完抬起頭，就看見蘇鴻博笑得樂呵呵的，不禁斥道：「虧你還笑得出來！我們蘇家的生意如今已經大不如前，這麼好的機會你居然沒想著去爭取，反而還笑得出來？」

蘇鴻博見蘇老爺子惱了，這才收起笑容，開口道：「爹，您別急啊！他們家是不賣酒，可是，他們把這釀酒的技術賣給兒子了啊！」

蘇老爺子呆了一下，問：「啥？你說賣給你啥了？」

「釀酒的技術，他們家把釀酒的技術賣給兒子了。我今天回來就是跟您商量一下，我們是不是能開家酒廠？」蘇鴻博笑著說道。

蘇老爺子這時候酒意也沒了，直接坐直身子，就跟打了雞血一般興奮，氣勢十足地說道：「開，即刻就開！你這就讓福伯去找人，盡快把這酒廠給開起來！」

蘇鴻博看著激動的蘇老爺子，笑著起身，將蘇兮月交給妻子，這才走過去跪在蘇老爺子的面前，抬起手幫他捶著腳，慢慢說道：「這事已經交代福伯去準備了；另外，兒子還有一件事情要跟您說。」

蘇老爺子低下頭看著他，問道：「什麼事？」

「其實這釀酒的技術他們並沒有完全賣給我，而是和我們家合作，拿分紅。」蘇鴻博解釋道。

「分紅？」蘇老爺子的眉頭再次皺了起來，心中開始盤算。若是對方獅子大開口要好幾成的分紅，那他們還能賺多少錢？所以，蘇老爺子直接開口問道：「他們要分多少？」

蘇鴻博收回右手，伸進胸口將和林莫瑤簽訂的文書拿了出來，遞給蘇老爺子，說道：「這家人不錯，澄粉的製作方子也一併都賣給兒子了。另外，果醬的儲存方法也一分錢沒要兒子的。這開酒廠，我們家出人、出物、出地方，而她家出技術，所以只要了一成的紅利。爹，這不算多，我就直接答應了。」

蘇老爺子本來還在算，如果對方要的紅利分成不超過五成，都可以考慮合作，沒想到只要了一成，倒是讓他有些意外了。「你確定他們只要了一成？」蘇老爺子剛剛打開文書還沒看，就聽見兒子的話，遂疑惑地問了一句。

蘇鴻博點點頭，道：「嗯，文書上寫著呢，您看看吧！」

蘇老爺子這才低頭去看手上的文書，在看清上面白紙黑字寫著只要一成紅利的時候，才相信了。放下文書，蘇老爺子還是有些驚奇，在他看來，這家人不是傻就是不懂得這個酒的價值，他好奇地問道：「他們怎麼會只要了一成？」

蘇鴻博就把林莫瑤的那一番說辭，一句不漏地說給了蘇老爺子聽。

等蘇鴻博說完，蘇老爺子這才捋著鬍鬚點頭。「這家人倒是特別。你剛才說，這番話是個八歲的女娃說的？是真的？」

蘇鴻博點頭道：「嗯。爹，您是不知道，一開始跟兒子談事情的，都是她娘和外婆，若不是兒子一開始給澄粉的方子開價五十貫，她們也不會亂了陣腳，露出破綻。當時兒子看得很清楚，兩個大人都本能地去看那個丫頭。後來，兒子直接和那丫頭談話，她似乎也知道我看出來了，這才不再繼續偽裝，直接跟兒子談了。」

說到這裡，蘇鴻博頓了一下。「爹，我曾聽人說過，有些人天生在某些方面就有過人的智慧，您說這丫頭是不是？」

蘇老爺子若有所思地想了想，這才慢慢點頭道：「這也不是沒有可能，史書上就有不少這樣的人物，甚至有九歲便能拜相之人。可惜是個女娃啊，否則前程不可限量。我剛才聽你說，她家的條件不是很好？」

蘇鴻博點點頭，道：「嗯，兒子派人打聽過，就是一般的普通農家，家裡出過一個秀才，就是這丫頭的外公。另外，她外婆曾在大戶人家做過丫鬟，這丫頭還有兩個表哥在縣城的書院上學。」

蘇老爺子捋了捋鬍子，點點頭。「嗯，看來是耕讀人家了。既然這樣，你平時能搭把手就搭把手吧，權當結個善緣。」

「是，兒子知道了。」蘇鴻博應下。

# 第二十四章 我也要上學

林家這邊，有了蘇鴻博這筆錢，眾人的心底都踏實多了，但為了以防節外生枝，這件事情除了林劉氏和林莫瑤母女三人知道，只告訴了林二老爺和林泰華，其他人則是瞞了下來。倒不是不信任他們，而是怕他們沈不住氣，讓人給看出來。

林莫瑤正趴在攤子的桌上琢磨著該怎麼用這筆錢，後面的小道上就跑來一個人。

「小舅母，您怎麼來了？」林莫瑤看著跑得氣喘吁吁的小周氏問道。

小周氏喘著氣，指著林泰華家的方向，對林氏和林莫瑤說道：「二姊、阿瑤，吵……吵起來了！」

林氏猛地站起來，問道：「什麼吵起來了？妳慢慢說。」

小周氏順了一下氣，這才一口氣說道：「家裡吵起來了！二嫂帶著人鬧到家裡去了，我公婆和大哥他們已經過去，妳們快回去看看吧！」

林氏和林莫瑤臉色一變。林泰華和林方氏今天上縣城交今年的糧稅去了，正好明天是書院十天一假的日子，兩人想順便把林紹安和林紹平接回來住兩天，而小周氏口裡的大哥則是林二老爺家的林泰業。

林氏解下圍裙，顧不上交代小周氏什麼就連忙往林泰華家跑。雖然知道林二老爺他們已經過去了，但還是擔心林劉氏。

林莫瑤跟在後面，路過家門口還不忘叫上林莫琪。

等姊妹倆趕到林泰華家前院時，發現院子裡外已經站滿了人，不遠處還有觀望的、往這邊趕的。

院子的正中央，林二奶奶正扶著林劉氏，林劉氏臉上全是淚水，林二老爺拄著枴杖站在兩人前面，林泰業和林泰祿兩人在兩邊氣勢洶洶地站著，一聲不吭。

林二老爺將枴杖在地上杵了杵，怒道：「林張氏，我看妳是反了不成？敢這樣跟妳婆婆說話！」

林莫瑤這才看到，在林二老爺的對面站著林張氏，她身後跟了兩、三個身強體壯的漢子，一個個黑著臉站在那裡，狠狠地瞪著林家眾人。

林張氏冷笑了一聲，說道：「哼，二叔，這裡可沒您的事。再說了，我哪裡對婆婆不敬了？我今天只是想問問她，同樣都是林家的子孫，憑什麼送三郎和你家的阿平去上學，不送我家二郎和四郎去？沒有這樣的道理吧？婆婆她偏心都偏到天邊去了，還不讓我說了？」

林張氏身後的幾個漢子順勢吼道：「就是！二郎和四郎就不是林家的人嗎？你們林家今天必須給我們個說法，難道當我們張家的閨女好欺負嗎？」

林莫瑤這才知道，原來這幾個人是林張氏娘家的人。

隨著這幾個漢子吼完，林張氏身邊原本站著的林紹強嘴一張，倒在地上開始嚎。

「娘，我要上學、我要上學！奶奶都送他們去上學，憑什麼不送我去？我不管，我也要去上學！」

林張氏見他一哭，連忙蹲下身子去哄道：「乖兒子，別哭了啊，娘一定讓你去上學！」說完，林張氏重新站起來面對林劉氏，開口道：「娘，您也看到了，這四郎也想去上學，您這個當奶奶的怎麼著，也不能偏袒誰吧？」

林氏和林周氏扶著林劉氏，三人都氣憤地看著她。

林周氏直接呸了一聲，吼道：「姓張的，妳還有臉來家裡鬧？妳也不想想妳幹的那些事情，我們不跟妳計較，妳倒還蹬鼻子上臉了妳？我呸！」

林周氏氣得臉都紅了，林張氏卻臉色都沒變一下，陰陽怪氣地說道：「喲，我當是誰呢，原來是堂弟媳啊！我可不知道我什麼時候得罪你們二房了，妳要這麼罵嫂子啊？」

「妳！」林周氏張了幾次嘴，卻什麼也說不出來。公公說了，家醜不可外揚，林張氏壞林紹遠名聲這件事情不許他們對外說。再說了，這件事當時只有林紹平一個人聽到，若是說出來，他難免落下個編排長輩的名聲。這孩子現在已經進了書院讀書，就算是為了他的前途，這件事也不能說出來。

林周氏第一次感覺到無力。

林周氏的猶豫不決，讓林張氏更加囂張了，只見她笑呵呵地對著林周氏說道：「怎麼，弟妹說不出來了？哼，這是我們大房的事情，妳少管！」說到這裡，林張氏似乎想到了什麼，變得更加陰陽怪調地說道：「喔，我倒是想起來了，聽說你們家阿平也跟著三郎去上學了啊！嘖嘖，娘，您可真大方，自己嫡親的孫子不管，倒是送別人家的孩子去上學！鄉親們，你們說說，有沒有這個理？」

最後一句話，林張氏是對著外面揚聲問的，可卻沒有人回應她。雖然在場不少人都有些嫉妒林家能同時送兩個孩子去書院上學，但也知道，人家能送是人家的本事，林家村大多數人都是親戚，又深知兩方的為人，所以大家非常有默契的選擇只看熱鬧，不出聲。

林張氏見沒有人應她，也不在乎，反而將槍口繼續對準林劉氏，道：「娘，今天既然大家都在這裡，您就說說吧，這事該怎麼辦？您可別說什麼分家了不歸您管，這二房的人也分出去了，您不也管了？別以為我不知道你們平時都往二房貼錢呢，也沒見您給過我們幾文啊！倒是我家阿立，逢年過節的上趕著給您送東西！」

林劉氏哭了一會兒之後就冷靜下來，只見她這會兒除了眼睛通紅之外，倒看不出什麼異常。

「娘……」林氏擔心地喊道。

林劉氏安撫地拍了拍她的手，這才往前一步，站到了林二老爺旁邊，面對林張氏，冷冷地說道：「說吧，妳今天到底想幹什麼？」

林張氏指著地上還躺著耍賴的林紹強，對林劉氏說道：「娘這話可說得不對，不是兒媳想怎麼樣，而是您準備怎麼辦？您瞧瞧四郎這個樣子，您可真是他親奶奶啊，您可真傷他的心——」

林劉氏冷笑一聲，打斷了她的話，開口道：「妳別跟我扯這些，我就問妳一句，妳今天來，阿立知不知道？」

「當然知道了！關係到他兒子前程的事，他為什麼要攔著？」林張氏一副理所當然的模樣說道。

林劉氏眼中閃過一抹受傷，但很快地恢復了鎮靜。

掃了一眼在地上撒潑打滾的林紹強，林劉氏冷聲道：「三郎和阿平去上學是舒娘出的錢，我們兩家一分錢都沒有出，話我之前就跟妳說過了，現在我再說一遍，人是舒娘送的，跟我們沒關係，妳想怎麼樣就怎麼樣吧。」說完，也不理會林張氏，掉頭就走。

林張氏臉色變了變，直接就坐到了地上，開始嚎啕大哭，一邊哭，還一邊指責林劉氏偏心偏到天邊，為了撇開她家四郎，居然能說出這種話，把事情都往外嫁女身上推。

這變臉的速度，讓林莫瑤目瞪口呆。

其實林劉氏這個話，不光是林張氏，就是來看熱鬧的人也都是半信半疑。林氏做生意賺了錢他們知道，可要說林氏出錢送兩個姪子去上學，這個就沒人信了。是個人都知道，這供人讀書那是有多少家底都不夠花的，而且還一下供兩個，這根本不可能嘛！

而且，林氏還是外嫁女和離回來的，她就是不為自己考慮，也要替兩個女兒考慮啊！更何況林莫琪可是很快就要出嫁，這嫁妝都還沒著落呢，會捨得花大錢送姪子去讀書？

看熱鬧的人和林張氏一樣，並不信林劉氏這番話。

只有林家眾人知道，林劉氏說的是真的，林二老爺和林周氏夫妻更是一臉懊悔。他們當初就不該答應讓阿平跟著上學，如今惹上這潑婦，也不知讓林氏和林劉氏怎麼為難呢！

相比他們的懊悔，林劉氏和林氏反而冷靜了，什麼話都不說，只是冷冷地看著林張氏撒潑、林紹強打滾，還有林張氏娘家的那些兄弟們，氣勢吼吼的討要說法。

就在這時，人群後面響起了一聲暴喝。

「還不快給我閉嘴！嚎什麼嚎？妳公公死的時候，也沒見妳嚎得這麼厲害！」

林莫瑤面上一喜。這聲音是村長林茂青！

隨著村長的吼聲落下，人群自動讓開了一條路讓村長走進來，在他身後還跟著林紹遠。

兩人走進院子，林紹遠這才來到兩個叔叔身邊，和他們站在一起，將家裡的女眷護在身後。

村長一進來就看到，林張氏和林紹強在地上撒潑打滾的模樣，眼中閃過一抹厭惡，冷聲道：「鬧什麼鬧？還沒鬧夠是嗎？」

林張氏見村長來了，也不敢再哭，而是從地上站起來，抹著眼淚哭訴道：「村長，您可要為我家四郎作主啊！我婆婆心都偏到天上去了，送三郎和二房的阿平去上學，卻不管四郎，四郎可是她嫡親的孫子啊！為了推託，她居然還說人是小姑子送去上學的。村長，您可要為我們一家作主啊！」

村長臉色陰沈地看著她演戲，真是恨不得上去抽她兩巴掌。林紹安和林紹平上學的事情，在兩人進書院的那天，林劉氏和林二老爺就帶著林氏上門跟他說過了，這錢是林氏出的。因為林紹安以後要給林氏養老，倒也說得過去，至於林紹平，林二老爺也說了，是他們家給林氏借的錢，正好兄弟兩個也有伴，這才一起去的。

這兩個孩子聰慧，他是看在眼裡，喜在心裡。日後不管是誰考上功名，那對林家、對整個村子都是好事！若是讓林張氏鬧下去，惹惱了林氏，兩人都不送了，那怎麼辦？所以在林紹遠跑到他家，跟他說林張氏帶著娘家兄弟鬧到他們家來時，他馬上就趕了過來。

村長冷冷地掃了一眼林張氏身後站著的幾個壯漢，冷哼一聲。看到林劉氏和林二老爺後，扭頭對林紹遠說道：「大郎，去給你二爺爺和奶奶搬椅子坐下說話。」這兩個一看，就是氣得不輕的樣子，林二老爺身體本來就不好，再氣出個好歹可就麻煩。

等到人都坐好了，村長這才不悅地看向一臉凶神惡煞的張家兄弟，吼道：「幹什麼？這裡是林家村，不是你們能撒野的地方，把你們那副嘴臉給我收起來！」

村長發話了，林張氏的兄弟們這才訕訕地縮了回去。倒是林張氏，依然梗著脖子站在那，村長一時也有些頭疼。

按理說，這事確實也是林氏他們理虧，同樣是子孫，萬沒有厚此薄彼的理。這錢是林氏出的，她雖然是外嫁女，可現在已經回來了，便還是這個家的一份子，這麼偏向哪一個確實有些不大好，也容易落人話柄。

所以，村長想了想，就對林張氏說道：「林張氏，送三郎和二房的大郎去上學這件事情，從他們上書院的第一天我就知道了，而且，我現在就能告訴妳，這錢確實不是妳婆婆出的。舒娘見三郎好學，所以出錢送他去讀書；至於林紹平，那是林二老爺寫了欠條管舒娘借的錢。妳若想要妳兒子也去，那妳就跟妳二叔一樣，給舒娘打個欠條，再好好求求她，要是她手裡有餘錢，肯定會答應的。」

村長一席話說完，林家二房眾人的目光同時唰地落在他的身上，林二老爺甚至都快要從板凳上站起來了，就是林氏都有些不悅，不知道為什麼村長會突然說出這種話？

村長嘆了口氣，給他們投去一個稍安勿躁的眼神，這才繼續看著林張氏，等她回答。

林張氏沒想到，還真的是林氏出的錢，原本她想的是林劉氏出錢，那這樣無論如何都要鬧到林劉氏把林紹強也送去讀書才行，就算不成，至少也要弄點錢回家。

可現在連村長都說是林舒娘掏錢的，她就有些拿不准了。

很明顯，村長低估了林張氏的厚臉皮。

只見林張氏沈默一會兒之後，就重新哭了起來，這次不再針對林劉氏，而是開始哭訴林氏厚此薄彼。

村長看了看林氏，輕輕點了點頭。

林氏這才冷哼一聲說道：「二嫂，我送三郎去讀書是因為大哥答應我，要把三郎過繼給我養老的，妳想讓我也送四郎去，那行，妳也把四郎過繼到我名下，以後讓他給我養老送終。」

林張氏一聽要過繼林紹強，當下就不幹了，但也沒著急說，只是梗著脖子吼道：「妳說過繼就過繼啊？誰知道這是不是妳說出來的藉口？」

村長冷笑。

隨後趕來的族長正好聽見這句話，直接推開人群，走了進來，人還沒出現，聲音就先傳了進來。「那我作證算不算？當初他們夫妻倆可是當著我和村長的面，讓三郎給舒娘磕了頭的，只等他以後考上功名就回來過繼，這事我和村長兩個就是見證人。怎麼？妳是想說我們倆說的話也是藉口嗎？」

林張氏沒想到，連族長也幫著他們說話，一時間臉色變得很是難看。

族長沒有理會她，而是徑直越過她身邊，來到了村長旁邊坐了下來。

林氏不管她，繼續說道：「怎麼樣？二嫂，妳要是同意把四郎也過繼給我，我就是省吃儉用，也會送他跟三郎一起去讀書。」

涉及到林紹強，林張氏不幹了，只見她指著林氏，說道：「呸！憑什麼要我兒子給妳養老？想得倒是美！」

林氏也懶得理會她，只冷冷地說道：「既然妳不願意，那就帶著妳兒子回妳自己家去，這裡不歡迎妳。」

林氏其實是氣的。當初她帶著林莫瑤和林莫琪回來，就沒少被這個二嫂編排，各種難聽的話都說過了，但當時她覺得自己是寄人籬下，所以都忍了，儘管兩家不住在一起，可林張氏卻總在外面說她回來吃娘家的。因為這些閒話，她還曾一度動過輕生的念頭，若不是林莫瑤和林莫琪太小，又是女孩，擔心自己死了以後兩個女兒也活不下去，她怕是早受不住，一根麻繩吊死了。

雖說兩個姪兒無辜，可她就算真的要送林紹強去讀書，也不能在今天這樣的情況下應下來。

林氏以為林張氏還要繼續鬧，她也做好了繼續陪她鬧下去的準備，可就在這時，一直躺在地上耍賴的林紹強，突然在眾人始料不及的時候，爬了起來，指著林氏怒吼道——

「我不走！妳憑什麼要我走？我娘說了，妳沒兒子，以後妳家的錢都是我的！妳居然敢拿我的錢給別人花，我打死妳！」說著，就要朝著林氏衝過去。

林張氏在林紹強開口時臉色就變了，只是她反應過來想去摀林紹強嘴時，林紹強的話已經喊完了。

頓時，整個院子裡安靜得可怕，只有林紹強被林紹遠一把逮住時，發出的嗷嗷叫聲。

林劉氏滿臉不可置信的表情，氣得雙手發抖。

林氏雙眼發紅，身側的手緊握成拳，死死盯著林紹強，說道：「你說什麼？你再說一遍！」

林紹強被林紹遠制住，這個時候正在大喊「放開我、放開我」。聽見林氏的話，閉著眼睛，一邊掙脫，一邊吼道：「妳還我錢！我不許妳送他們去讀書！嗷——你放開我！啊！娘，好疼啊！」

林莫瑤正氣得想衝上去打人，就聽見林紹強求救的聲音，這才注意到，林紹遠已經先她一步動手了。

林張氏聽見林紹強喊疼求救，什麼也顧不上，嗷的叫了一聲就衝過去，和林紹遠撕扯到了一起。

她是長輩，又是女的，林紹遠只能鬆開林紹強的手，一避再避，就這樣了，還是被林張氏給抓了幾下。

「啊！」林莫瑤見林紹遠臉上有了紅痕，叫一聲便衝了過去，一把抱住林張氏的腰，阻止她繼續抓林紹遠。

氣頭上的林張氏根本看都不看是誰在攔著她，一把扯住抱在自己腰上的兩隻小手，猛地一甩，林莫瑤就被壯碩的林張氏給甩到了地上，發出砰的一聲撞擊聲！

這一切發生得太快，直到林莫瑤被甩在地上，眾人這才從震驚中回過神來。

「阿瑤——」林氏淒厲地叫了一聲，紅著眼睛，對著林張氏衝了上去，一把扯住她的頭髮。也不知平時文弱的林氏哪裡來的這麼大勁，硬是生生將林張氏給拽倒在地，拖行了好長一段距離。

頭髮被人抓著，林張氏嗓子那猶如殺豬般的叫聲，響徹了整個院子。

圍觀的人都張大了嘴巴，反應不及。

林莫瑤躺在地上，腦子裡只有一個想法——太他媽的疼了，好像撞到腰了！

林莫琪哭得滿臉淚水，看見林莫瑤痛苦地皺著眉頭，扶著腰，當即嚇得哭喊起來。「娘，您快來看看阿瑤，她好像很疼！阿瑤，妳別嚇我啊！」林莫琪哭得上氣不接下氣。

和林張氏打成一片的林氏聽見，立即鬆開林張氏，連滾帶爬地跑到林莫瑤身邊，伸出手想抱，又不敢碰她。「阿瑤，我的乖女兒，妳怎麼了？妳別嚇娘啊！」林氏哭道。

林張氏恢復了自由，從地上爬起來，對著幾個兄弟吼了一聲。「你們瞎了嗎？沒看見我被打了！還愣著幹什麼？」

張家的幾個漢子頓時氣勢洶洶的就要上來拉人，但林泰業兄弟倆直接擋在幾人前面，兩幫人眼看就要打起來了。

就在這時，族長猛地對著院門口的幾個青壯年，大聲吼道：「還愣著幹什麼？沒看見你們兄弟被人打了？還有阿瑤，那是你們的外甥女！」

門口幾個青壯年回神，加入林泰業兄弟倆的隊伍。

林張氏娘家的幾個人哪裡有他們人多？頓時就不敢動了。

林泰業等一眾兄弟，就這樣惡狠狠地盯著他們，只要他們敢動一下，一定揍得他們滿地找牙！

# 第二十五章　落水真相

林家幾個女眷都已經圍到林莫瑤的身邊。

林劉氏看見旁邊氣憤得眼睛都紅了的林紹遠，吼道：「還站著幹什麼？快去找李大夫來啊！」

林紹遠應聲往外跑。

林莫瑤這個時候也緩過勁來了，看著圍在自己身邊哭得唏哩嘩啦的家人，連忙出聲道：「外婆、娘、姊姊、舅媽，妳們別哭了，我沒事，就是有點疼。」

幾人見林莫瑤還能開口說話，這才鬆了一口氣。

林氏上下看了看，終究還是不敢伸出手去碰林莫瑤，只是問道：「阿瑤，妳跟娘說，妳哪裡疼？」

林莫瑤輕輕地搖了搖頭，試著動了動腰，發現不如之前那麼疼了，才試著坐起來。

林氏見狀，連忙伸手去扶。

圍觀的人見林莫瑤沒事，都大大地鬆了一口氣。剛才事情發生得太快，他們都還來不及反應，林莫瑤就被林張氏給丟在地上，眾人在鄙夷林張氏對這麼小的孩子都能出手時，卻發現林張氏似乎也好不到哪裡去。頭髮被林氏扯得亂七八糟，地上甚至還有幾撮被揪下來的頭髮，眾人看著都疼啊！

和林家那邊的輕聲哭泣不同，林張氏則是嚎啕大哭，一邊哭，一邊喊林家人欺負她，喊得村長實在煩躁。

「妳給我閉嘴！」村長大吼了一聲。

林張氏被嚇了一跳，哭喊聲也停了，但依然抽抽搭搭，憤憤地看著林家的眾人。

林紹強早已被剛才的變故給嚇懵了，也明白過來自己似乎說錯話，闖禍了，這會兒只是呆呆地坐在林張氏旁邊，害怕地抓著她的手。

村長掃了他一眼，哼了一聲，心中罵了句蠢貨，這才掉過頭去看林莫瑤的傷。

「阿瑤怎麼樣了？」村長問道。

林莫瑤搖搖頭，開口道：「謝謝舅公，我沒事，就是腰有點疼。」

村長皺了皺眉頭。這腰可是很重要的，也不知道傷得嚴不嚴重？

有了村長的威懾，還有林家幾個堂兄弟在院子中間站著，場面倒是一時間平靜下來，大家都在等著李大夫趕來。

林莫瑤趁著這個空檔，往林張氏母子那邊看了一眼，心中冷哼了一聲。他們自己要作死，那就不要怪她了。

想謀她們家的家財？那也要看他有沒有這個本事！今天就讓她新帳、舊帳一起算清楚吧！她林莫瑤一向是人不犯我，我不犯人，既然對方想要作死，那她就成全他們。

不多時，李大夫終於趕來。林莫瑤坐在那裡，李大夫繞到她的身後，將衣服掀起來看了一眼，就皺起眉頭。

林氏幾人這個時候也看到林莫瑤背後的傷，腰的位置已經瘀青一大片，看著都疼。

林氏眼睛都紅了，起身就要去找林張氏算帳，被林劉氏一把給拉住了。

林劉氏低聲道：「阿瑤的傷要緊。」說完，見林氏不再動，才朝李大夫問道：「李大夫，我孫女怎麼樣？會不會有什麼影響？」

李大夫看了一眼院子裡的情況後，直接提高音量，說道：「幸好沒傷到要害和骨頭，否則這孩子這輩子怕是都站不起來了！如今的情況也要好好養著，百日之內不能下床。我給你們開副活血化瘀的方子，讓人進城去抓藥吧！」

林劉氏等人大鬆一口氣，連連對李大夫道謝。

李大夫順勢看了一下林劉氏的臉色，道：「老嫂子，妳可不能再動怒了，妳這個情況，若再動怒，怕是……」

後面的話李大夫沒有明說，卻讓林家的眾人臉色大變，林氏急得抓住他問道：「李叔，我娘怎麼了？」

李大夫示意她先把自己鬆開，這才對幾人說道：「妳娘之前受了刺激，暈過一次，於壽命有損，如今最好還是保持心情平靜，萬萬不能再生氣動怒了，否則氣急攻心，再暈一次，就有中風的危險。」

中風，這對農村人來說是最為恐怖的病。一旦中風之後，兒女孝順的，可能還會伺候你吃喝拉撒睡；兒女不孝順的，就是往那兒一丟，任憑你自生自滅，到時候吃喝拉撒都在一處，髒不說，還受罪。

這一聽，林莫瑤都顧不上自己的疼痛，連連安撫林劉氏。

林劉氏感嘆林莫瑤的懂事，心中那點鬱結也稍稍散了些。

李大夫開了藥後也沒走，就在村長和族長的後面坐了下來，準備看看接下來的事態發展，也以免再有人受傷，他還得再跑一趟。

林張氏見李大夫沒走，連忙開口求道：「李大夫、李大夫，您給我兒子看看吧？他之前一直喊著疼，您給看看是不是讓他堂哥給打傷了啊！」

李大夫的鼻子裡發出了不屑的冷哼聲，但還是走上前給林紹強看了一下手腕上的傷。

林家這邊幾人都變了臉色，除了林紹遠，其他人都緊張了起來。

李大夫一碰到林紹強，他就開始鬼哭狼嚎的喊疼，李大夫將他的手翻來覆去地看了一下，然後動了動手腕，這才鬆手，冷聲道：「沒什麼大事，就是青了，回去煮兩個雞蛋揉一揉就好。」一說完，也不理林張氏，直接回了板凳上坐下來。

林張氏哪裡放心？拉著林紹強使勁地往前湊，說道：「怎麼會沒事呢？李大夫，您再給好好看看，開個藥什麼的，萬一要是留下個病根子可怎麼辦啊？」

李大夫的鬍子都吹了起來，看著她，語氣越發的冰冷，道：「怎麼，老夫是大夫還是妳是大夫？我說沒事自然就是沒事，妳要覺得老夫看得不好，那妳大可到縣城去重新找大夫看！倒是阿瑤那丫頭傷得不輕，也不知道是哪個不長眼的東西，下手這麼重，這看病抓藥可要不少錢呢！」

李大夫在林張氏說林紹強是林紹遠打傷的時候，就已經猜到她的謀算，所以，再次開口時，直接強調了林莫瑤的傷很重，花費的錢更多。

果然，林張氏一聽李大夫提到錢，臉色立刻就變了，拉著林紹強退了回來，連說沒事沒事，小孩子家家的，回去煮個雞蛋揉揉就好。倒是林紹強沒有眼力勁，不停喊疼，喊得林張氏心煩，使勁拍了他腦袋一巴掌，這才安靜下來。

林莫瑤已經緩了過來，林氏的心也放了下來，這才重新起身面對林張氏，冷冷地說道：「二嫂，妳把我家阿瑤打成這樣，這醫藥費妳說怎麼辦？」

林張氏一聽林氏真的管她要醫藥費，眼睛就開始躲閃起來，支支吾吾地說道：「是她自己衝上來的，我……我那時候哪裡看得清楚是誰啊？又不是故意的。再說了，我家四郎也被打傷了，妳怎麼不說？還有，妳看看我的頭髮，這裡都被妳揪掉了一撮，妳打算怎麼賠？」

林張氏越說越覺得自己有理。要說慘，她現在可比林莫瑤慘得多，更何況自己娘家兄弟還在呢！所以，林張氏才剛熄滅了的鬥志，瞬間又燃了起來。

只見她扶著自己的頭，慢慢地坐到了地上，一邊坐下，一邊哭道：「哎喲，我的頭，好疼啊！小姑子，妳下手真狠啊，這頭髮都給我揪掉不少了啊！哎喲，疼死我了喲……」

林氏被氣笑了，冷笑。「那二嫂妳說，要我怎麼賠妳？」

林張氏眼珠子轉了轉，繼續扶著腦袋，一邊喊疼，一邊說道：「妳就隨便賠個一、兩吊錢好了。」

隨著林張氏說完，外面看熱鬧的人群中就爆發了一陣笑聲，只聽一道聲音說道——

「嘶，這人能不要臉到這種分上，我今天真是開眼了！」

這人話落，立即有人附和。「這算什麼？妳還沒見過之前的呢！嘖嘖，之前鬧著分家的時候，可是從林家扒拉了不少好東西走呢！」

最開始開口那人似乎是才嫁到林家村的，聽了這話，好奇地問了一句。「哎喲，我還真不知道呢！要不嫂子給我說說唄？」

院子裡的人聽著外面越說越大聲，林劉氏等人雖然知道對方是在嘲諷林張氏，但聽他們提起自家分家時的事，臉色還是有些難看。

村長見她們越說越離譜，只能出聲阻止。「好了，妳們都消停一會兒吧！」說完，村長看向哭疼的林張氏，開口道：「妳也夠了！妳想讓他們賠妳錢，那妳先把阿瑤的醫藥費付了！另外，還有阿遠的，這兩個人可都是妳打傷的。正好李大夫也在，讓他算算兩個人一起多少錢，妳一併付了！」

林張氏一聽村長的話，立刻就不哭了，蹭的一下從地上站起來，說道：「她自己衝上來的，憑什麼要我給錢？」

村長冷笑。「那妳打人家閨女在先，妳不肯賠人家醫藥費，又憑什麼讓人家賠妳醫藥費？張氏，沒理由好事都讓妳占了吧？」

村長這話說得其實已經很不客氣了，林張氏的臉色一時間很是難看，最終還是沒有再開口說賠錢的事。

雖然不再提賠錢，可她卻重新提起林紹強上學的事。按照她的說法，林氏既然送了林紹安去讀書，就應該連林紹強一起送，都是親姪子，沒有偏袒誰的說法。再說了，林紹安以後過不過繼誰知道呢？總之，這個藉口她是不信的，今天不管怎麼樣，都要林氏拿出錢送林紹強去書院讀書，要不然就把林紹安和林紹平給叫回來，誰都別讀了！

這下，別說林家的眾人，就是族長和村長都想上前去把這個潑婦給直接打死。簡直太氣人了！

林張氏不管他們氣不氣憤，她今天就一個目的——要嘛一起送，要嘛就都別讀了！要不然，看她這個架勢，怕是真的會三天兩頭來鬧一次都不無可能。

村長和族長這下真的為難了。這件事情其實林張氏真的是占理的，即使林紹安以後要過繼給林氏養老，這也是現在口頭上說說而已，誰知道以後會不會過繼？可出錢給他上學卻是眼前的事情。所以，兩人同時看向林氏，想看她怎麼處理？

林氏也明白這個道理，她現在除了氣憤，一點辦法也沒有。她不能因為這家人而耽誤了林紹安的前程，那就只能服軟，連林紹強一起送去了……

林氏糾結了半天，林家所有人的目光也都集中在她的身上。他們同樣矛盾不已，一面是林張氏的無理取鬧，一面是林紹安的前程，這個時候，不論林氏怎麼決定，他們都不會怪她的。

林家人已經做好準備結束林紹安和林紹平的讀書生涯了。

林氏嘆了口氣。她不能毀了姪子，所以，只能應下林張氏的要求，連林紹強一起送去書院。

可是，有一個人卻搶先在林氏之前開了口。

林莫瑤在林莫琪的攙扶下，慢慢站了起來，對林張氏冷冷地說道：「想讓我們送他去上學？這輩子都別想了！」

林張氏剛才已經看到林氏的表情鬆動，心中暗暗高興要成了！這種花別人的錢供自己兒子讀書的好事上哪兒去找？她興高采烈的就等著林氏鬆口呢，沒想到這時卻冒出了個林莫瑤。

她不耐煩地對著林莫瑤說道：「妳這個小丫頭片子，旁邊待著去！我在跟妳娘說話，沒妳的事，閃開！」

林紹強跟在旁邊附和。「就是，妳個賠錢貨！」

一句「賠錢貨」，把林氏剛剛要出口的話直接給逼了回去。

林莫瑤見林氏不說話了，就回頭看向她和其他人，開口道：「娘、外婆、二爺爺，你們之前不是問阿瑤，為什麼在水邊玩得好好的，會掉到河裡嗎？」說完這句話，林莫瑤就往林紹強的方向看了一眼，果然看見他的身子嚇得抖了一下。林莫瑤冷笑，繼續看著林氏和身後的人。

林氏不明白，林莫瑤為什麼會把過去這麼久的事翻出來說，疑惑道：「阿瑤，怎麼突然說起這個了？」

林莫瑤笑了笑，看向不明所以的林張氏和緊張發抖的林紹強，慢慢地抬起手，在眾人疑惑的目光中，指向了林紹強，一字一頓地說道：「就是他把我推下去的！」

# 第二十六章 老帳新帳一起算

「什麼？」林氏簡直不敢相信自己的耳朵，看了看林莫瑤，又看了看渾身發抖的林紹強，愣愣的，好半晌沒有反應過來。

「妳放屁！」林張氏跳了起來。

林劉氏在聽到這話之後，突然深吸了一口氣，後退了兩步。

李大夫一直關注著這邊的情況，見狀，立即三步併兩步地走了過來，然後快速地在林劉氏身上的幾個穴位按了一下，又從藥箱裡取出銀針，扎破了林劉氏的十根手指，用力地擠了幾滴血出來，林劉氏這才不至於暈過去，而是坐在凳子上呼吸急促。

李大夫連忙勸道：「老嫂子，保持呼吸平穩。想想妳的孩子，想想幾個懂事的孫子、孫女。」

林劉氏在深深地呼吸幾口氣之後，終於緩過勁來，一雙眼睛滿是悲痛和憤恨地，盯著已經抖成一團的林紹強。

林二老爺的情況沒有林劉氏這麼嚴重，但也好不到哪裡去，若不是林二奶奶和兩個兒子扶住，這會兒怕是也倒在地上了，因此李大夫又跑過去安撫林二老爺。

林莫瑤回頭看著受了刺激的家人，心中一痛，但依然咬了咬牙，繼續怒對林張氏母子。

今天不把這件事情徹底解決，以後她們家的麻煩肯定不小。

林張氏指著林莫瑤，大聲吼道：「臭丫頭！妳胡說八道什麼？我家四郎怎麼可能幹出這種事情？」儘管聲音很大，底氣卻是不足了。要真的是兒子推林莫瑤下水的，這可就是殺人了啊！

林莫瑤不理林張氏，而是繼續看著發抖的林紹強，說道：「怎麼，敢做不敢認了？當時推我的勇氣哪裡去了？啊？」最後一個字時，林莫瑤突然拔高了音量，而且語調冰冷，直接把林紹強嚇得坐到了地上。

林莫瑤見他這麼不禁嚇，回頭就看向皺著眉頭的村長和族長，開口道：「兩位舅公，那天下午，在河邊的還有春生表哥他們，你們要是不信，可以叫他們來問問那天到底怎麼回事。」

林春生是林紹安的小夥伴，那天下午林莫瑤就是看見他在，才湊到河邊跟著玩的，只是沒想到林紹強來了之後，見他們都把魚分給林莫瑤，就直接把她給推到了水裡。林莫瑤猝不及防地掉下水，來不及反應，嗆了水，一口氣沒上來就給淹死了，也就是這個時候，才讓林莫瑤給穿了過來。別的事情林莫瑤可能不記得，但這落水一瞬間的事，林莫瑤記得一清二楚。

站在人群外面看熱鬧的春生娘一聽見林莫瑤這話，立刻掉頭去找兒子，看見他在不遠處，跟另外幾個小孩正蹲著玩石子，直接跑了過去，一把拎了起來，問道：「我問你，阿瑤落水那天你是不是在旁邊？」

林春生不知道自家娘怎麼會突然提起這件事情，但本能地點了點頭。

春生娘臉色大變，一把抓著林春生就朝林家院子走去。

林春生被抓得有些疼，使勁的掙扎，等春生娘鬆開他的時候，林春生發現自己已經站在林家的院子裡。

春生娘把林春生往前推了推，說道：「村長、族長，春生在這兒，你們有什麼事就問吧！」

林春生這時才發覺情況不對，頭歪向一邊，看見被林莫琪扶著的林莫瑤，不禁皺了皺眉頭。「阿瑤，妳咋了？誰打妳了？」

林莫瑤的身上都是土，林春生的第一個反應是林莫瑤挨了揍。他妹妹還小，平時常和林紹安在一起玩，林莫瑤也經常跟著他們，再加上林莫瑤也算是他的表妹，所以一直以來他都對林莫瑤挺好的。

林莫瑤對林春生笑了笑，搖搖頭，道：「我沒事。春生哥，我問你，我落水那天，是不是他也在的？」說完，指了指林張氏旁邊的林紹強。

林春生雖然不知道林莫瑤為什麼突然提起這個，但還是乖乖地點了點頭。「嗯，在。」

林莫瑤聽了他的回答，就一臉「你們看吧，我沒說謊」的表情，將目光落在林紹強的身上，說道：「我有人證，你還想狡辯嗎？」

林張氏何其聰明的人，到了這個時候，哪裡還不知道林莫瑤是故意這麼說的？林春生其實根本沒有看到林莫瑤是林紹強推下去的。心中有數後，林張氏就有了狡辯的機會。
林莫瑤注意到林張氏的變化，沒等她開口，就搶先說道：「像你推我下水這種是屬於殺人，殺人是要蹲大獄的，我一會兒就去告官，讓官兵來抓你！」
聽了這話，林張氏臉色大變，連忙想蹲下去摀林紹強的嘴，可是已經來不及了。
林紹強整個人都嚇得尿了褲子，哭喊道：「我不是故意推妳的！憑什麼他們把魚都給妳？妳就是個賠錢貨，我讓妳給我魚妳還不給！而且妳不是會泅水嗎？我哪裡知道妳掉下去會上不來啊！嗚嗚嗚，我不要蹲大獄！娘，這個賠錢貨敢告我，妳快把她賣了，快把她賣了！」
林紹強的話已經出口，林張氏就是想攔也攔不住了。只見她面如死灰地跌坐在地上，而她身後的娘家兄弟更是臉色發白，不停地往後縮，想跑。
門口攔著的林家村人哪裡會讓他們走？直接就擋在門口，讓幾人出不去。
就在這個時候，林二老爺拄著枴杖顫顫巍巍地走到前面，一枴杖打在林紹強的身上！眾人只聽見嗷的一聲嚎叫，林紹強再次倒在地上打滾。
林莫瑤臉色一變。她擔心林二老爺會把林紹強給打出問題來，那就麻煩了，所以連忙上前將他給攔住。
林二老爺被攔住，嘴裡依然在罵著。「你這個畜生！我們林家怎麼會出了你這麼個畜生啊？阿瑤可是你妹妹啊！林張氏，妳這個惡婦，妳壞我林家的根！惡婦——」

「二爺爺，您別氣、別氣……」林莫瑤一邊勸，一邊對旁邊的林泰業兄弟倆使眼色，讓他們趕緊把他給帶下去。

送走了林二老爺，林莫瑤站在院子中央，冷冷地看著面如死灰的林張氏，和嚇得尿褲子的林紹強，嘴角浮起一絲嘲諷的笑容，轉身對村長和族長道：「兩位舅公，今天這件事還請兩位能還阿瑤一個公道。」

林莫瑤話落，地上坐著的林張氏身子僵硬了一下，隨即就動了。她哭著往前爬到林劉氏的面前，哭喊著道：「娘，我錯了，您救救四郎吧！四郎可是您的親孫子，您不能不管他啊！娘，您不能讓他被抓走，四郎才八歲啊！娘……」

林劉氏滿眼通紅，死死地瞪著林張氏，咬牙切齒地說道：「都是妳這個惡婦，看看妳教出來的好兒子！我們林家沒有這樣的子孫，妳給我滾，帶著妳那個孽障兒子給我滾！」吼完，似乎還不解氣，直接脫下腳上的一隻鞋子，砸到了林張氏的身上，指著外面，大聲地吼道：「滾——」

林張氏這個時候反應可快了，連連應道：「是是是，我這就滾，我這就滾！」說完，迫不及待地跑過去，一把扯住林紹強就往外拖。

攔在門口的林家族人見狀，紛紛看向了村長和族長。

兩人看了一眼林劉氏，最終無奈地揮了揮手。

林家族人這才讓開了路，讓林張氏和她的娘家兄弟們離開。

幾人走後，族長和村長就帶了些歉意地看向沈默的林莫瑤，張了張嘴，最終還是沒好意思說話，只能看向了林劉氏，等著她開口。

林劉氏哭夠了，這才從地上站起來，對著林莫瑤哭道：「阿瑤，是外婆對不起妳，是外婆對不起妳啊……」

林莫瑤站著，一動也不動，林氏更是面無表情。

這一幕落在林劉氏的眼裡，她知道，自己這是傷了女兒和外孫女的心。但是她沒有辦法，林紹強是林家的子孫，是她的親孫子，她不能眼睜睜地看著人被抓走，可這樣一來，對女兒和外孫女是多麼的不公平啊！

林劉氏只能在心中暗暗發誓，這是最後一次了，她以後絕不再管他們了。

其實，林莫瑤之所以不動，是因為腰疼；而林氏則是有些失望，但她也沒有怪林劉氏的意思。這件事情就算林劉氏不放他們走，她也不會讓林莫瑤真的將林紹強送到官府的。現在既然事情已經捅破，女兒落水的真相也知道了，那以後他們和林泰立一家的關係，就算是徹底的破滅了。

眾人看到現在只有林劉氏在哭，林莫瑤和林氏都沒動，紛紛都有些同情林劉氏了。其實你說她錯了嗎？她也沒錯，只是在外孫女和孫子之間，她選擇了孫子，這可不就傷了女兒和外孫女的心了嘛！

大家開始各種猜測，林氏會如何氣憤地帶著林莫瑤和林莫琪離開，會不會一氣之下不供林紹安和林紹平讀書了等等，一時間，大家的注意力都集中在林莫瑤和林氏身上。

終於，林莫瑤動了，只是她一張口，就讓所有人哭笑不得。

「娘、外婆，快幫幫我！我……我動不了了！」

林劉氏哭得正傷心呢，聽見這話就愣住了，有些茫然地看向林莫瑤。

林氏的反應最快，連忙走上前站在林莫瑤的身邊，又不敢動，急道：「剛剛不是還好好的嗎？怎麼又不能動了？」說完，急忙喊旁邊的李大夫。「李叔，您快來看看！」

李大夫在林莫瑤開口時，就已經起身過來了，他稍稍查看了一下，就看出問題所在，有些無奈地笑道：「妳這孩子，真是太不小心了。」

原來，林莫瑤剛才去攔林二老爺的時候用力過猛，腰上本來就有傷，這一動，就直接扭到腰了。

李大夫讓林周氏去取了熱水，又拿帕子沾了熱水捂在林莫瑤的腰上，用力地揉了幾下，疼得林莫瑤直叫喚。

「啊！嗷……疼疼疼……哎呀……」嘰哩呱啦的大叫，和之前的氣勢洶洶完全判若兩人，倒是把眾人臉上的愁雲給驅散了不少。

村長鬆了口氣，這才對著外面的人揮了揮手，略帶嚴肅地說道：「都回去吧，今天的事誰要是敢說出去，小心我收拾他！」

眾人連說不會，這才慢慢退開了。最後走的幾家都是和林家平時關係比較好的，直到看見林莫瑤能動了，這才放心的走了，林家院子裡頓時只剩下他們一家還有村長和族長。

這時天色也漸漸暗了下來，李大夫剛剛處理完林莫瑤腰上的傷，林家的院門就被人給撞開了。

林泰華和林方氏前後腳進門，兩人都氣喘吁吁的，林泰華更是把背簍往地上一放，就跑過去查看林莫瑤的傷，急道：「我們剛進村子就聽人說我們家裡出事了，阿瑤受了傷！傷哪兒了？啊？」

林方氏也緩了過來，著急地看著院子裡的其他人，問道：「到底咋了啊？我們才離開一天咋就出事了呢？」林氏和林周氏低著頭不說話，林劉氏又只會哭，林二老爺氣得還在抹淚，林二奶奶也沈默不語。林方氏都快急死了，指著林紹遠吼道：「大郎，你說！」

林方氏盯著林紹遠，林紹遠無奈，只能把今天發生的事，言簡意賅地敘述給林泰華和林方氏聽。兩人聽完，臉上的憤怒再也掩蓋不住。

「我去找他。」林方氏站著不動，林泰華鬆開林莫瑤就要往外走。

只是沒等他走幾步，身後就傳來了林劉氏的聲音。

「站住，你要幹什麼？」

林泰華腳步一頓，頭也不回地說道：「我去找老二，我要問問他，四郎做下的事情，他這個當爹的，難道想一點責任也不負嗎？」

林劉氏起身，往前走了兩步，道：「你問他有什麼用？你弟弟什麼樣，你難道還不清楚嗎？你指望他能幹什麼？把張氏休了，還是讓他把四郎打死？今天誰都不許出這個門，以後，也不許你們任何一個人和他們家再有來往。我就當沒生過這個兒子，從今往後，我們兩家徹底分家，各過各的。」

村長和族長對視了一眼——這是要斷親啊！

「嫂子，這……妳是不是再考慮一下？說到底仍是一家人，打斷骨頭還連著筋吶！」族長最見不得這些事情，開口勸道。

林劉氏疲憊地擺了擺手，道：「今天的事情你們也都看到了，我放他走已經夠對不住阿瑤，這可是要命的仇，我老婆子還沒糊塗到這個分上。行了，你們誰都別說了，這事是我做得不對。」說完，林劉氏對著林莫瑤母女三人，語氣哽咽地繼續開口道：「我知道妳們心裡怪我，可我實在狠不下這個心。往後妳們怨我也好，恨我也罷，我都認了……」說完，眼淚再也忍不住，又落了下來。

林莫瑤心中嘆了口氣。

林氏則是看了林劉氏一眼，只低低地喊了一聲。「娘……」

林莫瑤一聽，就知道她這是在怪林劉氏了，連忙伸出手，拉了拉林氏，低聲道：「娘，您快去哄哄外婆吧！李爺爺剛才可說了，她情緒不能大起大落。」

林氏看向林莫瑤，見她雙目清明，完全沒有一絲怨恨，心中奇怪，嘴裡就問了出來。

「阿瑤，妳不怪妳外婆？」

林莫瑤嘆了口氣，也不壓低聲音，直接說道：「本來這事我就不打算說的，可今天我看他們實在是太過分，這才無奈把這件事說出來。我原本也只是想嚇唬嚇唬他，誰知道他這麼不禁嚇啊！」說完，還調皮地吐了吐舌頭。

林莫瑤說話沒有刻意壓低聲音，這段話，院子裡的人都聽見了。林泰華一家情緒複雜；村長和族長雙雙點頭，覺得林莫瑤是個懂事明理的；林二老爺一家則是心疼。只有林劉氏有些反應不及，看著林莫瑤，嘴張了幾次都沒說出來話。

林莫瑤見了，只能搶先開口。「外婆，我說的是真的，我沒有怪妳。我雖然恨四郎差點把我害死，可是我也知道，四郎是二舅的孩子，我不能送他去見官，不然他這輩子就毀了。所以，趁著今天的機會，我就想給他一個教訓，讓他以後不敢再來欺負我而已。外婆，您別亂想了。」其實林莫瑤是想好好收拾收拾一下這家人的，可是，這個想法只能放在心裡，不能說出來。

林劉氏聽了林莫瑤的話，先是愣了一下，然後就直接撲到林莫瑤的身上，哭開了。

「我的阿瑤啊……我的乖孫女，是外婆不好，以後外婆一定好好補償妳……」

看著哭得傷心的老人，林莫瑤只能無奈地哄著。

就這樣，林家的人最後都沒有再提這件事，大家都有默契的當這事沒有發生過，接下來的生活，該怎麼過還是怎麼過。

# 第二十七章　請人

林莫瑤因為受傷，直接被禁足在家裡，按照李大夫的要求，起碼三個月不許下床，可對於林莫瑤來說，別說三個月了，就是三天她都受不了。

原本林紹安休息回來是打算帶林莫瑤上山的，結果現在倒好，哪裡也去不成。林紹安和林紹平只有一天的休息時間，兩人在第二天的傍晚，就被林泰華送到隔壁村，坐驢車回縣城了。

林莫瑤自從受傷之後，就被禁止下床、出門，一天到晚只能待在炕上，或者趴在窗戶上往外看，半個月過去，她的傷已經好得差不多。

蘇鴻博派人來過一次，聽說她受傷了，還送了些禮物過來。因為是傷筋動骨，不敢讓林莫瑤在傷好之前去酒廠，所以蘇鴻博雖然著急，卻也無可奈何，只能等著。

而林莫瑤在炕上躺了半個月之後，實在是躺不住了。

「娘，我已經好了，真的好了！」這天晚上，林莫瑤實在是受不了，開始跟林氏求情。她還有好多事情要做，老這麼待在家裡怎麼賺錢啊？酒廠現在就等著自己過去，早知道這樣，她就不去攔那個瘋婆子了！

林氏和林莫琪正借著燭光做今年的冬衣。這次蘇家送來的禮物裡有不少新布料，林氏留了一疋給娘兒三個裁件新衣，另外兩疋分別給林泰華家和林二老爺家送了過去。

林紹安和林紹平不用操心，可家裡還有其他孩子，就是三個老人也該裁新衣服了，既然現在日子好過了，她們也不需要再像從前那樣，過得太過緊湊。

聽了林莫瑤的話，林氏淡淡地瞥了她一眼，道：「傷筋動骨一百天，妳這才半個月就受不住了？當時衝得那麼快，現在知道滋味難受了？」

其實林氏是生氣的。林莫瑤自己都還只是個孩子，怎麼可能攔得住林張氏？就算要攔她去打林紹遠，那也該是他們這些大人動手，所以林氏雖然生氣林莫瑤衝動，更多的是氣自己反應沒這丫頭快。

「娘，我錯了，我以後再也不敢了！您看看，我真的好了！」林莫瑤苦苦哀求，說完，似乎還怕林氏不信，甚至站起來跳了兩下。

林氏嚇得連忙把手上的針線放下，急道：「好了好了，妳快別跳了！待會兒又扭傷了可怎麼辦？說吧，妳這麼著急出去是想幹什麼？」

林莫瑤見林氏不再拘著她在家，就笑了笑，盤腿坐在兩人身邊，慢慢道：「妳們看啊，蘇家的酒廠已經建好，我得去教師傅們怎麼用那個蒸餾器啊。」說到這裡，林莫瑤神秘一笑，身子往前傾了傾。「還有一件事，娘，我想買地。」

這下，林氏頭也不抬的就笑了。「買地？妳種嗎？我們現在光攤子就忙不過來，妳還想種地？」

林莫瑤嗤了一聲，說道：「我不是要種，我要買的是我們家後面到河邊的這塊地。」

林氏直接不縫衣服了，看著林莫瑤，問道：「阿瑤，妳知道我們家後面這塊地的情況嗎？妳真要買？」

林莫瑤確實分不清土地的好壞，只是這幾天她趴在窗戶上，看著後面這一片地空空的，總覺得有些浪費，此時聽了林氏的話就問道：「娘，這地怎麼了嗎？」

林氏寵溺地笑了笑，說道：「妳別看這幾畝地大，能種糧食的卻很少，大半都是淤泥塘；另外一邊不是淤泥塘的，地質也很硬，種不了東西，妳買這塊地能做什麼？」

林莫瑤搖搖頭。「暫時還沒想到，只是覺得這塊地這麼大，空著怪可惜的。而且，以後我們還要蓋房子呢，這裡離舅舅家最近，所以我才想趁現在先買下來。」

蓋房子？林氏的眼前一亮。對啊，她們家現在的情況越來越好了，以後肯定要另外蓋房子的，眼前這塊地不就正適合嗎？

「阿瑤，蓋房子的話，這塊地確實可以，但是還有一半的淤泥地呢，這妳要怎麼辦？妳如果要買，村長也不可能只賣那一半給我們，定會讓妳全部都買的。」林氏道。

林莫瑤點點頭，說：「嗯，我知道。先買下來再說唄，到時候實在找不到用處，就挖成魚塘。」

「魚塘？」林氏微微蹙眉，說：「阿瑤，從前也不是沒人養過魚，只是最後都賠得血本無歸。」

後面的話林氏沒有多說，林莫瑤卻知道她要說什麼。「娘，別人不行不代表我不行。」說完一頓，繼續道：「這個到時候再說唄，總之先把這塊地買下來。」

林氏說不過她，就點了點頭。「那就聽妳的，先把地買下來吧。」

第二天，被禁錮在炕上半個月的林莫瑤，總算是得了允許，能下炕活動了。林氏怕她累著，不讓她做事，林莫瑤就只能搬個小板凳坐在旁邊，一手撐著腦袋，一邊看林氏和林莫琪幹活。

「娘，您請個幫手吧。」林莫瑤突然出聲道。

林氏愣了一下，疑惑地看向她。「請人？」

林莫瑤越想越覺得自己這個想法很好，坐直了身子，說道：「嗯，請個人給您幫忙。不是您說，不想讓姊姊出去拋頭露面嗎？現在我們家也不是沒錢，這攤子擺著也能賺些錢的，但您總這樣辛苦，我會心疼，所以，咱們請個人吧！」

林氏沈默著考慮這件事的可行性。不說別的，現在家裡就放著兩塊金子呢，而且林莫瑤和蘇家還簽了酒廠分紅的文書，雖然現在不能保證酒廠的生意如何，但想想也知道，就算是一成的分紅，也能讓她們過得很好了。

雖然林氏不是喜歡坐吃山空的人，但家裡放著這麼多錢，心裡還是多了些底氣，而且她也不像某些農村婦女般一根筋和見識短淺，所以，只是略微思考一下，就點頭答應了。

「嗯，回頭娘和妳外婆說說，看請誰來幫忙好。」林氏說道。

到了上午，林劉氏和林方氏來攤子上幫忙的時候，林氏就跟兩人提起了這件事。

林劉氏皺了皺眉，想了想後，說道：「請人？這不是浪費錢嗎？我和妳大嫂都能來幫忙，再不濟，妳也能讓阿業他媳婦來啊！」

林劉氏的想法很簡單——自家有人，何必要去請外人？而且她們幹活也不用林氏給工錢，畢竟兩家現在可是欠著林氏一個大情。

林氏從一開始就沒打算請自己家裡的人，她請人是為了讓自己輕鬆一些，總不能說讓自己輕鬆了，卻把家人給累了吧？所以林劉氏一提出來，林氏就直接拒絕，連拒絕的理由都說了。

林方氏聽了臉有些紅，不好意思地說道：「舒娘，這都是我們當嫂子的應該做的，妳這樣倒讓我們難為情了。」

林氏見她這樣，嗤的一聲就笑了出來，伸出手，輕輕推了林方氏一下。「喲，瞧妳這臉紅的！咋，我讓妳在家享福還不好啊？」

林方氏被林氏笑得臉色更紅了。

林劉氏見兩人互動，嘆了口氣，對林氏說道：「舒娘，妳大嫂說得沒錯，家裡又不是沒人。」

「娘，這事我已經決定了。」林氏直言道。

林劉氏深知女兒的脾氣，無奈道：「那行吧，就聽妳的。只是這請誰可得好好想想，不然請了這家，得罪了另外一家可不好了。」

「嗯。」林氏應了一聲，道：「人選我已經想好了。我們村裡不是有一家姓胡的外姓人嗎？我記得胡大哥前年就去世了，留下胡大娘、胡氏還有個和五郎一般大的小女娃。」

林劉氏和林方氏對視了一眼，只見她們同時皺了皺眉。

林劉氏開口道：「是挺可憐的，可……舒娘，她是個寡婦啊！」

林氏笑了，開口道：「娘，我不也是自己一個人帶著兩個孩子嗎？」

林劉氏一愣。這樣說的話，那就沒什麼關係。那家人確實挺難的，和村裡的人也不沾親帶故，為人上也是厚道人家，倒是不錯的人選。

「嗯。」林劉氏點頭，道：「那就聽妳的吧，找個時間我陪妳去一趟她家。」

「好，謝謝娘。」

胡家是前幾年搬到林家村來的，和林氏前後腳，來的時候胡氏還懷著身孕。她家男人在一次出去做工時，被山上落下來的石頭給砸中腦袋，死了，留下孤兒寡母。

胡氏受了刺激，早產生下了現在的孩子，本期待是個男孩，至少還能留個後，可一生下來是個女孩，胡氏差點也跟著男人去了。

倒是她婆婆，又是照顧孩子，又是伺候她坐月子，還把自己兒子的喪事給辦了，一夜之間，老了十歲不止。

胡氏頹廢了好一段時間，可是每天看著胡大娘忙裡忙外的伺候她和孩子，心中不忍丟下老人，最終熬了過來。婆媳兩人平時就靠去縣城接一些縫補、幫人家洗衣服的活回來幹，另外還繡一些簡單的東西拿到鎮上去賣，這才勉強把日子給過了下來。

一開始，大家喊她倒是連著她自己的姓喊，後來也不知是誰帶頭的，似乎是嫌麻煩，直接喊了她胡氏，倒是隨了夫姓了，她自己也沒覺得有什麼不好，就這樣一叫便叫了好幾年。

林氏和林劉氏的到來，讓胡大娘很是意外。

「大嫂子，妳們怎麼來了？」胡大娘有些拘謹。

自從兒子去世以後，她們婆媳帶著一個孩子，一直都小心翼翼的，就怕得罪村子裡的人，會被趕出去。

林劉氏看得出來胡大娘的緊張，但她沒有說破，而是越過她，往裡面看了一眼，笑著問道：「妞妞和她娘不在家啊？」

胡大娘雖然奇怪林劉氏兩人的到來，卻還是很客氣地把人讓進了院子，笑道：「妞妞她娘給人送貨去了，妞妞在屋裡睡覺呢。」說完，看了看時辰，繼續道：「早上就去了，這會兒差不多應該回來了。」

林氏跟在林劉氏的身後進了院子，一進去就看到院子裡到處掛滿各種洗乾淨的衣物。

胡大娘感受到林氏的目光，略帶尷尬地解釋道：「我們平時幫人洗洗衣服、接一些縫補的活計來維持生計，家裡有些亂，兩位別介意。」

林氏收回目光，略帶歉意地笑了笑。「嬸子這是說的什麼話？今天貿然上門本來就是我們唐突，嬸子別怪我們才好。」

胡大娘連連擺手說「不會、不會」。

林氏也不再糾結這個問題，而是將手上的紙包遞了過去，說道：「嬸子，這是給妞妞帶的幾個包子，您給她留著醒了吃。」

胡氏婆婆連連擺手道：「不不不，我們哪能要妳的東西啊！大姪女，妳還是快收起來吧，收起來。」

林氏求助地看向林劉氏。

林劉氏接過油紙包，直接硬塞進胡大娘的手裡，佯裝不快地說道：「妳要是不收，可就是看不起我們送的禮，這是嫌東西不好嗎？」

胡大娘手裡的包子，放也不是，不放也不是，臉色都急得發紅了，連忙解釋道：「嫂子妳別誤會，我不是這個意思。」

林劉氏就繼續道：「那就把東西收著，我又不是給妳吃的，我那是心疼妞妞。」

胡大娘這才無奈地收下了。見三人還在院子裡站著，連忙跑去找來兩個小板凳，放到兩人身前，道：「嫂子、大姪女先坐著，我去給妳們倒水。」說完，就要繼續去忙活。

林劉氏眼疾手快地抓住了她的手，嘆了口氣說道：「大妹子，別忙活了，我們就是來看看妳們，順道有事情跟妞妞娘說，妳先坐會兒，我們說說話。」

胡氏婆婆聽兩人是來找自家兒媳婦的，一時有些疑惑，小心翼翼地開口問道：「大嫂子，妳們找我兒媳婦有什麼事啊？」

林劉氏想了想，就開口道：「還是等她回來再說吧，妳不是說也差不多該回來了嗎？」

話音剛落，林氏就聽見院門響動。

胡大娘眼睛一亮，道：「回來了！妳們先坐坐。」然後就起身往門邊去了。

胡氏一進門，就看見婆婆急匆匆地朝自己走來，不禁疑惑地問道：「娘，您咋了？」

胡大娘順勢接過胡氏手上的籃子，說道：「家裡來客人了，說是找妳有事。」

胡氏這才看見坐在院子裡的林氏和林劉氏，連忙走上前，行禮問好。「嬸子、林大姊，妳們怎麼來了？」

林氏笑著上前拉著胡氏的手，坐了下來，這才開口說起自己今天來的目的。「妹子，我在官道旁邊擺了個攤子，妳是知道的吧？」林氏笑道。

胡氏點頭。林氏擺攤的事村子裡的人都知道，她好幾次從村口過，都聽見有人在八卦，嫉妒林氏擺攤賺了錢，之前見林家出了事，還有不少人在那兒說風涼話。

不過這些話胡氏都是聽聽而已，從來沒有跟著湊什麼熱鬧。在她看來，林氏這樣一個和離帶著兩個女兒，還能將日子過得這麼好的女人，她是真的佩服林氏的能幹。

林氏繼續說道：「是這樣的，最近攤子上越來越忙，兩個閨女也大了，我也不想讓她們總是在外面拋頭露面，所以，就想請妳到攤子上給我幫幫忙。工錢嘛，一個月給妳一百五十文，另外管一頓飯，妳看可願意？」

「真的？」胡氏滿臉的不可置信。

「這……妳們不是在說笑吧？」胡大娘也不大相信自己聽到的。

林氏再次確認地點頭。

胡氏立即回神，連連點頭，道：「我願意！」

林氏見她激動得眼中都有淚了。

胡氏現在幫人家縫補、洗洗衣服，一個月最多也就能掙個一百來文，勉強夠家裡三個人生活，可妞妞是女孩，總不能一點嫁妝也不給她留啊！

而且，現在的活計又累、耗時又多，還要經常進城，這樣一來就沒法照顧到妞妞；加上婆婆的身體不大好，胡氏的內心也急，生怕有一天婆婆會因此累倒。

可是現在，林氏卻把這麼好的一件事情砸到了她的頭上，怎能讓她不激動？

「林大姊，妳放心，我一定好好幹活！」胡氏激動得又哭又笑。有了林家的活，她就不用每天都往縣城跑，也能多照顧一下妞妞和婆婆，胡氏內心是高興的。

# 第二十八章 去蘇家

林氏請了胡氏到攤子上幹活的事情，在胡氏開始上工的第二天，就在村子裡傳開了。

現在秋收過了，林周氏正陪著林泰業兄弟倆在打穀場打米，就有平時比較好打聽的媳婦湊了過來，在她耳邊低聲問道：「妳家那個堂姊咋滴好好的請了個人去幫忙了？不是真的賺了錢了吧？」

林周氏淡淡地瞥了她一眼，沒說話。

湊過來說話的人假裝看不到林周氏的眼神，自顧自的說：「要我說啊，若有這種好事就應該先緊著自己家的人啊，哪有便宜了外人的道理？我可是聽說一個月給一百五十文，還管一頓飯！在那包子攤上，一頓飯還不得分到兩個大包子啊？就算沒有包子，那白花花的饅頭也好啊！嘖嘖，這胡氏也不知走了什麼好運，入了妳那堂姊的眼。」說完，就開始觀察林周氏的反應。

林周氏聽完她說的話，手上揚糠的動作一頓，微微將身子歪了個方向，直接一簸箕就揚了起來。結果，簸箕裡的糠直接揚了剛才說話的人一身。

「哎喲！妳幹麼呢？」湊過來打聽的媳婦猝不及防地被揚了一身的穀糠。

林周氏冷冷地掃了她一眼，不鹹不淡地開口道：「不好意思啊，我這不是沒看見嘛，而且風剛才好像大了一些。」

湊過來打聽消息的媳婦臉色頓時難看到不行，但林周氏都說了不好意思，而且在說的時候，還特意提高了音量，這會兒好幾個人都往她們這邊看！她只好狠狠地瞪了一眼林周氏，轉身走開了。

林周氏見人走了，直接把手裡的簸箕放到林泰業的面前，說道：「我先回家去，反正沒多少了，你和老二趕緊弄好了就回來。」

林泰業頭也沒抬的直接應了一聲，林周氏這才拍了拍身上的灰塵走了。

不過她並沒有回家，而是徑直來了林泰華家。

攤子上有了胡氏，平時不忙的時候，林氏都是直接帶著林莫琪到這邊來，守著林劉氏做針線，然後林劉氏再指點指點林莫琪繡花。

林周氏風風火火推門進來時，幾人正湊在一起做衣服。

「妳咋來了？」林氏一抬頭就看到了林周氏。

林周氏走到幾人旁邊坐下，撇了撇嘴，嘲諷地說道：「這一個個的，天天湊到我跟前來嘰嘰歪歪，看著就煩！」

林方氏手下不停，笑著問了一句。「咋？又有人來找妳問話啦？」

「可不是？也不知道她們哪裡來的想法，以為隨便挑撥幾句我就能跟舒娘吵起來似的，一個個的也不知哪裡來的自信，一幫長舌婦！」

聽了她的話，幾人都笑了。
林劉氏說道：「妳啊，這張嘴真是一點都不饒人！她們要說就讓她們說去吧，我們自家人知道根本不是這一回事就行。」
說到這裡，林周氏就往前挪了挪，疑惑地問道：「阿瑤說的，讓我們也去妳家攤子旁邊擺個攤子，這事能行嗎？」
林氏看了她一眼，就笑道：「咋不行了？咱們都是一家人，這你們在我的攤子上跟著賣點零嘴啥的，還能不讓了？我又不是沒有交稅。」
林周氏聽她說了，皺著眉頭，想了想，說道：「我這不是怕我做不好嘛，妳們也知道，我這人笨。」
「哈哈，妳再笨，這拿著大鏟子炒東西總會吧？」林方氏笑了起來。
林周氏臉一紅，揪著林方氏就要打。
林氏樂得在旁邊看戲，就連林莫琪和林劉氏都抿著嘴在笑。
等她們鬧夠了，林周氏這才注意到，院子裡好像少了個人。「阿瑤呢？」
「和她大舅去村長家了。」林氏低著頭回道。
「他們去村長家幹啥？」林周氏奇怪地問了一句。
林氏也沒準備瞞著林二老爺一家，直接把林莫瑤要買後面那塊地的事情說了。
林周氏聽完了林氏的話，沒有問她們哪裡來的錢，而是皺著眉說道：「這後面那塊地大是大，可是都是些淤泥地和硬邦邦的不能種的地，那地方可是連種菜都長得不好啊，阿瑤要買這個地來幹什麼？就算要蓋房子，也用不著把那片淤泥地給買下來吧？」

林氏見她沒有提起錢的事，心下滿意，就笑道：「這孩子說，要把那塊淤泥地給挖成池塘養魚呢，這孩子現在主意越來越大，隨她吧！」

林周氏聽了林氏的話，整個人先是驚訝了一下。她沒想到林氏居然這麼輕易的就把這樣一件大事交給林莫瑤決策，要知道，那塊地雖然不好，可要買下來也得花不少錢的啊！只是這話她也只敢在心裡想想。驚訝完了，收起表情，她不可思議地感嘆了一句。「乖乖，我們家阿瑤真的是越來越能了！」

林莫瑤跟著林泰華去了村長家，為免夜長夢多，林莫瑤這次帶了錢，打算今天就把手續都給辦下來。

三人很快就談好，以九貫錢的價格，把那塊地全部賣給林莫瑤家。

林莫瑤從懷裡痛快地掏了一塊金子出來，遞給了村長說道：「舅公，還得麻煩您幫忙跑一趟辦下文書，名字嘛，還是寫我娘的。這是一兩金子，您拿秤秤一下吧。買完了地、辦完了文書，剩下的是請您喝茶的。」

村長看著林莫瑤小手裡攢著的小金塊，眼睛都直了，伸手接過，臉上的笑容更甚，說道：「不用秤、不用秤，你們就回去等消息吧，我待會兒就去里長那裡辦文書，然後去縣衙給你們辦地契！」

林莫瑤笑咪咪地對著村長鞠了個躬，道：「謝謝舅公！」

村長笑得更開心了。從頭到尾，他都沒有問一句，林莫瑤家的金子是怎麼來的？

兩人從村長家出來之後，林莫瑤看了一眼官道的方向，想著蘇家的人這會兒可能以為她還病著呢，她能出來的事也沒人幫忙給蘇家帶句話，要是蘇家一直不來人接她怎麼辦？要不要自己過去一趟呢？林莫瑤一路上都在糾結這個事情。

林泰華見她皺眉就問道：「阿瑤，妳有心事？」

林莫瑤仰著頭看向林泰華，把心裡想的事說了出來。「大舅，您說蘇家要是一直以為我還病著，不派人來，怎麼辦？」

林泰華聽了她的話，眉頭也皺了起來，說：「要不，我去一趟通知蘇家？」

林莫瑤只略微思考了一下就搖頭否決了。「我想自己直接過去。」

林泰華想了想，道：「這樣，我讓妳大哥陪妳去。」

兄妹倆到蘇記的時候，飯點剛過，裡面的人不算很多，兩個夥計在殿堂裡忙來忙去地收拾、打掃環境。

「我們進去吧。」林紹遠牽著林莫瑤的手，走了進去。

正在忙碌的夥計立刻迎了過來，笑著招呼道：「兩位吃飯吧？這邊請！」

林紹遠牽著林莫瑤的手坐下，才說道：「大哥，我們不是來吃飯的，我們想找你們東家。」

夥計一愣，隨即笑道：「那可真不巧，我們東家平時很少來我們店裡呢，他都在興州府，不知道兩位找我們東家有什麼事啊？」

林紹遠和林莫瑤面露難色。竟然不在。

夥計見兩人為難的樣子，就笑道：「我們東家不在，可兩位有什麼事，也能跟我們掌櫃的說，讓我們掌櫃的帶給東家也是一樣的。」

聽見動靜的掌櫃從櫃檯後面走了出來，看著林莫瑤，猜測道：「小姐可是林家村的林姑娘？」見林莫瑤點點頭，掌櫃就對旁邊的夥計道：「去沏壺茶過來，另外讓廚房準備幾樣點心。」

夥計應聲走了。

掌櫃直接坐在林莫瑤的對面，笑著問道：「林姑娘的身子這是好了？」

林莫瑤臉上頓時紅了一下，不好意思地說道：「就是扭了下腰，不是什麼大事，是家裡人太大驚小怪了。」

掌櫃聽了就笑著搖頭道：「話可不能這麼說，傷筋動骨一百天，更何況傷在腰上。東家原本還想著，等兩個月後再去找林姑娘的，倒沒想到姑娘先找上門來了。」

林莫瑤就笑了，答道：「我這不是怕耽誤了蘇大官人的事嘛，只可惜他不在店裡。」

掌櫃說道：「這個倒沒事，之前東家就交代過，若是林小姐來了他不在，就直接讓我們送小姐去興州府。東家他們都在興州府，酒廠也建在興州府的。」

「啊？」林莫瑤愣住了。直接送她過去啊？他們今天出來可沒跟家裡人說他們不回去啊。想到這裡，林莫瑤為難了。「掌櫃伯伯，實在不好意思，我和我大哥出來的時候，沒有跟家人說今天不回去，所以今天我們怕是不能跟你們去興州府了，我們得回家先跟家裡人說一聲。」林莫瑤不好意思地說道。

掌櫃倒是不以為意，笑道：「這個是小事，我待會兒打發一個夥計跑一趟，去妳家說一聲就成。實不相瞞，小姐之前給東家送的一罈酒，小人也有幸嚐了一些，早就已經迫不及待的想要一番暢飲了。不光是小人，就是其他幾家店的掌櫃，也都天天盼著小姐的身體好了，好早些開始釀酒呢！」

林莫瑤和林紹遠對視了一眼，考慮了一下就點了頭。「那就麻煩掌櫃伯伯了。」

掌櫃笑著點了點頭，揮手招來了另外一個夥計，吩咐道：「你去趟林家村，跟林家嫂子說一聲，林姑娘和林公子會跟我們去興州府，這幾天可能不回去了，讓他們不用擔心。」

夥計點頭領命走了。

一行人吃過飯就出發。坐在馬車裡，林莫瑤不知不覺的就睡著了，等林莫瑤再次睜眼，是被掌櫃的搖醒的。

「林姑娘，醒醒，我們到了。」掌櫃笑著，儘量將自己的聲音放軟叫道。

林莫瑤迷迷糊糊地睜開眼睛，發現他們停在一座府邸門口，一抬頭，大大的「蘇府」兩個字就映入眼簾。

掌櫃越過兩人走了上去，輕輕拍拍門房的門。

小門打開，門房探出頭來笑道：「蔡掌櫃，您咋來了？今兒可不是報帳的日子啊！」

「呵呵，有點事情來跟東家彙報，還煩勞小哥通報一下。」蔡掌櫃笑著說道。

門房將幾人帶到門房內坐著休息，道：「老爺今天去鋪子裡了，我去通知老太爺，你們稍等一會兒。」說完就掉頭往裡面去了。

不久，門房人就回來了，在他身後還多了個老人家，雖已年逾古稀，仍是神采奕奕的。

蔡掌櫃在見到老人家的時候，連忙往前走了幾步，深深地彎下了腰，恭敬行禮道：「見過老太爺。」

蘇老爺子虛扶了一把蔡掌櫃，笑道：「蔡掌櫃辛苦了。」說完，目光越過他，徑直地看向身後站著的林莫瑤兄妹倆。

蘇老爺子只是略微地掃了一眼林紹遠，就將目光放到林莫瑤的身上。八歲的女娃，低垂著的長長睫毛下，像黑色水晶一樣閃爍著的雙眼，在面對他的打量時絲毫沒有怯場，而是目光無懼的和他對視。

兩人就這樣無聲的對視了半晌，最後還是蘇老爺子先打破靜默，對旁邊跟著的隨從吩咐了一句。「去，到鋪子裡把你們老爺叫回來。」

隨從領命走了。

蘇老爺子這才笑著對林莫瑤說道：「妳就是我家老二說的林姑娘了吧？這位是？」問完就看向了林紹遠。

沒等林莫瑤介紹，林紹遠便上前一步，對著蘇老爺子拱了拱手，行了一個晚輩禮，道：「回老太爺話，晚輩叫林紹遠，是阿瑤的表哥。因為表妹年紀尚小，家人不放心她獨自出門，故而讓晚輩陪她來。」

看著眼前舉止得體的年輕人，蘇老爺子眉頭挑了挑，眼中閃過一抹欣賞的神色，這才笑著說道：「原來是林公子。呵呵，兩位舟車勞頓，就先隨老夫進去休息一下吧，我那兒子應該一會兒就回來了。」

林紹遠牽著林莫瑤的手，又微微彎了彎腰，對蘇老爺子道謝。「謝謝老太爺。」

蘇老爺子也不再說話，率先轉身往回走。兄妹倆跟在蔡掌櫃身後，進了蘇家大宅。

蘇老爺子坐在上首的位置，蔡掌櫃站到了他的身後，兄妹倆站在廳裡，坐也不是，站也不是。

蘇老爺子笑了笑，指著旁邊的椅子說道：「兩位快坐。這裡沒有外人，你們不用這麼拘謹，到了敝府，就像在家裡一樣就行了。」

林紹遠這才道了謝，牽著林莫瑤坐到旁邊的椅子上。隨著兩人坐下，就有婢女替兩人奉上了茶水。

幾人坐定後，蘇老爺子又問了一些他們家裡的情況，林紹遠都規規矩矩的一一答了。林莫瑤則從頭到尾一直不吭聲地坐在旁邊，只是偶爾低頭喝口茶，甚至連四處打量都沒有。

僅這一點，就讓蘇老爺子對她更加感興趣了。要知道，他這個會客廳雖說沒有那些豪門大戶的奢侈，卻也擺放了不少精緻華麗的擺件，這丫頭竟然連一個眼神都沒移過。

等蘇老爺子想問的都問得差不多，林紹遠緊張得手心都出汗了，外面門房的人終於跑來回報，說蘇鴻博回來了。

門房的人剛退下沒多久，蘇鴻博就一腳踏進了會客廳。

看到林莫瑤時，蘇鴻博面上一喜，卻還是先跟蘇老爺子行禮，這才和林莫瑤、林紹遠打招呼。「林姑娘的傷好了？」蘇鴻博在椅子上坐下後，就對林莫瑤關心地問道。

林莫瑤點了點頭，道：「嗯，只要不是動得太厲害就沒什麼關係。這段時間在家養病，險些耽誤了大官人的事，還請大官人不要怪罪。」

蘇鴻博擺了擺手，笑道：「林姑娘多慮了，什麼事都不如姑娘的身體來得重要。不過是幾天工夫，談不上耽誤。」雖然他很想早點把酒廠開起來，可是也不能全然不顧人家小姑娘的身體吧？所以，蘇鴻博並沒有因為多等幾天而感到不悅。

林莫瑤也不跟他多加爭論，只是笑著開口道：「蘇大官人也不要林姑娘、林姑娘的叫我了，您也跟家裡人一樣，喚我一聲阿瑤吧。」

蘇鴻博也不客氣，直接爽快地笑了兩聲，道：「哈哈，好的！阿瑤是第一次來府城吧？」

林莫瑤想說自己不是，卻還是點了點頭。「嗯。」

蘇鴻博點點頭，揮手招來門口站著的一個丫鬟，道：「妳去通知夫人，準備兩間客房；另外，再讓夫人給林小姐和林少爺準備兩套換洗的衣物。」

林莫瑤聞言剛要拒絕，就聽見蘇鴻博說道——

「你們兩人來得匆忙，連身換洗的衣服都沒帶，既然到了我家，就不用跟我客氣了。」說完，就對丫鬟揮了揮手，道：「去吧。順便通知廚房，今天晚上多做一些好吃的。」

「是。」丫鬟領命退了下去。

蘇鴻博笑道：「你們既然來了，那就好好多玩幾天再回去，酒廠的事不急。」

林莫瑤這下回神了，直接從座位上站了起來，對著蘇鴻博和蘇老爺子福了福身，道：「謝謝大官人的好意，我和大哥第一次出遠門，為免家裡人擔心，我們還是早些回去的好。不如大官人明天就帶我去酒廠吧？早點教會師傅們，我和大哥也能早點回去。」

「這……」蘇鴻博看了看蘇老爺子，有些猶豫。

蘇老爺子見狀，對蘇鴻博微微點了點頭。

蘇鴻博這才說道：「那好吧。今天晚上你們好好休息休息，明天一早我就帶你們去酒廠。」

「好，那就麻煩大官人了。」林莫瑤道。

當天晚上，躺在蘇家客房的床上，看著眼前的輕紗幔帳，林莫瑤突然有點恍若隔世的感覺。就這樣，在床上躺著躺著，也不知道什麼時候就睡著了……

# 第二十九章　酒廠

第二天早上，林莫瑤是被丫鬟敲門的聲音給吵醒的。

「小姐，我們能進來嗎？」

林莫瑤在床上翻了個身，伸了懶腰，這才對著外面喊道：「嗯，進來吧。」

門外的丫鬟聽見她的聲音，這才輕輕推開門走了進去，手上還端著一盆熱水，是給林莫瑤洗漱用的。

林莫瑤這個時候剛好從床上爬了起來，坐在床邊時還有些迷糊，見到丫鬟將水盆放在架子上，就自然而然地朝著架子走去，拿起旁邊的柳條刷了刷牙，又用杯子裡的水漱了漱口，吐到旁邊的痰盂裡。做完這一切，她又順手接過丫鬟手上的帕子，擦了擦臉，動作一氣呵成，就像是做過千遍萬遍一般。

伺候林莫瑤的丫鬟目瞪口呆地看著她，心中震驚不已。不是說這是個鄉下丫頭嗎？自己已經做好準備要教她，可是，眼前這是什麼情況？

林莫瑤還不知道丫鬟此刻的驚訝，在洗漱完之後，回到床邊，拿起放在一旁的衣服，眉頭皺了一下，回過頭問道：「我的衣服呢？」

丫鬟這才回神，行禮道：「奴婢見小姐的衣服有些髒，就幫小姐拿去洗了。這是我們夫人幫小姐準備的新衣服，小姐不如先湊合著穿，等衣服乾了，奴婢就給您送過來。」

林莫瑤拿起手上的衣服看了看，水藍色的襦裙，很適合她這個年紀。林莫瑤只略微猶豫一下，就在丫鬟的幫助下換上了。

坐在銅鏡前，丫鬟熟練地幫林莫瑤梳了兩個小髻，再在上面綁上兩條和裙子同色的緞帶，一個精緻漂亮的小人兒就出現在銅鏡裡。

林莫瑤看著鏡子裡自己的裝扮，有些發愣。這一切實在是太熟悉了。

丫鬟見林莫瑤臉上的表情突然變得嚴肅，嚇了一跳，還以為自己做錯了什麼事，連忙道歉。「小姐，是奴婢梳得不好嗎？」

林莫瑤這才回神，正好看到鏡子裡自己變了的臉色，連忙收了起來，一個轉身，帶上了笑容，拉著丫鬟的手，笑道：「姊姊手真巧，這個頭髮梳得比我娘梳的還好看呢！」

甜甜的笑容，還有兩個小酒窩掛在臉上，讓丫鬟突然懷疑，剛才在鏡子裡出現的神情，是不是她看錯了？

換了衣服的林莫瑤，雖然算不上漂亮，但巴掌大的小臉，再配上兩個小酒窩，笑起來很甜；在裙子的襯托下，皮膚也白了許多，當她跟著丫鬟到了飯廳時，倒是讓蘇鴻博幾人都有些意外了。

蘇夫人滿意地看著自己準備的裙子穿在林莫瑤身上很合身，就點了點頭；蘇鴻博則是揚了揚眉。林莫瑤換上這身衣服，還真有幾分大家小姐的風範。至於林紹遠，整張桌子上只有他有些傻愣愣地看著林莫瑤，眼中有著驚豔。

「阿瑤？」林紹遠試探地開口喊了一聲，好像不大確定眼前的人是自己的妹妹。

林莫瑤給蘇老爺子和蘇鴻博、蘇夫人行了禮後，正好聽見林紹遠這一聲疑問的叫喚，就噗的一聲笑了起來。

「大哥，怎麼，你不認識我了？」林莫瑤笑著走過去，在林紹遠的旁邊坐了下來，這才注意到，林紹遠身上的衣服也換了，一套灰白的長袍，襯托出他那陽光帥氣的五官。林莫瑤挑了挑眉。她一直覺得幾個表兄弟都長得很帥，沒想到打扮起來更帥呢！

之前林紹安換上學院的長袍之後，她就覺得他整個人的氣質都變了，這會兒見到林紹遠，這種感覺就又冒了出來，在她的腦海中突然冒出一個想法——這才是他們真正的樣子！短衫長褲並不適合他們。

林紹遠被林莫瑤盯著看，臉色漸漸就紅了，只聽見他略有些不好意思地開口道：「阿瑤，妳老盯著我幹什麼？是不是不好看？」

說完，林紹遠低下頭去看身上的長袍。他早上起來沒找到自己的衣服，小廝說幫他拿去洗了，沒辦法，這才穿上這身衣服出來。他從來沒有穿過長袍，這是那些公子哥兒才會穿的衣服，這會兒見林莫瑤盯著他直看，就更加不好意思了。

林莫瑤聽了他的話，見他臉紅，這才笑道：「不是，大哥，你這樣打扮很好，很適合你。」林莫瑤誇完，林紹遠的臉更紅了。

就在這時，一道男聲突然響起。

「林大哥，你看，不光是我一個人說你換上這身衣服適合吧？你就不要不好意思了！」

林莫瑤順著聲音看去，這才注意到，除了蘇老爺子和蘇鴻博夫妻之外，還有一個十二、三歲的少年和一個小姑娘。小姑娘坐在蘇夫人的懷裡，正睜著一雙眼睛，好奇地打量自己，而那少年在林莫瑤看過去時，就笑著對林莫瑤點了點頭。

少年自我介紹道：「林小姐好，我叫蘇飛揚。」

蘇鴻博緊跟著接話道：「這是我姪子。」

林莫瑤聞言，立即起身對著蘇飛揚做了個福禮，道：「見過蘇公子。」

蘇飛揚見狀，也跟著起身回禮。

兩人互相見完了禮，這才重新坐回椅子上。

蘇老爺子也在這個時候發話了。「行了，都別客氣了。阿瑤、阿遠，你們就當在自己家裡般就行，先吃早飯吧！」

「是。」眾人齊聲應了一句，便各自端著碗筷，吃起了早飯。

林莫瑤一邊吃，一邊悄悄拿眼神打量蘇飛揚。她總覺得這個少年好眼熟，好像在哪見過……可是，記憶就像在和她開玩笑一般，任憑她怎麼想，都想不起來是在哪裡見過。

滿懷心事地吃完早飯後，蘇鴻博要帶林莫瑤去酒廠，林紹遠自然要跟著。

而蘇兮月好不容易看到一個比自己大一點點的小姊姊，就吵著要跟去。帶了蘇兮月，蘇飛揚也說好奇酒廠是什麼樣子，提了要去。

蘇老爺子乾脆大手一揮，全家出動。乾脆都去吧！

就這樣，原本只有三個人的行程，直接變成了兩輛車，七個人。林莫瑤和蘇夫人、蘇兮月一輛馬車；蘇老爺子帶著蘇鴻博、蘇飛揚還有林紹遠一輛馬車。兩輛車一起駛出城門，朝著蘇家建在莊子上的酒廠而去。

蘇家在興州府城外有一處莊子，占地百畝，莊子裡的地大多都是良田，這也是蘇家當初敗落時，唯一沒有賣掉的莊子。在蘇老爺子眼裡，這個莊子是他們蘇家的根本所在，是他和蘇老夫人打拚時，第一個置辦下來的家產，是要留給子孫的，即使蘇家遭了那樣的大難，也沒選擇賣掉這個莊子。

此刻，兩輛馬車沿著道路行走在莊子裡面，秋收已過，道路兩邊的地裡，除了堆在一起的草垛外，就是那些在耕地的人。

所謂秋耕春耙，耕者，翻農田之土也，也就是要在每年的秋收之後，將已經空閒下來的地耕一次，把今年用來長養禾苗的泥土翻到下面去，再把下面的土翻上來。因為地裡的土不光需要肥料，最要緊的，還是要吸收陽光的照射還有空氣中的氧氣，這樣才能保證土地的營養和肥沃。現在先翻出來，等到開了春，再把翻出來的那些土塊給敲開，鋪平在地裡，這就是耙，所以才有了秋耕春耙的說法。

林莫瑤這會兒坐在馬車裡，掀開車簾看著外面的風景，蘇兮月見狀好奇，也跟著爬了過來。兩顆小腦袋就這樣巴在車窗上往外看，時不時還能聽見蘇兮月驚嘆的聲音。她從小到大都沒有出過這麼「遠」的門，也沒有來過他們家的莊子。

蘇夫人見兩人相處融洽，也就沒有阻止，蘇兮月更是張口一個「阿瑤姊姊」、閉口一個「阿瑤姊姊」的，惹得林莫瑤開心不已。

林莫瑤看著蘇兮月，莫名的就想到前世自己的兩個雙胞胎弟妹，想著自己怕是再也見不到他們了，心中難免有些苦澀，但是在接觸到蘇兮月那雙靈動的雙眼時，這些不快都消失不見了，她一邊走，一邊跟蘇兮月解說外面所見的一切。

就這樣，眾人又行了一路，這才在一個很大的院子門口停下來。

林莫瑤三人從馬車上下來時，就看到前面男人們坐的馬車旁，蘇飛揚正對著林紹遠抱拳行禮。

蘇飛揚口裡說道：「今日多謝林兄了，若不是林兄跟我說這些，怕是飛揚這輩子都無法理解農人的辛苦。」

林紹遠略有些不好意思地擺了擺手，笑道：「沒事沒事，你以後想知道什麼，儘管來問我就是了。」

蘇飛揚咧開嘴笑了，又對林紹遠作了一揖。「那飛揚就先謝謝林兄了，還望林兄到時候不要嫌小弟叨擾就好。」

「嗯，不會的。」林紹遠道。

兩人相視一笑，聽見她們這邊的動靜，就齊齊往這邊看了過來。

蘇兮月下了馬車就看見兩人在笑，直接邁著小短腿跑了過去，抱著蘇飛揚的大腿，仰著頭問道：「哥哥，你們在說什麼？」

蘇飛揚蹲下身子，將人抱在懷裡，溫柔地說道：「剛才林大哥在跟哥哥說農人們種地的事情，月兒要是喜歡，回家哥哥再講給妳聽。」

蘇兮月聽了就笑了起來，頗有些自豪地答道：「不用，剛才阿瑤姊姊已經跟我說了好多了！哥哥，那些農民伯伯好厲害啊，我們吃的糧食都是他們種出來的呢！月兒也想種糧食，然後給哥哥吃、給爹娘、給爺爺吃！」

蘇飛揚笑得更開心了，高興地道：「好，那等回了家，哥哥給月兒在花園裡專門開一塊地出來種糧食好不好？」

蘇兮月喜笑顏開，拍著手大叫著。「好！」

蘇鴻博和蘇老爺子也聽見蘇兮月的那一番壯志豪言，再聽到兄妹倆商量的事情，蘇老爺子就笑著說道：「小月兒，這可是妳自己說的，妳若是種不出糧食可不許哭鼻子！」

蘇兮月似乎很不高興蘇老爺子打擊她，嘴巴撇了撇，哼了一聲，將頭扭到了一邊，賭氣道：「哼，那爺爺您就等著吧！」

傲嬌的小模樣惹得眾人發笑。

調笑完了，看著走近的林莫瑤，蘇鴻博抬起手，指了指大宅一旁不遠處的一個小一些的院子，院牆高築，站在他們這裡，完全看不到院子裡是什麼情況？「那裡就是酒廠，現在時辰還早，我先帶妳過去看看吧。」

林莫瑤點頭，看向林紹遠，林紹遠就走到了她的身邊。兄妹倆跟在蘇鴻博身後，往酒廠的方向走。

蘇夫人從蘇飛揚手裡接過蘇兮月，對蘇老爺子說道：「爹，您帶著飛揚跟他們去吧，我先帶月兒進去準備一下。」

蘇老爺子點點頭，也帶著蘇飛揚走了。

蘇兮月本來也想跟去，蘇夫人便在她耳邊說了句。「我聽莊頭說，他家的小姑娘養了兩隻白色的兔子，最近剛下了幾隻小兔子，月兒就不想跟娘去看看嗎？」

果然，蘇兮月在聽到有兔子看之後，就不再吵著要跟去酒廠。蘇夫人這才抱著她，跟著出來迎接的莊頭等人走進了莊子。

林莫瑤幾人跟在蘇鴻博的身後來到酒廠，只見門口已經站了好幾個人。

其中一個年長的老者站在最前面，見蘇鴻博幾人走過來就迎上前，躬身行禮道：「老太爺、東家。」

蘇鴻博點點頭，對林莫瑤介紹道：「阿瑤，這就是我們酒廠請來的大師傅，姓樓，大家都叫他樓師傅。」

林莫瑤點點頭，衝樓師傅甜甜一笑。「樓師傅好！」

樓師傅連忙對林莫瑤躬了躬身，嘴裡說道：「不敢當、不敢當！」

等到幾人互相打過招呼，蘇鴻博這才對樓師傅說道：「樓師傅，現在就帶我們進去看看吧。」

一行人鑽進廠房，林莫瑤看著面前已經擺放好的設備，露出了震驚的表情。眼前的設備，直接將老舊的燒鍋釀酒設備，和她所畫的蒸餾設備，組合在了一起，即使還沒開始運作，林莫瑤已經能看出這套設備的不同之處。

現在的設備可以直接將釀製出的黃酒蒸餾，出來的便是清亮透明的燒酒了。

林莫瑤圍著設備轉了一圈，這才看向樓師傅，好奇地問道：「樓師傅，請問這套釀酒的設備是誰做出來的？」

樓師傅見林莫瑤這樣問，就知道自己做成了，連忙躬身行禮道：「回小姐話，是小人擅自作主，將小姐給的圖紙略微改動一下，和我們傳統的酒窯銜接在一起。因為許多東西還需要小姐親自來解說教導，所以一直沒有投入使用。說句實話，小人也非常迫切地想試試這套設備究竟有沒有用呢？」

林莫瑤聽了就笑道：「有用，太有用了！樓師傅，您真厲害，居然能想到這個法子，倒是我之前目光短視，忘記蒸餾器還能這麼用了。」

林莫瑤一個不注意，說出來的話就有些嘴快了，該說的、不該說的都說了。幸好這個時候大家的注意力都在蒸餾器上，只有林紹遠輕輕地拉了一下林莫瑤的手。

樓師傅得了林莫瑤的誇讚，這才開始興致勃勃地向蘇家祖孫三代人，講解這個蒸餾器的巧妙之處，就是林莫瑤和林紹遠都在旁邊聽得起勁。

等他講完，林莫瑤就看見蘇家祖孫三人眼睛裡，開始冒精光了。

# 第三十章　信得過嗎

蘇老爺子直接問道：「那什麼時候能正式開始釀酒？」

林莫瑤一聽，就將蒸餾器的注意事項和水溫的控制，告訴了樓師傅。

樓師傅認真聽完之後，對蘇家三人說道：「若是沒有其他的吩咐，我們今日就可以開始，一個月後就可以出第一批酒了。」

蘇鴻博和蘇老爺子對視了一眼。「要一個月以後嗎？會不會太久了？」

樓師傅搖了搖頭，道：「這釀酒需要先備料，再製麴、發酵，最後才是釀製和提純。現在雖然有了這套設備，釀製和提純可以同時進行，可是前面的製麴和發酵，卻是萬萬不能縮短時間，這還是因為現在是秋天，天氣還暖和，若到了冬季，這時間怕是還要更長一些。」

蘇老爺子雖然略微失望了下，但是一想到幾十年都等下來了，這一個月難道還等不了嗎？所以，他只能點頭。

樓師傅帶著徒弟們去忙活了，一行人回到旁邊的宅院，蘇老爺子這才開口問蘇鴻博。

「這樓師傅信得過嗎？」

蘇鴻博回道：「福伯去找的人，祖上幾輩都是釀酒的，簽了賣身契，信得過。」

「那他的家人呢？」蘇老爺子皺了皺眉頭問道。

「聽說是在老家的時候遭了天災，一家人都死了，就剩他帶著一個小兒子，就是今天跟著的一群弟子裡，最瘦小的那個。」蘇鴻博說道。

蘇老爺子想了半天，也沒想起來蘇鴻博說的是誰，但聽對方簽了賣身契，就放心了，點點頭道：「嗯，這事千萬不能出了紕漏，知道嗎？」

蘇鴻博連聲應是。

酒廠正式投入使用，這不光讓蘇家父子心中大石落下，也讓林莫瑤鬆了一口氣。

一行人在莊子上，一直待到了晚上才回到蘇家，林莫瑤和林紹遠惦記著家裡，一進府就提出第二天要回家的事。

蘇鴻博原本還想帶兩人在興州府逛逛玩玩的，但見兩人回家心切，也就沒有阻攔，只讓兩人好好休息，第二天一早，會親自差人送他們回去。

等到兄妹倆一走，蘇鴻博就叫來了蘇夫人，讓她準備一些禮物，明天給林莫瑤他們帶回去。因為心下知道他們家的情況，也就沒有讓蘇夫人準備貴重物品，只要她按照林家的需求，備一些適合做冬衣的布料，另外又讓人取了兩套上好的筆墨紙硯，一起放到了禮物裡。

蘇夫人聽說林莫瑤還有個十三歲的姊姊，就從庫房裡挑了幾件比較素雅精緻的首飾放了進去，耳環、項鍊並簪子一套。

第二天，林莫瑤和林紹遠換上自己的衣服坐上馬車的時候，才發現馬車裡放了一堆禮物。

「阿瑤，這麼多東西我們不能要吧？」林紹遠站在車轅邊上，看著車裡堆著的物品說道。

林莫瑤翻身上車，看了一下，都是一些常見的衣服料子，並不貴重；還有一套首飾，看款式應該是送給林莫琪的；另外則是兩套筆墨紙硯。林莫瑤在心中盤算了一會兒，就說道：「大哥，既然大官人送了，咱們就收著吧，大不了下次咱們來的時候，給他帶點咱家的禮物好了。」

林紹遠點點頭，跟著翻身上了馬車，向蘇家人告別，離開了興州府。

路過縣城，兩人將筆墨送到書院，林紹安和林紹平看到兩人所乘坐的馬車，想了想，就道：「大哥，你們等我們一下，我們去跟先生請個假，跟你們一起回家。」

林紹遠一聽就喝斥道：「胡鬧！這還沒到休息的日子，你們回去幹什麼？」

林紹安縮了縮腦袋，解釋著。「先生這幾天不舒服，給我們交代了作業讓我們自己做，我們只要過幾天回來能交上作業就行。」

林紹遠皺眉，說：「既然先生病了，你們做學生的理應去探望才是。這樣，你們在書院等著我，我去買些禮物讓你們帶過去。」

兩人一聽，連連點頭，站在書院門口跟林莫瑤聊天，等著林紹遠回來。

半個時辰過去，林紹遠回來了，手上多了一些水果和點心，還有一個食盒。見幾人疑惑，林紹遠就道：「我去買點心和水果的時候碰到了蔡掌櫃，他聽說三郎他們先生病了，就讓樓裡的師傅給做了幾道清淡的菜讓我帶著。你們也別愣著了，把東西送過去，請了假就回來。」

「好！」兩人拎了東西，一溜煙地跑了。

等到林紹安和林紹平回來，四人才爬上馬車，由林紹遠駕著，朝林家村而去。

直到馬車消失在視野之中，巷子裡藏著的張燕才慢慢走了出來，看著駕車離開的林紹遠，一雙眼滿滿都是怨毒和後悔。

林紹遠駕著馬車帶著弟弟妹妹回了家，林氏見到林莫瑤，總算是鬆了口氣，嗔怪道：「妳這孩子，一去就不回來了，不知道我會擔心嗎？」

林莫瑤吐了吐舌頭，笑道：「蔡掌櫃不是派人來跟您說了嗎？」

「這哪能一樣啊？要不是妳大哥跟著妳，我都要找妳去了！」林氏笑道。

林莫瑤就只是笑，隨手指了指後面林紹遠拉著的馬車。「娘，車裡有給你們帶的東西，還有大舅他們的。」

林氏一看，就好奇地問道：「哪裡來的馬車？」

「蘇家給的，說是為了方便我們來往興州府的酒廠。」林莫瑤回答。早上蘇鴻博說把馬車送他們的時候，林莫瑤還挺驚訝的，不過，有了車，是要方便得多。

牽扯到蘇家的事，林氏就沒有多問，而是指揮林紹遠，道：「這馬車在老宅放不下，你把馬車趕回家去吧。」

林紹遠遂將馬車趕回了林家。

林氏交代了胡氏一聲，帶著兩個女兒，也跟了過去。

到了林泰華家，又跟林劉氏等人說明馬車的來歷，這才把車上的禮物都給搬了下來。

看著堆了一桌子的禮物，林劉氏有些意外，問道：「阿瑤，這些東西哪來的？」

「蘇家給的。」林莫瑤說得毫無心理壓力。

見林劉氏臉上的表情變了，林莫瑤連忙道：「外婆，您先別訓我，我因看著不是什麼特別貴重的東西才收了的。這些料子咱們一家可以做衣服，這套首飾是蘇夫人送給我姊的；另外還有兩套筆墨，我已經給三郎和平哥了。」

林劉氏翻看了一番，發現真如林莫瑤所說，這些料子普通，就算是給他們做衣服也不會顯得太過突兀。蘇家有心了。

將首飾盒拿出來遞給林莫琪後，林劉氏將剩下的東西一放，問道：「那這些料子，阿瑤，妳準備怎麼分？」

林莫瑤想都沒想就回道：「外婆您看著辦唄，我又不懂。」

見林劉氏微微蹙眉，林氏也跟著勸道：「娘，這事阿瑤一個孩子懂什麼？還是您作主吧！」

林劉氏看看林氏和林莫瑤，嘆息一聲，就開始分配。

「這三疋布的顏色適合我們年紀大的，我留一疋，另外一疋給你們二叔、二嬸，剩下的這一疋，晚上舒娘將它分一分，帶著阿瑤送到族長和村長家裡去。」

林氏點頭應下。

林劉氏又分了幾個小的，也是每人一件新衣服。至於多出來剩下的，就暫時放著，等啥時候有用了再拿出來。

林二老爺一家來的時候，林劉氏已經替他們作主分好了，將料子往林周氏妯娌跟前一放，說道：「妳們娘年紀大了，這做衣服的活計就交給妳們倆，忙不過來就來找妳們大嫂幫忙，先緊著幾個孩子的做。」

林二老爺一家連拒絕的話都還沒來得及說出口，就已經被林劉氏給安排完了，最後只能將料子全部收下。

等到全部分完，桌上空了，林周氏才把她帶過來的東西放到桌上，是一籃子煮熟的毛栗子。

林莫瑤拿了一個剝殼，塞到嘴裡，立即大叫。「好吃！」

林周氏寵溺一笑。「妳喜歡吃，回頭舅母再給妳送點過來。」

「好。」林莫瑤連忙點頭。「謝謝舅母！」

趁著這個機會，林周氏問了林莫瑤之前讓她來擺攤的事。

林莫瑤一拍腦袋。她這幾天高興得把這事給忘了。

得知林周氏已經將要用到的小鵝卵石準備好了，就是毛栗子都趁著這段時間，連同林泰業等人，往家裡搬了好幾百斤，只等著林莫瑤一聲示下，就可以開始了。

林莫瑤有些不好意思。她是真的把這事給忘了。在和林周氏約好時間之後，林二老爺一家就抱著分到的料子回家了。

林紹安乘機往林莫瑤身邊挪了挪，低聲道：「阿瑤，妳明天早上教嬸子炒完了栗子，我帶妳上山去玩。」

林莫瑤眼前一亮，問道：「真的？」

林紹安點點頭。上次要不是林莫瑤傷了腰，他早就帶她上山了。

兩人的對話落入林氏耳中，她扭頭看了一眼，問道：「你們要上山？」

兩人同時點頭。

林紹安說道：「嗯，姑，我之前答應過，秋天帶阿瑤上山玩的。」

「那行吧。」林氏點了頭，說道：「上山可以，要注意安全，深山不能去。」

「知道了！」

二人齊聲應了一句，就湊到一起商量去了，讓林氏很是無奈。

第二天一早，攤子剛擺上，林周氏就帶著林泰業，揹上毛栗子和大鍋過來了。

在林莫瑤家攤子的旁邊，林泰業前兩天就砌了一個灶台，這會兒只需要把鐵鍋和鵝卵石放上去，就可以直接開工了。

林莫瑤站在一邊指揮著林周氏開始炒糖炒栗子，不一會兒，鍋裡沾上糖的鵝卵石，就開始散發出誘人的甜香了。

林莫瑤嗅了嗅鼻子，決定今天哪兒也不去了，就守著這鍋糖炒栗子！

這時候正好來了幾個過路的商人在攤子上吃東西，聞見香味，隨口問了一句是什麼？

林紹平一聽，立即抓了幾顆新鮮出爐的糖炒栗子，送到幾人桌上，道：「幾位客人請嚐嚐，這是我們家新出的吃食。」

那坐著的客人看了一眼，就笑道：「這不就是街邊賣的毛栗子嘛！有什麼好新奇的？」

林紹平自豪地介紹道：「我家這個叫糖炒栗子，和一般的栗子不同，諸位不信可以嚐嚐！」

幾人一聽，就好奇地各自拿了一顆在手裡剝殼。

其中一人道：「這殼倒是比一般的栗子好剝。」

林莫瑤心中暗道。那當然了，他們在炒之前可是先給栗子開了口的！

這人把剝了殼的糖炒栗子放進嘴裡，頓時一股香甜軟糯的滋味在口中蔓延開來。受熱均勻的毛栗子綿綿的，沒有一點糊味，只有滿嘴的香甜。栗子本身的甜味加上麥芽糖特有的清香，讓這顆栗子吃起來甜而不膩。

這人吃了一顆，伸手就拿起第二顆，問道：「味道倒是不錯，怎麼賣？」

林紹平連忙躬身回道：「十文一斤。」

這位客人皺了皺眉。「有些貴了。」

在這之前，林莫瑤就已經和林紹平商量好了說辭，只見他嘴一張，就說道：「這位客人，這毛栗子都是山上純野生的，而且這炒的火候、麥芽糖放多少，都是有講究的，就連翻多少下鍋鏟都是有定數的。不說別的，就說這滋味，您絕對找不出第二家，就算有人模仿我們跟著炒這個栗子，也絕對做不出我家這個味道。」

這位客人也是走南闖北的貨商，連胡人地界都去過了，這栗子的滋味確實也不錯，就點了點頭。「那行，給我們來兩斤。」

那邊林周氏一聽，立刻手腳麻利地秤兩斤送了過來，還特意多放了一些。

有了第一筆生意，後面就容易得多了。

林紹安見林莫瑤沒事，拉著她就上了山。

秋天的山林微風徐徐，吹在臉上很是舒服，漫山遍野的樹葉、小草，也都開始枯黃，一些成熟的野果零零散散地掛在樹枝上，已經被人摘得差不多。

林紹安瞅了一眼，就對林莫瑤說道：「阿瑤，我們往裡走一些吧，這裡的果子都讓人給摘完了。」

林莫瑤看了看樹上自己辨識不出的果子，點了點頭。如今的山林對她來說實在是陌生，自己還是跟著林紹安吧。

只是，想要找到好果子或一些好的山菇之類，就只能挑沒人走過的地方走，但他們也不敢走得太遠，因為怕遇到野獸或者迷路。

不過，兩人的運氣好像不錯，一路過來沒碰到什麼野獸的蹤跡，倒是看到了不少兔子的足跡。

林莫瑤高興道：「這附近有兔子。」

林紹安立刻跟著她一起蹲了下來，問道：「能看出來往哪邊跑了嗎？」

林莫瑤點頭，指了一個方向。

一路過來，到處都是荊棘，根本就沒有人走的路，只有地面上一些淺淺的腳印表示這裡剛剛有生物走過。幸好兩人手上都拿著鐮刀，這才不至於被荊棘弄傷。

大概又走了一刻鐘，終於在一棵大樹旁邊看到正在啃草的兔子，而且還不止一隻。

「別出聲。」林莫瑤一把將林紹安拽得蹲了下來。

若是從他們這個距離跑過去抓兔子，能抓住的機率並不高，但是眼看著兩隻肥碩的兔子在面前不抓，又感覺對不起自己。林莫瑤左右觀察了一下，便悄悄對林紹安道：「待會兒你從這邊過去，嚇唬牠們，你的背簍放在我們蹲著的這個位置，我去另外一邊，看能不能堵上？」

林紹安好奇地問了一句。「幹麼要把背簍放在這兒？」

林莫瑤指了指兩人腳下的小腳印，道：「這些兔子是從這裡過去的，萬一牠們又從這裡回來呢？把背簍放在這，牠們說不定自己笨，就鑽到背簍裡也不一定呢！」

林紹安嘴角直抽，心想，兔子還能這麼抓？他長這麼大還是第一次聽說！

林莫瑤懶得理他。她也就隨口這麼一胡謅而已，能不能抓住就看運氣了。

決定了方案，就開始實施。林紹安悄悄地往另外一邊靠近，林莫瑤則是把他的背簍放好位置後，繞到了另外一邊；她還將自己的背簍堵在另外一處灌木叢下，自己則繞到和林紹安面對面的位置。

等到兩隻兔子又低下頭去啃草時，林莫瑤對林紹安做了一個手勢，兩人同時往前，朝著兔子撲了過去！

兩隻兔子猛地受到驚嚇，開始亂竄，結果，讓林莫瑤哭笑不得的事情發生了——兩隻面對面的兔子，聽見動靜後，左右晃了兩圈，之後居然都朝著對面的方向跑去，結果，兩隻就這麼悶頭直接撞上了！

寂靜的山林裡，林莫瑤甚至還能聽見腦袋碰撞在一起時發出的悶響。兩隻兔子的身子晃了晃，接著就被林莫瑤和林紹安抓在了手裡。

林紹安這時才敢大聲講話，笑道：「阿瑤，這兔子是不是都這麼蠢啊？」

林莫瑤揪著兔子耳朵將牠提起來，放到自己面前晃了晃，笑著問道：「你是不是傻啊？」

兔子似乎聽懂了林莫瑤罵牠的話，身子劇烈地掙扎了一番，只可惜耳朵被林莫瑤抓著，任憑牠怎麼動，都跑不掉了。

# 第三十一章 救人

林紹安將兔子遞給林莫瑤，一手拿著一隻，自己則拿起鐮刀割了旁邊的草，開始編草繩。不過一會兒的工夫，兩根草繩就編好了，他熟練地將兩隻兔子的腳捆在一起。

這時，林莫瑤卻突然出聲。「等等。」

「嗯？」林紹安停了下來。

林莫瑤指了指其中一隻兔子腳上的腥紅，道：「這兔子受傷了。」

林莫瑤剛才看了一眼，兩隻兔子正好一公一母，她還想弄回家養來著。之前在蘇家莊子裡，看到莊頭女兒養的那幾隻兔子，她就也想養兩隻，現在受傷了，萬一路上死了怎麼辦？

被林莫瑤一提醒，林紹安這才注意到兔子腳上的血跡，忙給牠檢查，可是翻來覆去都沒發現有任何傷口。

「沒有啊，兔子身上沒傷。」林紹安奇怪地說道。

林莫瑤皺眉。這不可能，若是兔子沒受傷，那這血從哪裡來的？

林莫瑤看了看他們來時的路。一路上她都盯著地面在看，不可能有血跡她卻沒發現，那，就只能是在這邊沾上的了。在好奇心的驅使下，林莫瑤直接來到剛才兩隻兔子吃草的地方察看，果然在地上發現了一灘血跡，看樣子，剛留下不久。

「三郎，你來看！」林莫瑤喊了一聲。「這血是剛留下的，這附近肯定有人或者動物受傷，我們四處找找。」

林紹安一聽有東西受傷，心就提了起來。萬一是野獸怎麼辦？他們兩個小身板肯定跑不掉的，還不如趁現在對方還沒發現時，先趕緊離開呢！

「阿瑤，我們還是走吧。」林紹安勸道。

林莫瑤不為所動。她心裡有種強烈的感覺，一直有個聲音在不停地提醒她，不能走。這種感覺很奇怪，讓林莫瑤的心特別不安。

「不行，我有種感覺，我們不能走，走了我會後悔的。」林莫瑤一邊尋找地上的血跡，一邊回道。

兩人沒走多遠，大約只離剛才兔子吃草的地方十幾公尺遠，因為這裡的樹木都比較粗大，擋住了他們的視線，當順著血跡走到一棵大樹後時，兩人都呆住了。

林莫瑤眼疾手快地摀住了林紹安的嘴。「別叫！」她瞪了林紹安一眼，才慢慢地鬆開手，回身看向靠在大樹上、滿身是血的人。

「阿瑤，我們快走吧！」林紹安還是第一次看見死人，要不是剛才林莫瑤摀住他的嘴，他早就叫出來了。

林莫瑤震驚地看著靠著樹幹的人，渾身顫抖；林紹安想拉著她離開，卻被她掙脫，直接撲到了樹下的人身邊。

「我們得救他。」林莫瑤強迫自己鎮定下來，說道。「他還沒死，我們得救他。」

看著面前的人，林莫瑤強逼自己冷靜下來，查看他的傷口。她心中各種疑雲驟生。這個時候，他不是應該在文州，跟在赫連大將軍身邊嗎？為什麼會出現在這裡？

赫連軒逸。

沒想到，他們這一世會以這樣的形式見面。

前世，赫連軒逸為了她，獨闖敵營，替李響賣命，率領大軍攻下了皇城；也是為了她，這人眾叛親離，一無所有，最後死無葬身之地。

她欠他的，就是把她這幾世加起來，都不夠還。

「他傷得很重，我們得趕緊帶他下山找大夫。」林莫瑤抬頭看林紹安。

林紹安本不想多管閒事，可在對上林莫瑤的雙眼之後，卻說不出拒絕的話，於是乾脆將裝著兔子的背簍遞給林莫瑤，自己勉強揹起傷患，兩人快步下山。

林方氏開門時，就看到這樣一幅景象——林紹安一身是血地揹著另外一個一身血的人，林莫瑤則站在旁邊，兩眼通紅，滿是急切。

「這是怎麼了？」林方氏嚇得叫了起來。

林莫瑤連忙拉著她就往裡走，林紹安緊跟而上，揹著赫連軒逸來到了林家前院。

林莫瑤看著嚇得臉都白了的林方氏和林劉氏，自個兒指揮林紹安把赫連軒逸放到屋裡。

她本想讓林紹安去找大夫，可一看他渾身是血，就看向了林方氏，說道：「大舅母，麻煩您去請大夫來吧。」

林方氏回神就要往外跑，卻被林劉氏一拉。

林劉氏道：「妳去找李大夫，就說我病了。請了大夫後，去地裡把大郎和阿華叫回來。」

「好！」林方氏應聲跑了。

林劉氏這會兒已經冷靜下來，連忙跑去廚房燒水，想幫赫連軒逸清洗乾淨。

林泰華和林紹遠是最先進門的，林劉氏一見到兩人，就直接吩咐道：「大郎跟我來！阿華，你沿途去把地上的血跡抹掉！」

兩人連問都沒來得及問怎麼回事，就各自開始動了。

林劉氏在林紹遠的幫助下，總算是將赫連軒逸身上的衣服脫了下來，看著赫連軒逸身上的傷口，林劉氏咒罵了一句。「哪個殺千刀的這麼缺德啊？這麼小的孩子都不放過！」

李大夫來的時候也被嚇了一跳，眼前的人，胸口被人劃下一道長長的傷口，因為傷口太深，肉都往外翻了，而在他的肩膀上，另一道深可見骨的傷口正往外不停地冒著血。

事不宜遲，李大夫連忙拿出銀針，開始給赫連軒逸止血。

林紹遠留下來幫忙，其他人則退到了門外。

一個時辰、兩個時辰……時間一分一秒的過去，林家眾人的心一直懸著，直到房門被林紹遠打開。

李大夫擦著手，慢慢走了出來，疲憊地說道：「人沒事了，好在傷口雖深，卻沒傷到要害，這還是個命大的。」

「李大夫，麻煩你了，這是診金。」林劉氏連忙上前奉上診金，隨後低聲道：「今天的事，還麻煩李大夫不要跟旁人說。」

李大夫看了一眼房內，點了點頭。「這個我知道的，嫂子。沒事我就先回去了，該注意的事項我都跟大郎說了，讓三郎跟我去拿藥吧。」

林劉氏連忙推了一把林紹安，道：「快去！」

屋子裡，林莫瑤站在土炕旁邊，眼睛一眨也不眨地盯著躺著的赫連軒逸，林劉氏則小心翼翼地將他身上的血污擦掉。

等林紹安回來，將藥交給林方氏熬上了，眾人這才把林莫瑤和林紹安給揪到了一處詢問。

「說吧，這是怎麼回事？」

林紹安和林莫瑤就一人一句地，把今天在山上發生的事給說了。

林劉氏聽了兩人的敘述，猜了個大概。這孩子身上的衣服雖然已經髒了、破了，卻不難看出衣料都是上乘的，這就只能說明，他絕不是普通人家的孩子。可是，既然不是普通人家的孩子，為什麼會被人打傷丟在荒山野嶺？林劉氏不用想也知道為什麼。

但是讓他們見死不救嗎？這個他們確實也做不到。

林劉氏糾結了半晌後，嘆了口氣，道：「算了，是福不是禍，是禍躲不過，先把人治好再說吧！」

林家人面面相覷，同意了林劉氏的話。沒什麼比一條人命更重要的了。

林劉氏過了一會兒，又道：「如今人也救了，後面的事情也得想想該怎麼辦？我們家突然多了這麼個大活人，總不能一直讓他藏在屋裡不出去。你們都來想想，外面有人問起時，該怎麼說吧。」

林家眾人互相看了看。他們都是土生土長的林家村人，家裡頭有些什麼親戚朋友，村子裡的人再明白不過了，還真的一時半會兒想不出來該怎麼安置赫連軒逸？

林方氏想了想，就說道：「娘，要不就說是我娘家的遠房姪子吧？家裡頭遭了難，來這裡投奔我的？」

林劉氏看了看她，皺著眉考慮這話的可行性。

林方氏繼續道：「我娘家在其他縣，再說了，自從我爹去了以後，我那後娘就徹底不跟我來往，沒人會知道的。到時候，若真的有人問起來了，就說是我娘那邊的親戚，反正我娘走了這麼多年了，誰知道她原來的娘家在哪兒？」

林劉氏聽了她的話就點點頭，對著幾個孩子囑咐道：「嗯，剛才說的話你們都記住了？」

林紹遠點頭，道：「奶奶，記住了，有人問起來就說他是遠房表弟。」

林紹傑這會兒也站在一邊，聽了林紹遠的話跟著有樣學樣地點頭。「嗯，表弟。」結果被林紹安一巴掌拍在屁股上。

林紹安笑道：「表弟那是大哥喊的，他一看就比我們大，我們得喊表哥！你記住了？」

林紹傑屁股挨了一下，雖然不疼，卻還是裝模作樣地揉了揉，縮著脖子對林紹安翻了個白眼，道：「哼！知道了，表哥！」

屋裡的幾人都被他倆給逗笑了。

林劉氏也跟著笑了笑。事情安排好了，她這會兒心情也放鬆下來，就對屋內的幾人說道：「剩下的事就等他醒來再說吧。媳婦，妳去屋裡把帶血的那些衣服都拿去燒了；另外，大郎，之前你娘不是給你做了套新衣服嗎？你先拿來，我改一改讓他穿吧，回頭再讓你娘給你重新做一件。」

林紹遠毫不猶豫地應下，說道：「沒事的，奶奶，我們去興州府的時候，蘇家給我送了一套新衣服，不用另外做了。」

林劉氏點點頭，又看向林泰華，說道：「你二叔家養了幾隻雞，你去跟他要一隻過來，這孩子受了傷，得補一補。」

「好。」林泰華點頭。

安排好了這一切，林劉氏才看向躺著的赫連軒逸，心中祈禱。這孩子沒事才好。

林莫瑤從頭到尾就站在旁邊，除了一開始交代了事情的經過之後，就一直看著林劉氏分配任務。看著對赫連軒逸這麼一個外人都如此上心的家人，林莫瑤心中對他們的感激之情更甚。這才是真正的家人，她上輩子真的是瞎了狗眼了！

到了晚上，赫連軒逸突然發起了高燒，幸好之前李大夫給了退燒藥，林莫瑤又抱了半罈子的烈酒過來，讓林紹遠幫著他擦身子散熱。忙活到了大半夜，這人的燒才總算是退下來。

忙了一天，林劉氏臉色有些疲憊，她伸出手，輕輕撫上赫連軒逸的額頭，感覺到熱度降下去之後，大大地鬆了一口氣。「菩薩保佑，終於退下去了……」

林劉氏雙手合十，在胸前拜了拜。

——未完，待續，請看文創風647《起手有回小女子》2

2018年6月出版

# 起手有回小女子

文創風 646～649

前一世盼星星盼月亮的，終於盼到父親來接，
於是，她便迫不及待地帶著母親與姊姊奔向火坑，
孰料，他只是為了拿她們姊妹來政治聯姻，鞏固權勢罷了，
結果最後害得母親吐血身亡、姊姊被虐待致死，
幸好，老天爺給了她贖罪的機會，這回她絕不重蹈覆轍！

## 人生如戲　悲歡離合／笙歌

林莫瑤仗恃著自己的才智，硬是憑藉己力助心愛的二皇子登上皇位，
為了他，即便承受天下人的唾棄、謾罵，她也甘之如飴，
為了他，就算落下病根，此生恐難有孕，她亦無悔無怨，
然而，縱使她聰明一世、機關算盡，也沒能算出他的狠心無情，
這個她付出生命愛著的男人對她沒有感情，只有利用，
而她那個楚楚可憐、嬌嬌弱弱的異母妹妹則一心覬覦著她的后位，
原來啊，從頭到尾被蒙在鼓裡的人只有她，可憐又可悲的她……
赫連軒逸，前世對她一往情深，曾為了救她而獨闖敵營的男人，
沒想到，這一世他與她初次見面，竟是渾身浴血、昏迷不醒，
林莫瑤心中只有一個念頭──她要救他，不計一切代價！
上輩子因為她，這人眾叛親離、一無所有，最後死無葬身之地，
欠他的恩與情，她就是幾世加起來都不夠償還的，
所以，這輩子自個兒能為他做的，就是義無反顧地愛著他。
反正自己有滿滿的愛，這回就由她主動出擊擄獲他的心吧！
今生，換她來守護他，至死不渝……

風 文創 646

# 起手有回小女子 1

國家圖書館出版品預行編目資料

起手有回小女子 / 笙歌著. --
初版. -- 臺北市 : 狗屋, 2018.06-
冊 ; 公分. --（文創風）
ISBN 978-986-328-875-6（第1冊：平裝）. --

857.7　　107005729

| | |
|---|---|
| 著作者 | 笙歌 |
| 編輯 | 黃淑珍 |
| 校對 | 黃亭蓁　簡郁珊 |
| 發行所 | 狗屋出版社有限公司 |
| 地址 | 台北市104中山區龍江路71巷15號1樓 |
| 電話 | 02-2776-5889～0 |
| 發行字號 | 局版台業字845號 |
| 法律顧問 | 蕭雄淋律師 |
| 總經銷 | 知遠文化事業有限公司 |
| 電話 | 02-2664-8800 |
| 初版 | 2018年6月 |
| 國際書碼 | ISBN-13　978-986-328-875-6 |

本著作物由廣州阿里巴巴文學信息技術有限公司授權出版

定價250元

狗屋劃撥帳號：19001626

網址：love.doghouse.com.tw　E-mail：love@doghouse.com.tw

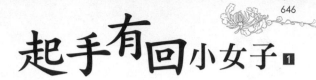